쓰는 사람

강이라

김도일

조영한

박지음

유희란

조미해

도서출판 독수

차례

강이라 • 레이먼드 레이먼드 9
작가의 말

김도일 • 사방 49
작가의 말

조영한 • 나와 당신의 머나먼 이야기 89
작가의 말

박지음 • 걸음 177
작가의 말

유희란 • 사소한 일 217
작가의 말

조미해 • 선을 지키는 일 257
작가의 말

[해설]
프랙탈적 서사, 변이의 기쁨 294
황유지

제24회 신라문학대상에 단편 「볼리비아 우표」가, 2016년 국제신문 신춘문예에 단편 「쥐」가 당
선되며 작품 활동을 시작했다. 2019년 현진건문학상에 단편 「스노볼」이 추천작으로 선정되었다.
소설집으로 「볼리비아 우표」, 「웰컴, 문래」가 있고 앤솔러지 「나, 거기 살아」, 「당신의 가장 중
심」, 「작은 것들」을 함께 썼다.

레이먼드
레이먼드

강이라

오는 게 좋을까 내리는 게 나을까.

홍시야.

비가 내린다. 비가 온다. 직관적인 '내린다'보다는 시적인 '온다'가 낫지, 만 온다는 건 환대와 긍정의 의미, 여서 사랑을 잃은 화자의 눈에는 비가 눈물처럼 흐를 것, 이므로 마땅하지 않다, 고 여겨 비가 온다를 지우고 내린다, 로 막 고쳐 쓰는데 흰 도넛 하나가 노트북 위로 둥둥 떠내려왔다. 매캐한 냄새는 덤이었다.

이보게, 홍시.

홍시는 키보드에 손을 얹은 채 상체를 뒤로 물리며 대답 대신 미간을 바짝 좁혔다.

얼마나 대단한 거 한다고 이맛살 찌푸린 게 낙동강 물줄기보다 길고 지리산 계곡마냥 깊대. 빠져 죽겠다.

소바, 제발요. 작업할 때는 마구잡이로 부르지 좀 말라고 제가 부탁했잖아요.

홍시가 신경질적으로 팔을 휘휘 젓자 도넛이 흰 연기로 풀어지며 사라졌다.

한 시간 넘게 비가 온댔다와 내렸댔다를 썼다 지웠다 하는 게 작업이란 말이지? 그 작업 차암 희한하다.

갸름한 눈초리의 소바가 의심쩍은 말투로 물었다. 화들짝 놀란 홍시가 노트북을 탁 덮고는 홱 돌아앉으며 눈을 흘겼다. 몇 발짝 뒤 키 높이 스툴에 앉은 소바가 태연하게 담배를 피웠다. 무릎 위로 철 지난 문학 전문 계간지가 책등을 보이며 놓여있었다.

실내에선 무조건 금연, 모르세요?

그래, 그래.

소바가 건성으로 대답하며 휴대용 재떨이에 담배를 비벼 껐다. 손을 털며 슬쩍 홍시의 눈치를 보는가 싶더니 느릿한 말투로 말을 이었다.

……비 오는 밤. 버스 차창에 머리를 기대고 폭설 같은 잠을 자

는데. 나는 원래 이러지 않아요. 얇은 잠 사이로 당신이 켜켜이 쌓여 숨기지 못할 서사가 되도록 여러 밤을 여의었을 뿐입니다.

홍시가 앉은 자리에서 펄쩍 뛰며 빽 소리를 질렀다.

왜 남의 시를 훔쳐봐요!

소바는 발끈하는 홍시를 본 체도 않고 꼰 다리 위로 팔을 지그시 괴었다.

이거 아냐? 비가 온다와 비가 내린다는 건 부추냐 정구지냐 부추전이냐 정구지 지짐이냐의 차이인 거지.

소바는 열린 폴딩 도어 밖을 가리켰다. 바람에 비가 빗금처럼 긋고 있었다.

온다는 게 뭐야, 대개 반가운 거잖아. 근데 홍시의 시는 사랑 땜에 몇 날 며칠 못 잤다는 거 아냐? 그니까 여기서는 오면 안 되고 내려야지. 뚝뚝 떨어져야지, 꽃처럼 눈물처럼. 안 그래?

그렇게 잘 아시면 직접 써 보지 그러세요?

서당 개 삼 년이면 풍월을 읊는다고. 그것도 나쁘지 않네. 안 그러냐 청아.

웅크리고 있던 시바견 청이가 소리에 고개를 들었다가 새치름한 표정을 지으며 도로 엎드렸다. 털갈이가 한창이라 목덜미와 등허리로 빠져나온 털이 뭉텅했다. 버려진 자개농에서 빼 온 서랍이 청이의 집이었다. 강아지 때 이갈이를 하느라 물어뜯었던 모서리가 너덜거렸지만 자개빛은 여전히 영롱했다.

쉬는 시간에 짬짬이 끄적거린 게 있긴 한데. 전문가가 한번 봐
주면 영광이고.

홍시는 노트북을 한쪽으로 밀어놓고 일어나 정수기에서 물을
받아 꼭꼭 씹어 먹었다. 종일 고민 고민한 자신의 시어를 전과
지짐에 빗댄 건 기분 나빴지만, 부추전이든 정구지 지짐이든 이
비 오는 날에 제격이었고 어느 때보다 소주 한잔이 간절했다.

오네.

스툴에서 내려온 소바가 폴딩 도어를 완전히 열어젖히고는 계
단 아래 골목을 가리켰다. 맹소가 싱글거리며 계단을 올라오고
있었다. 높게 들어 흔드는 손에는 검은 비닐 봉지가 들려 있었
다. 콧방울이 둥근 복코에 짙은 눈썹, 고수머리에 큰 키. 받쳐
쓴 우산이 경중한 걸음에 맞춰 휘청거렸다. 봉지 안에서 병 부
딪치는 소리가 경쾌했다.

온다는 것은 저런 것이야.

고개를 끄덕이던 홍시가 도리질로 시침을 뚝 뗐다. 기척에 몸
을 일으킨 청이가 꼬리를 흔들며 문밖으로 달려 나갔다. 마당 위
로 빨랫줄처럼 걸린 와이어 이동 줄이 맑은 쇳소리를 내며 청이
를 따라갔다. 맹소가 청이의 젖은 몸 위로 우산을 기울여주었다.

김소는 위에 없어? 왜 이리 조용해. 비만 쏟아지면 죽이기 좋

은 날이니 갔다 묻기 좋은 날이니 못된 소리만 늘어놓더니 진짜 누구라도 죽이러 나갔나, 아님 지가 어디 파묻히기라도 했나.

나 안 죽었어요!

소바의 말끝을 물고 답이 돌아왔다. 소바와 홍시가 동시에 눈을 치켜떴다. 소리는 바로 위 열린 창에서 새어 나오고 있었다.

살았으면 김이나 마른 멸치 좀 갖고 내려와.

젓가락도.

어닝 밑으로 들어온 맹소가 우산을 접어 털며 말을 보냈다. 따라 몸을 턴 청이가 자개장 서랍에 도로 들어가 턱을 괴고 엎드렸다.

월요일인 줄도 모르고 도서관에 간 거 있죠. 헛걸음 제대로 했어요.

잘했네.

소바가 봉지에서 꺼낸 소주 두 병과 일회용 포장 용기를 테이블에 놓으며 장단을 맞췄다.

나는 누구 때문에 술 생각이 간절하던 참이야.

홍시가 눈짓으로 소바를 가리키며 투덜거렸다.

이번 주 마감이라며. 다 썼어?

맹소가 젖은 재킷을 벗어 의자 등받이에 걸치며 물었다. 홍시가 고개를 가로저었고 소바가 맞다는 듯 고개를 끄덕였다. 문

열리는 소리가 들리고 이어 계단참에 선 김소가 보였다. 한 손에 쟁반을 들고 남은 손으로 손 우산을 만들어 머리 위를 가리고는 노루뜀으로 내려오는데 고꾸라질 듯 걸음이 불안했다. 김소는 큰 걸음 몇 번에 마당을 가로질러 카페로 뛰어들었다. 빗발에 젖은 연녹색 셔츠의 어깨 부분이 한여름 초록빛으로 물들었다.

위에 우산 없어?

홍시가 쟁반을 건네받으며 물었다.

있지.

근데 왜? 쓰고 내려오지.

몇 걸음 된다고. 필립 말로가 우산 쓰는 거 봤어? 쓰고 접는 사이에 범인 놓쳐.

뭐, 피를 말려?

테이블에 에스프레소 잔 네 개를 내려놓던 소바가 진지하게 되물었다. 홍시와 맹소가 키득거리자 김소가 졌다는 표정으로 의자에 털썩 앉았다.

필립 말로는 탐정 이름이라고요.

맹소가 소주병을 비틀어 따며 말했다.

이게 술잔이에요?

김소가 앞에 놓인 에스프레소 잔을 들어 보였다.

술 따르면 술잔이지. 술잔이 따로 있나. 소설 쓰는 사람이 그리 고리타분하면 쓰나. 재미없게.

쯧, 소바가 혀를 차며 잔을 들었고 맹소가 빈 잔에 소주를 따랐다. 김소와 홍시가 이어 잔을 받았고 맹소의 잔은 홍시가 채워주었다. 약속이나 한 듯 넷은 첫 잔을 한입에 비웠다. 소바가 식은 파전을 먹기 좋게 손으로 길게 찢어놓자 아기 새마냥 지켜보던 김소, 맹소, 홍시가 한 조각씩 집어 먹었다.

월요일, 레지던시의 오후는 비까지 내려 더 적막했다. 실버 바리스타들이 운영하는 1층 북 카페에도 종일 오가는 이 없었다. 쇠락한 항구의 언덕바지에 있는 오래된 여인숙을 구에서 사들여 리모델링한 레지던시에는 네 명의 작가가 입주해 있었다. 소설가 두 명, 시인 한 명, 희곡 작가 한 명이었다. 김소와 맹소는 김 소설가와 맹 소설가, 홍시는 홍 시인, 최희는 최 희곡 작가의 준말로 소바의 작명이었다. 길어 부르기 힘들다는 게 작명의 이유였다. 장난스런 작명에 홍시가 맞대응하듯 소순예 실버 바리스타를 소바로 불렀고 이후 레지던시의 모두가 줄임말로 불리게 되었다. 최희는 공연이 있어 서울에 가고 없었다.

잔을 내려놓은 맹소가 어닝 아래로 떨어지는 빗물을 지켜보다 낮게 중얼거렸다.

오늘 아침 잠에서 깼을 때 종일 침대에 누워 책이나 읽고 싶다는 강렬한 욕구를 느꼈어. 그러다 창밖에 내리는 비를 보며 단념했지.

나 자신을 완전히 비 내리는 아침에 맡기기로.

맹소의 말을 이어 받은 홍시가 의자에 앉은 채로 뒤로 팔을 뻗어 서가에서 책 한 권을 꺼내 들었다. 어둑한 들판을 배경으로 한 영문판 표지가 보였다.

정답.

소리 없는 손뼉을 친 맹소가 홍시에게서 책을 건네받았다.

카버가 말년에 시도 썼다는 사실을 찐팬들도 잘 모르지.

맹소가 시집*의 한 부분을 펼쳐 모두가 볼 수 있게 돌려 보였다. 비, 제목을 단 시였다.

카바 그 양반은 비가 내린다고 했구만.

소바가 홍시에게 보란 듯 턱짓을 했다. 홍시가 네네, 건성으로 대답하며 놓인 빈 잔에 시심을 채우듯 술을 따랐다.

카바 아니고 카버요. 레이먼드 카버.

이렇게 비 오는 날의 레이먼드라면 카버보단 챈들러지. 내가 추리소설 작가라서 그러는 건 노노, 절대 아니야.

김소의 말에 맹소가 따분한 표정을 지었다. 그러고는 책을 덮고 빈 술잔을 입으로 가져갔다. 김소는 개의치 않고 오히려 목

---

*Raymond Carver, 「All of us」, Vintage contemporaries

에 잔뜩 힘을 주고 낮게 말했다.

남자라면 비열한 거리를 지나가야 한다. 그 자신은 비열하지 않고 타락하지도 않으며 두려움도 없는 채로*. 그 남자가 바로 필립 말로. 트렌치코트에 중절모, 줄담배를 피우고 우산 따위는 쓰지 않는. 진짜 남자지.

조인성 나온 〈비열한 거리〉가 챈들러의 그 글에서 가져온 거 맞지?

홍시가 도시락 김을 뜯으며 물었다. 레지던시에 3월에 입주해 장마에 접어든 6월 말까지 3개월을 함께 숙식하며 지내는 동안 존댓말은 자연스레 에누리한 반말이 되었다.

제법이군. 마틴 스콜세지의 〈비열한 거리〉도 마찬가지.

필립 말로라도 되는 듯 김소가 한쪽 입꼬리를 쓱 올려 웃었다.

김소가 쓴다는 그 추리소설이라는 게 늘 사람 하나 죽이고 시작하는 이야기 맞지? 죽인 놈 찾는 이야기.

빈 잔을 뱅글뱅글 돌리며 이야기를 듣고 있던 소바가 넌지시 물었다.

맞아요.

맹소의 대답에 김소가 발끈하며 상체를 곧추세웠다.

맞긴 뭐가 맞아. 소설가라는 사람이 저런 무식한 소리를.

---

*레이먼드 챈들러, 「심플 아트 오브 머더」, 최내현 옮김, 북스피어(2011)

맞잖아? 지금 쓰고 있는 김소 소설이 그렇다며? 태풍으로 배는 끊겼고 섬에 숙소라곤 딱 하나뿐인데 살인 사건이 났다며. 그래서 밀실 트릭을 어떻게 쓸지 고민 중이라고 했잖아.

추리소설 하면 살인, 시체, 트릭이 전부인 줄 알지만 그게 다가 아냐. 사건은 세팅일 뿐이라고. 그 속에 담긴 인간들, 그 인간들의 얽히고 설킨 관계, 그 관계 속의 상호 동등하지 못한 감정으로 갈등이 촉발되고 그 갈등을 살인으로 극대화시켜 보여주는 일종의 기술, 바로 테크닉이라고. 추리소설에 시체가 꼭 있어야 한다는 편견은 버려. 챈들러의 소설은 대개가 사라진 사람을 찾는 이야기로 시작해. 그게 더 어려워서 나는 사람부터 죽이지만 말이야.

몰아치듯 말을 마친 김소가 뒤늦게 숨을 길게 내쉬며 어깨를 들었다 내려놓았다.

챈들러든 카버든. 레이먼드는 레이먼드.

홍시가 들어 올린 젓가락으로 김소와 맹소를 번갈아 가리키고는 둘 사이로 휴전선을 그어 보였다. 김소와 맹소가 의자에 몸을 기대며 물러나 앉았다. 홍시가 놓인 모든 잔에 술을 채웠다. 그리고 자신의 잔을 높게 들어 선창했다.

김릿을 마시기에는 아직 이르니까 별것 아닌 것 같지만, 도움이 되는 소주나 마시자.

동시에 몸을 벌떡 일으킨 두 소설가가 홍시의 말을 가르듯 팔을 휘휘 내저었다. 책 덕후인 홍시가 두 레이먼드의 소설 속 대사와 단편 제목을 맥락 없이 갖다 붙였기 때문이었다.

챈들러의 『기나긴 이별』. 챈들러 스스로 인정한 하드보일드 탐정소설의 원조. 술집 앞에 만취해 쓰러진 테리 레녹스를 우리의 탐정 필립 말로가 구해주면서 이야기는 시작되지. 테리가 필립 말로에게 건넨 이 유명한 대사, 김릿을 마시기에는 아직 이르다. 진정한 챈들러 팬이라면 칵테일은 김릿이지.

단편 하면 카버, A small, good thing. 단편 미학의 정수. 뭘 좀 먹는 일은 별것 아닌 것 같지만 도움이 될 거요. 빵집 주인이 부부에게 건넨 계피롤빵의 온기. 소설이 위로가 될 수 있다는 걸 믿지 못하겠다면 〈이동진의 빨간책방〉*을 들어보라고. 그가 왜 이 소설 전문을 낭독했는지.

원조와 정수. 두 소설가의 랩 배틀은 팽팽했다. 골똘히 생각에 빠져있던 소바가 새 담배를 물자 김소가 주머니에서 라이터를 꺼내 불을 붙여주었다. 담배를 끊은 지 얼마 안 된 맹소가 입맛을 다셨다. 담배 연기를 길게 내뱉은 소바가 말을 꺼냈다.

큰길에서 빠져 들어오다 보면 바다 쪽 길에 큰 냉동 창고 하나 있잖아.

---

*팟캐스트 〈이동진의 빨간책방〉은 2014년 4월 29일 방송에서 레이먼드 카버의 단편 「별것 아닌 것 같지만 도움이 되는」 전문을 낭독하였다. 4·16 세월호 참사로 자식을 잃고 비탄에 빠진 부모를 위로하기 위함이었다.

초등학교 바로 맞은편에 있는 그 회색 건물이요? 볼품없이 위로 길쭉하게 생기고 특이하게 외벽에 비상계단 나 있는. 5층은 충분히 넘어 보이던데.

추리소설가 맞구만.

김소의 대답에 소바가 제법이라는 듯 고개를 끄덕였다. 검색 중인 맹소의 휴대폰을 옆에서 같이 들여다보던 홍시가 커진 눈으로 소바를 보았다.

이게 냉동 창고라고요? 흉물이던데.

맹소가 되물었다.

문 닫은 지 이십 년도 훨씬 넘었어. 공단 들어선 뒤로는 어선도 줄어 얼릴 생선이랄 게 뭐 있어야지.

소바가 손에 담배를 든 채 멀리 보이는 공장 지대를 가리켰다. 냉동 창고보다 높고 큰 공장들이 줄지어 늘어서 있었다. 바람에 꺾인 굴뚝의 흰 연기가 바짝 누워 마을 쪽으로 흘렀다.

아주 오래전에 말야. 저 꼭대기에 사람이 서있었어.

창고 꼭대기에요? 왜요?

왜요라…… 그러게…… 왜 올라갔을까?

소바가 맹소의 질문을 그대로 돌려주었다.

지금이야 여기에서 창고까지 아스팔트 길이 잘 나 있어 가기가 편하지. 옛날엔 천지가 진창이라 장화를 신고도 한 걸음 떼기가 쉽지 않았어. 물과 땅이 경계 없이 섞여 있었달까. 그 사이에서 사람도 물처럼 땅처럼 살았겠지. 파도처럼 밀려들고 땅처럼 마르기도 하면서.

파도처럼 땅처럼.

홍시가 입속말로 소바의 말을 따라 했다.

그날 바닷바람이 굉장했어. 바람 소리가 꼭 큰 울음 같았어. 바다와 하늘을 섞어 한 번에 휘잡아 돌린 것처럼 위아래 없이 온통 먹빛이었지.

한데 섞여 어디가 하늘이고 땅이고 바다인지 모를 날에 한 사람이 서 있었다는 거죠, 그 높은 곳에.

김소가 테이블 위로 턱을 괴며 이야기에 흥미를 보였다.

손바닥보다 좁은 옥상 난간에 서서 바람에 휘청거리면서도 용케 버티며 아래를 내려다봤어, 그 사람. 모여든 사람들 모두 고개를 꺾고 올려다보는데 혼자 아래를 내려다보면서.

빗소리가 좁은 카페 안을 채우듯 밀려들었다. 소리에 놀란 청이가 고개를 들어 밖을 살피는가 싶더니 몸을 더 동그랗게 말며 돌아누웠다. 맹소가 팔을 뻗어 청이의 등허리를 가볍게 쓸어주었다. 홍시는 검지로 술잔의 테두리를 따라 그리며 그 모습을 지켜보았다. 정적의 허리를 끊고 김소가 입을 열었다.

어떻게 됐어요, 그 사람? 뛰어내렸지 싶은데요.

…….

소바는 대답 대신 자신의 빈 잔에 술을 채우고는 권하지도 않고 혼자 들이켰다. 홍시가 멸치가 담긴 접시를 가까이 밀어주었지만, 힐끔 보기만 하고 손대지는 않았다.

……뛰어내렸지.

그럴 줄 알았다는 듯 맹소가 고개를 끄덕였다.

저런, 밑에 있던 사람들 진짜 놀랐겠네요.

홍시가 등받이에 몸을 기대며 미간을 좁혔다.

놀랐지.

당연하죠. 눈앞에서 사람이 떨어져 죽었으니.

그래…… 근데 말이야. 그 당연한 일이 일어나지 않은거야.

셋의 시선이 일제히 소바에게 쏠렸다. 그게 도대체 무슨 말이냐는 표정이었다. 맹소가 치떴던 눈을 바닥으로 내리꽂았다. 바로 눈앞에서 떨어지는 무언가를 본 사람처럼. 눈을 휘둥그레 뜬 김소가 손가락으로 회색 카펫이 깔린 바닥을 가리키며 물었다.

뛰어내렸다면서요? 그러면 분명 바닥으로 떨어졌을 거 아녜요?

소바가 고개를 끄덕이고는 이내 고개를 저었다.

분명히 뛰어내렸지만, 분명히 떨어지지도 않았어.

지나간다던 비는 그칠 줄을 몰랐다. 오히려 빗줄기는 굵어지고 거세졌다. 빗발이 철창처럼 드리운 카페 안으로 적막이 흘렀다. 작은 테이블의 사면을 하나씩 차지하고 앉은 네 사람은 의자 등받이에 몸을 깊숙이 묻고는 저마다의 생각에 빠졌다.

작가들은 생각하는 것부터가 좀 다르다며. 다르게 보는 법부터 연습하는 게 시라고 홍시가 나한테 그랬잖아. 세 사람은 어떻게 생각해?

커피 잔 겸 술잔을 눈앞까지 들어 올린 홍시가 고개를 이쪽저쪽으로 움직이며 잔의 좌우를 살피는가 싶더니 앗, 소리를 내며 엉거주춤하게 일어섰다. 베이지색 바지의 무릎이 작은 섬처럼 젖어있었다.

아까운 술은 왜 버리고 그래.

김소가 홍시의 손끝에 거꾸로 걸린 잔을 가져가 입 안에 털어 넣는 시늉을 하고는 테이블 위에 내려놓았다. 소바가 무감한 얼굴로 일없이 바지를 털어내는 홍시를 보았다.

떨어졌는데, 떨어지지 않았다……라.

중얼거리며 한 손으로 턱선을 쓸어내리던 맹소가 일어나더니 테이블을 돌아 맞은편의 홍시에게로 다가왔다. 그리고 뒤편 서가에서 책 한 권을 쑥 뽑아 들었다.

이 오래된 책이 여기 있네. 봐봐.

김소가 모두 볼 수 있게 가슴께에서 책의 표지를 앞으로 돌려 보였다. 추락하는 것은 날개가 있다. 이문열의 장편소설이었다.

표지와 책배, 책등 어디도 시간과 볕에 바래지 않은 곳이 없었다.

제목이 다했지.

제목만으로라도 다해보고 싶다.

맹소의 말에 김소가 라임을 맞췄다.

그거 그 애 이야기 아냐? 해 가까이 갔다가 밀랍 날개 녹아서 바다에 떨어져 죽은. 그 책이 여기 어디에 꽂혀있을 텐데…… 얼마 전에 읽었는데…….

소바가요? 이카로스를 안다고요?

맹소의 눈이 휘둥그레졌다. 밸런스 커튼 너머 부엌으로 들어간 소바가 노트 하나를 들고나왔다. 큼직한 초코케이크가 그려진 초등학생용 노트였다. 테이블 위에 펼쳐놓은 소바의 공책을 보기 위해 맞은편의 맹소가 허리를 세우며 몸을 기울였고 김소와 홍시는 소바의 양옆에 다가 앉았다. 노트의 절반 넘게 읽은 책의 제목과 작가 이름, 읽은 날짜가 쓰여있었다. 최근 기록을 살피던 소바가 테이블을 탁 치고는 노트의 한 부분을 가리켰다. 맹소의 몸이 더 기울어 넷의 머리가 사이좋게 모였다.

있어 있어. 그래, 내가 분명히 읽은 기억이 있어.

키가 작은 소바가 왼쪽에 앉은 김소 뒤로 돌아가 깨금발로 움직이며 위쪽 서가부터 뒤지기 시작했다. 긴 앞머리를 넘겨 빗은 단발에 검은 머리띠를 하고 줄무늬 셔츠에 면바지를 입은 소바의 뒷모습은 희끗한 흰머리만 아니면 책에 빠진 소녀로도 보였다. 책등을 쓰다듬듯 하나하나 짚어가며 책을 살피는 그 모습을 맹소와 김소는 경외하듯 바라보았다. 누군가 자신의 책등을 저렇게 따뜻한 손길로 어루만져준다면, 책 제목과 자신의 이름을 가만가만 읊조려준다면, 책장을 넘겨 첫 페이지 첫 문장이라도 슬쩍 훑어준다면, 서점에서든 도서관에서든 누군가의 손에 잡혀 장바구니나 책가방에 들어갈 수 있다면, 채 읽지 못하고 반납하거나 중고 서점에 내놓일지라도 누군가의 책상과 책꽂이에서 며칠만이라도 그의 책이 되어볼 수 있다면. 둘 중 하나, 어쩌면 둘 모두의 옅은 한숨이 빗소리에 파묻혔다.

서가 아래 칸에서 꺼내 든 책을 소바가 호기롭게 테이블 위에 내려놓았다. 알록달록한 표지가 눈에 띄었다. 만화로 읽는 그리스 로마 신화였다. 소바가 펼쳐 내보인 페이지에는 날개에 불이 붙은 이카로스가 바다 위로 떨어져 내리는 장면이 그려져 있었다.

원형은 이카로스가 맞아요. 이후에 등장한 건 수많은 변형일 뿐이죠. 일종의 오마주랄까요.

노트에서 눈을 떼지 않은 채 홍시가 말했다. 제자리로 돌아온 맹소가 새 소주를 따서 네 개의 빈 잔에 골고루 채웠다. 홍시를 제외한 셋이 건배 없이 각자 잔을 들어 홀짝이고는 안주라도 되는 듯 쏟아지는 비를 내다보았다.

어떻게 된 걸까, 그 사람. 어디로 갔을까.

추락에서 날개를 거쳐 이카로스를 지나온 이야기가 다시 냉동 창고 꼭대기로 돌아갔다.

추락 방향에 나무나 난간 같은 장애물이 존재했을 수도 있어요. 뛰어내린 건 맞지만 낙하지점에 도착하기 전에 어딘가에 걸리는 바람에 완전히 떨어지지 못한 거죠.

오랫동안 쓰지 않던 냉동 창고를 외관만 남기고 리모델링한 후 문화시설로 탈바꿈하면서 건물 주변에 나무와 화단으로 조경을 했는데 김소가 그 점을 지적했다. 추리소설가답게 트릭에 집중했다.

아니, 냉동 창고일 때는 주변에 나무 한 그루 없었어. 창고에 난간이 없다는 건 봐서 알잖아. 밖은 예나 지금이나 그대로니까. 칠만 새로 했지.

그렇다면 이건요.

김소가 활짝 열린 문밖을 가리켰다. 비에 바람까지 보태져 가지와 잎사귀가 일제히 한 방향으로 눕다시피 하며 흔들렸다. 비바람을 견디지 못한 이파리 하나가 먼 바닥으로 떨어져 내렸다.

그날따라 바닷바람이 저렇게 한 방향으로 심하게 쏠렸다면요.

사람하고 나무 이파리하고 같아?

맹소가 테이블 위에서 잔을 뱅그르르 돌리며 반론을 제기했다.

바람에 저울이 있어? 태풍에 간판 날아가는 거 못 봤어?

그럴 수 있지. 하지만 그날은 바람이 그리 강한 날은 아니었어. 그래도 혹시나 싶어 밑에 있던 사람들이 먼 데까지 샅샅이 뒤졌지만 어디에도 없었어.

바다 쪽으로 떨어졌다면요?

김소가 복싱 선수처럼 요리조리 방향을 틀며 질문을 던졌다.

소설가가 상상력이 그리 빈약해서야. 어디 가서 챈들러 팬이라고 하지 마. 바다로 떨어졌으면 떠올랐겠지. 그래 가지고 밀실 트릭 쓸 수 있겠어?

맹소가 혀를 끌끌 차며 말했다. 핀잔에 발끈한 김소가 바로 받아쳤다.

챈들러는 시체나 트릭이 아닌 사람에 관심을 둔다고 내가 아까 말했을 텐데. 카버 좋아한다는 사람 사고가 간장 종지보다 얕아서야. 대성당이나 다시 읽어. 장님, 코끼리 더듬는 소리 그만하고.

시인은 어떻게 생각해?

소바가 스툴을 뒤로 밀어 서가에 등을 기대며 물었다. 노트에서 시선을 거둔 홍시가 생각할 시간을 벌 듯 숨을 길게 내쉬었다.

뛰어내리긴 했을까요, 그 사람?

소바가 가슴 팔짱을 끼며 홍시의 말을 흥미롭게 들었다. 말을 가로챈 사람은 맹소였다.

시인들은 저게 문제야. 툭하면 유위도 무위로 돌려버리지. 물컵 엎질러놓고 원래 컵에는 물이 없었대.

맹소에게서 등을 돌리고 삐딱하게 앉은 김소가 동조하듯 술잔을 들어 뒤집어 보였다. 잔은 비어있었다.

이제껏 싸우다가 치사하게 편 먹지 마.

문학에 니 편 내 편이 어딨나. 위 아 더 월드지.

김소가 들고 있던 잔을 홍시에게 넘기고는 술을 따라주었다.

비가 내린다랑 비가 온다랑 뭐가 다르냐고 묻겠지만 달라. 다르다고. 허투루 쓰는 거 같아도 말할 수 없이 예리하다고. 단어는 절대적이지만 시어는 상대적이야. 우주적인 말이라고.

시인답게 홍시의 말에는 본능적인 율과 격이 있었고 그래서인지 맥없는 말에도 생기가 돌았다. 서가에 기대고 있던 몸을 일으킨 소바가 홍시의 옆얼굴을 들여다보았다.

홍시야, 내 간섭이 그리 섭섭하드나. 자존심 상했나 보네.

소바, 저 등단 15년 차예요. 자존심 상할 때마다 도끼질했으면 이미 나무 수백 그루 넘어갔어요.

그거 알아? 오가는 사람도 없는 월요일, 지금처럼 비라도 오는 날에 특히. 뒤에 이렇게 앉아서 홍시나 맹소, 김소 글 쓰는 거 가만히 보고 있으면 그 모습이 얼마나 귀여운지. 컴퓨터 앞에 등 동그랗게 말고 앉아 쓴 말 지웠다가 다시 쓰고 쓴 말 또 지우고 하면서 한숨 폭폭 내쉬는 게 쉽게 할 일이야? 아니잖아. 그 철딱서니 없는 게 얼마나 귀하고 사랑스러워.

김소가 울상을 지으며 잔을 들어 올렸다. 맹소와 홍시가 잔을 들어 부딪혔고 모두 남김없이 잔을 비웠다. 그러고는 남은 도시락 김을 한 장씩 나눠 먹은 뒤 빈 술병과 함께 봉지에 담아 바닥에 내려놓았다. 테이블 위에 남은 술은 없었다. 식어버린 파전 몇 조각과 멸치 그릇이 전부였다.

벌써 장마인가.

자리에서 일어난 맹소가 봉지를 밖에 내려놓고는 그대로 문턱에 걸터앉았다. 어닝이 있는데도 바람 때문인지 비가 사선을 그리며 들이쳤다. 발끝에 떨어지는 빗물을 한참 바라보던 맹소가 혼잣말처럼 중얼거렸다.

소바, 질문이 잘못됐어요.

…….

소바가 몸을 일으켜 폴딩 도어 한쪽을 밀어 닫았다. 들이치던 빗물이 유리문에 부딪혀 미끄러졌다. 언제 내려왔는지 회색 카펫이 깔린 바닥에 무릎을 접고 앉은 홍시가 유리문에 흐르는 빗물을 손가락으로 따라 움직이며 상념에 빠져있었다. 맹소가 앞은 자리에서 팔을 길게 뻗어 서가 맨 아래 칸에서 책을 한 권 뽑았다. 그리고 책의 한 곳을 펼쳐 소바에게 건넸다. 별것 아닌 것 같지만 도움이 되는. 카버의 단편이었다.

카버라면요. 그렇게 묻지 않았을 겁니다. 아뇨, 아무것도 묻지 않았을 겁니다.

그럼?

소바 옆으로 홍시가 다가앉으며 물었다.

……들어주지, 카버는.

책장을 훌훌 넘기던 소바가 손을 멈추고는 무심히 말을 이었다.

늦은 밤, 조도 낮은 빵집 작은 테이블에 모여 앉은 한 부부와 빵집 주인의 이야기를…… 들려주는 게 아니라 같이 듣기 때문에 카버의 소설은 간섭이 없어. 그러니 담백할 수밖에 없는 거고 군더더기가 없으니 짧을 수밖에.

소바, 카버 소설도 읽었어요? 여기 북 카페 책 다 읽은 거예요?

홍시가 놀라 물었다. 소바는 덤덤하게 카버의 책을 맹소에게 돌려주었다.

노니 염불한다고, 나 중학교까지 나온 사람이야. 문맹도 아닌데 못 읽을 게 뭐야.

양반다리를 하고 의자에 앉아있던 김소가 휘파람을 불며 박수를 쳤다.

챈들러는요?

자리에서 벌떡 일어선 김소가 돌아서서 서가를 눈과 손으로 훑었다.

챈들러도 여기 어디 있는 거 봤는데…….

오른쪽, 두 번째 칸.

소바의 말에 얼른 오른쪽 책장 앞으로 간 김소가 두 번째 칸을 뒤지는가 싶더니 꺼낸 책 한 권을 자랑스레 들어 보였다.

있어요. 기나긴 이별.

하드보일드 추리 소설의 고전. 따뜻한 얼음 같은 탐정, 필립 말로 시리즈의 끝판왕.

기나긴 이별도 읽은 거예요? 챈들러는 쉽지 않았을 텐데요.

어려워. 복잡해. 정신 사납고. 그래도 확실히 하나는 인정해.

김소와 맹소, 홍시가 소바에게 시선을 집중했다.

탐정이 쓸만해. 사람이 질긴데 독하지는 않아. 나는 셜록 홈스보다 이 양반이 더 좋더만. 사건보다 사람을 먼저 보는 것도 그렇고.

그렇죠, 그거죠. 필립 말로는 탐정의 전형이죠. 역시 소바가 사람 볼 줄 아시네.

김소가 헛기침으로 목청을 가다듬더니 소설 속 필립 말로의 대사를 따라 했다.

잘 가게. 아미고. 안녕히, 라는 말은 하지 않겠어. 그 말은 이
제 진짜 의미가 있었을 때 했지. 그 말이 정말 슬프고 외롭고 마
지막이었을 때 했던 거야.* 필립 말로는 입만 열면 명대사예요.
부럽다. 챈들러.

김소가 책을 든 채로 맹소 옆으로 오더니 털썩 주저앉았다. 어
쩌다 보니 넷 모두 의자에서 내려와 밖으로 나가는 마루 끝에
옹기종기 모여 있었다. 홍시와 소바 옆으로 나란히 앉은 맹소와
김소의 품 안에는 두 레이먼드가 안겨있었다. 홍시가 옆에 두었
던 노트북을 무릎 위로 가져와 열었다. 화면의 커서가 여전히
비 오는 밤, 글자 뒤에서 깜박였다. 홍시가 오는, 을 지우고 내
리는, 을 쳤다가 지우고 다시 오는, 을 집어넣었다. 잠시 들여다
보는가 싶더니 오는, 마저 지워버리고는 노트북을 탁 덮고 그
위로 엎드려버렸다. 소바가 홍시의 등을 토닥였다.

좋은 시인이다, 홍시는. 비가 오든 비가 내리든. 내가 증인이야.

옆에서 김소와 맹소가 고개를 끄덕였다. 바람이 잦아들며 빗
줄기가 조금씩 가늘어지고 있었다. 어닝 끝에서 뚝뚝 떨어지던
빗물의 간격이 서서히 벌어졌다.

카버든 챈들러든 둘 중 누구라도 말이야. 이 자리에 있었다
면…… 소바의 질문에 뭐라고 대답했을까.

---

*레이먼드 챈들러, 「기나긴 이별」, 박현주 옮김, 북하우스(2010)

아까 맹소가 말했잖아. 카버라면 먼저 들었을 거라고. 그 사람의 서사를 이해하려 했을 거라고. 어떻게 떨어졌고 왜 떨어졌는지보다 더 중요한 게 뭔지 아는 사람이니까. 그림자처럼 옆에 앉아 이야기를 들어줬겠지. 아니면 자기 얘기를 들려줬겠지, 빵집 주인처럼.

김소가 맹소의 손에서 가져간 카버의 소설을 서가의 제자리에 돌려놓았다.

챈들러도 마찬가지. 필립 말로가 비열한 거리를 걷는다 해서 그까지 비열한 사람은 아니잖아. 술집 앞에서 만취한 테리 레녹스를 구하는 장면을 봐. 아무것도 묻지 않았지만 테리가 다시 돌아오잖아. 권총을 들고.

이번에는 맹소가 김소의 무릎 위에서 챈들러의 책을 가져가 오른쪽 두 번째 칸에 도로 갖다 꽂았다. 소바가 두 손을 털면서 자리에서 일어섰다.

비가 온다, 로 정했어요. 오늘 비는 오는 거 같아요.

따라 일어선 홍시가 노트북을 가볍게 두드렸다. 며칠 전부터 반복된 말이라 모두 홍시의 말에 흥미를 보이지 않았다. 내일 비는 내릴 거 같다고 어제 오후에 말했었다.

나는 이제 퇴근할란다.

남은 폴딩 도어까지 닫아건 소바가 테이블의 독서 노트와 잔을 챙겨 부엌으로 들어갔다.

소바, 냉동 창고 앞으로 지나가죠?

김소가 슬리퍼에 발을 집어넣으며 홍시와 맹소에게도 얼른 따라 신으라고 재촉했다. 부엌에서 나온 소바가 신발장에서 발목 장화를 꺼내 신고 나가자 그제야 신발을 찾아 신은 홍시와 맹소가 종종걸음으로 뒤따랐다. 우산꽂이에 담긴 우산은 두 개뿐이었다. 컹. 잠에서 깬 청이가 자개장 서랍에 들어앉은 채로 마당을 벗어나는 넷을 향해 짖었다. 김소가 들고 있던 우산을 맹소에게 건네고는 소바가 쓴 우산 속으로 뛰어들었다. 소바가 움찔 놀라면서도 김소 쪽으로 우산을 기울여주었다. 소바와 김소, 홍시와 맹소가 우산 하나를 나눠 쓰고는 앞뒤로 계단을 내려간 뒤 좁은 골목을 빠져나갔다. 골목은 2차선 도로로 이어졌고 도로 너머는 바로 바다였다. 바다를 왼쪽에 두고 인도를 따라 50미터쯤 걸어가는데 저만치 유리문이 열리며 앞치마를 입은 중년 여자가 나왔다. 손에는 단단히 묶은 종량제 봉투가 들려있었다. 김소와 맹소, 홍시도 두어 번 간 적이 있는 작은 빵집이었다. 빵의 종류는 적었지만 하루에 두 번 갓 구워낸 빵의 냄새가 골목과 길까지 흘러나와 지나는 이들을 멈춰 세우곤 했다. 우산 속 소바를 발견한 여자가 반가운 기색으로 고개를 꾸벅 숙였다. 멈춰 선 소바가 우산을 위로 쓱 들어 올리며 말했다.

알지? 우리 예술가 선생님들.

저 위 레지던시에 계시잖아요. 우리 가게에도 빵 사러 몇 번 오셨는걸요.

인사해. 이쪽은 추리소설 쓰는 김동희 선생님. 조만간 하나 터뜨린다.

단정적인 소바의 말에 눈이 휘둥그레진 김소가 두 손을 내저었다.

저쪽은 홍영란 시인 선생님. 사랑시를 참 잘 써. 하나 읊어볼 테니 들어볼래?

홍시가 얼른 소바의 한쪽 손목을 붙잡았다. 들고 있던 우산이 흔들리며 빗물이 툭 홍시의 손등으로 떨어졌다. 소바가 남은 손을 그 위로 포개더니 쓱 물기를 걷어냈다.

저는 맹수영입니다. 선생님은 아니고요. 소설 씁니다.

장편보다는 단편을 더 잘 써. 한국의 레이먼드 카버야.

맹소가 선수를 쳤지만 소바가 후렴을 이어 붙였다. 혹 떼려다 혹 두 개를 붙인 맹소가 울상을 지으며 고개를 외로 꼬았다.

글 쓰는 분들 참 대단해요. 어떻게 쓴대요?

대단하지. 예술이 어디 보통 일이야? 글자 한 자 때문에 종일 고민해본 적 있어? 그게 퇴고라는 건데 비가 온다와 비가 내린다가 어떻게 다르냐면.

소순예 바리스타님.

말이 길어지자 김소가 냉큼 말을 끊었다.

퇴근하셔야죠. 가던 길 갑시다요.

맹소와 홍시가 양옆에서 소바의 팔을 가볍게 잡아끌었다. 마지못해 걸음을 옮기며 소바가 중년 여자에게 손 인사를 보냈다.

차라리 홍시라고 부르세요. 손발 오그라들게 선생님이 뭐예요.

홍시가 투덜거렸다.

홍 선생보다는 홍시가 훨씬 이쁘지. 시인 별명으론 딱이야.

맹소가 홍시 보란 듯 엄지를 척 들어 올렸다.

홍시처럼 글이 잘 익었다는 뜻이기도 하니까. 재미없는 김소 맹소보다는 낫잖아.

김소가 맹소의 말에 살을 붙이며 거들었다.

땡감은 면했으니 다행인 건가.

홍시가 장난스레 한숨을 내쉬었다.

곶감보다는 홍시지.

맹소의 농담에 모두 웃음을 터뜨렸다. 어느새 건널목이었고 맞은편 바닷가에 높이 선 냉동 창고가 보였다. 비까지 내려 회색빛 건물은 더 쇠락해 보였다.

소바.

김소가 소바를 불렀다. 옆에 선 소바가 대답 대신 김소를 향해 고개를 기울였다.

……저 꼭대기에 서있던 사람이요.

…….

그 사람, 어떤 사람이었어요? 저기에 올라가기 전에 어떻게 살았을까요?

어떻게 됐는지 궁금한 게 아니고?

소바가 물었다.

사람을 알면 사정은 저절로 알게 되죠. 카버처럼.

챈들러처럼.

맹소의 말을 김소가 받아쳤다.

또 시작이냐는 표정으로 홍시가 어깨로 떨어지는 빗물을 털어냈다.

맨입에?

김소와 맹소, 홍시가 눈빛을 주고받았다. 보행 신호로 바뀐 횡단보도를 막 건너려는 소바를 맹소가 잡더니 돌려세웠다.

빵 나오나 봐요. 냄새가 좋은데요. 그냥 갈 수 있나요.

떠밀려 걸으며 소바가 주머니에 손을 찔러 넣었다.

내가 글 쓸 줄은 몰라도 말은 좀 하는데. 어떤 스타일로 해줄까. 카버? 챈들러?

이런 날엔 챈들러가 좀 낫지 않을까.

그런 게 어딨어.

한 우산 속에서 걷던 맹소가 홍시의 팔꿈치를 툭 쳤다.

이 레이먼드도 좋고 저 레이먼드도 좋고. 레이먼드라면 누군들.

갓 구운 빵 냄새가 열린 문밖으로 새어 나왔다. 풍미와 고소함과 달콤함이 섞인 따뜻하면서도 맛있는 냄새였다. 빵이 가득 담긴 트레이를 들고나오던 여자가 다시 돌아온 넷을 반가움과 의아함이 섞인 얼굴로 보았다. 김소와 맹소가 접은 우산을 문가에 내려놓고 빵집으로 들어가자 안쪽 창가의 하나뿐인 테이블에 자리를 잡은 소바와 홍시가 보였다. 넷은 오후의 옅은 빛이 들이치는 둥근 테이블에 둘러앉았다.

어떤 빵으로 드릴까요?

여자가 물었고 둘러앉은 넷은 여자의 손에 들린 트레이를 보았다. 트레이에는 암모나이트 화석처럼 동그랗게 말린 손바닥만한 크기의 빵이 줄지어 놓여있었다. 빵 위로 얇게 발린 설탕 코팅이 반짝였다. 약속이나 한 듯 모두 트레이의 빵을 가리키며 동시에 외쳤다.

계피롤빵.

여자가 내온 접시에는 계피롤빵이 소복하게 담겨있었다. 테이블 위로 알싸한 계피 향이 피어 올랐다. 소바가 먼저 빵을 집어들자 맹소와 김소, 홍시도 이내 하나씩 집어 들었다. 넷은 말없이 롤빵을 먹었다.

왜 계피롤빵이었을까, 카버는…… 많고 많은 빵 중에.

……계피는 따뜻한 성질을 가지고 있어. 그래서 몸을 데우지.

소바의 말에 남은 셋이 수긍하듯 고개를 끄덕였다.

부부에게는 위로가 필요했으니까. 위로는 따뜻해야 하니까. 카버는 그걸 알았던 거고.

챈들러도 마찬가지.

김소가 다름없이 챈들러로 말을 받았다.

왜 많고 많은 칵테일 중 김릿이었겠어. 오래 배를 타는 선원들이 비타민 C가 부족해서 괴혈병에 걸리니까 비타민이 풍부한 라임 주스를 진에 타서 마시게 한 게 김릿의 시작이었다고. 사람을 살리는 김릿이라고.

그런데 왜 김릿을 마시기에는 아직 이르다고 한 거야? 빨리 마시면 좋잖아.

홍시의 말에 소바가 입 안 가득 빵을 우물거리며 말했다.

취하잖아, 술이니까.

소바의 근원적인 대답에 어이없어하면서도 반박할 말을 찾지 못한 맹소와 김소, 홍시가 피식 웃어버렸다.

때가 되면 김릿도 좋지.

언제?

홍시가 김소에게 물었다.

다시 비가 쏟아지면.

대충 얼버무린 김소의 대답에 김이 빠진 홍시가 새치름한 표정을 지으며 계피롤빵을 조금씩 뜯어 먹었다. 김소와 맹소는 계피롤빵을 하나씩 더 먹었다.

다음 날 아침에 먹을 식빵을 사 들고 빵집 밖으로 나오자 잦아들던 비가 다시 굵어져 있었다.

이제 김릿?

김소가 우산을 펴 올리며 물었다. 맹소와 홍시가 졌다는 듯 어깨를 가볍게 들어 보였다.

소바가 우산을 홍시에게 기울이며 말했다.

홍시야. 아무래도 오늘은 비가 오는 거 같지?

그러게요. 반갑네요.

홍시가 더는 발끈하지 않았다.

제가 가서 진이랑 라임 주스 사 올게요.

김소가 우산을 쓴 채 마트가 있는 쪽으로 겅중겅중 뛰어갔다.

셋은 한 우산 속에 다닥다닥 붙어 레지던시 골목으로 걸어 들어갔다.

옥상에 선 남자는 정말 어떻게 된 거예요?

맹소가 물었다. 소바가 주머니에서 꺼낸 담배를 손등 위로 톡

톡 두드리다가 천천히 입을 열었다.

　지금부터 생각해보자고.

작가의 말

김릿 Gimlet

진 1oz
Rose's 라임 주스 1oz

계피롤빵 Cinnamon Rolls, 갓 구운

반죽 : 중력분 300g, 우유 140g, 이스트 4g, 버터 50g,
　　　설탕 60g, 소금 5g, 계란 50g
필링 : 녹인 버터 20g, 흑설탕 70g, 시나몬파우더 4g

여기,
김릿 한 잔 롤빵 하나

Anything else?

그렇다면,
레이먼드 레이먼드

2017년 포항소재문학상 대상을 수상하며 작품 활동을 시작했다. 자신이 세상에 쓸모없다 느낄 때 이야기를 지어낸다. 그래서 앞으로도 계속 소설을 쓸 것 같다. 재능과는 관계없다. 소설집으로 『어룽이 놀던 자리』가 있으며 앤솔러지 『당신의 가장 중심』, 『작은 것들』을 함께 썼다.

사방

김도일

四方 – 둘러싼 것들

　김개동은 영일지구 특수사방사업본부 흥해 제3~5현장 규율 감독관이었다. 그는 방금 감독관의 자리에서 해임됨과 동시에 절도, 업무방해, 기물 파손, 협박, 금품 갈취 등의 혐의로 경찰서에 잡혀 와있다. 지금까지의 죄목도 심각한데 경우에 따라서는 국가 내란 음모 같은 무시무시한 죄목에도 걸려들 판이다.

　뒤로 수갑이 채워진 채 취조실 구석에 처박혀있는 김개동은 원래의 얼굴 형태를 잃어버릴 정도로 망가진 모습이다. 양쪽 눈은 퉁퉁 부어 제대로 뜨지도, 그렇다고 감기지도 않았는데 안구의 혈관이 터졌는지 흰자위가 보여야 할 곳이 전부 붉은색이었다. 입술은 해삼 두 개를 붙여놓은 것 같이 부풀어 올랐고 피가 일어 검붉어진 주먹만 해진 귓밥 때문에 귓구멍이 보이지 않았다. 정신을 잃을 때마다 끼얹은 물로 온몸은 젖었고 괄약근이 풀렸는지 똥 냄새가 지독했다.

해방둥이로 태어난 김개동은 올해로 딱 서른 살인데 아직 장가를 들지 못하고 노모와 둘이 살고 있다. 마음 같아선 하루빨리 여자를 들여 눈이 침침해 만드는 음식마다 머리카락이 빠져 있고 허리가 완전히 기역자로 굽은 탓에 지팡이 옆에 매달려 걸음을 떼는 모친을 모시게 하고 싶었다. 아니 그보다 펑퍼짐한 엉덩이를 가진 여자의 배 위에서 잠자리에 들고 실한 여자의 가슴을 주무르며 나른한 아침을 맞는 상상을 현실로 바꾸고 싶었다. 김개동은 가끔은 이런 상상이 점점 부풀어 달아올라 홀로 뜨거워진 욕망을 흔들어 대곤 했는데 그 끝은 언제나 나른함과 허탈감이 뒤섞인 성가신 뒤처리였다.

그러나 이런 바람과 상상이 이루어지기엔 그가 처한 환경이 너무 비루했다. 가진 재산이라고는 부엌 딸린 방 한 칸짜리 초가집과 집 뒤에 붙어있는 손바닥만 한 텃밭이 전부였는데 그것도 마을과는 동떨어진 외진 곳이었다. 아직 나이가 한참 때라 조금만 부지런하여 뱃일에 따라붙거나 남의 집 농사에 품을 팔면 집안 하나 건사하는 것은 그리 힘든 게 아닐 터였다. 허나 김개동은 천성이 땀 흘려 제힘으로 뭘 해보겠다는 생각조차 하지 않는 백수건달이요, 불한당(不汗黨)이었다. 그가 관심이 있고 소질을 보이는 것은 술과 노름이고 이 둘을 함께 하다 벌이는 주먹질이 전부였다.

그런 김개동에게도 딱 한 번 여자와 같이 살 기회가 있었다. 오 년 전, 그와 어울리는 치 몇몇과 대구에 방을 열어 사기 노름판을 벌이던 때였다. 가끔 드나들던 대폿집에 여자 하나가 새로 들어왔다. 술을 나르고 때로는 손님 옆에서 젓가락을 두드리기도 하는 여자였다. 쌍꺼풀이 굵은 동그란 눈과 옆을 스칠 때마다 풍기는 아찔한 분내도 좋았지만, 우악스러운 여기 억양과는 다른 완벽한 서울 말씨가 김개동의 눈을 자꾸 그녀에게로 돌리게 만들었다. 어느새 그는 매일 그 대폿집에 출근 도장을 찍게 되었다. 처음에는 걸진 농담과 후한 씀씀이로 관심을 끌고 그러다가 슬쩍 손목을 잡은 후, 종국에는 두툼한 담요 위에 자빠트려 배꼽까지 맞추게 되는 과정은 김개동이나 여자에게는 아주 자연스러운 과정이었다.

"자기야."

"와?"

"자기는 가족이 없어?"

"가족? 와 없겠노? 고향 바다 근처에 어무이가 살고 있다."

"와! 자기 고향이 바다야? 난 한 번도 바다에 가본 적이 없는데. 그럼 바다에 집도 있겠네?"

"당연하지. 집만 있다 뿐인가? 집 뒤에 억수로 넓은 밭도 있지럴. 우리 고향이 쪼매 촌이라가 글치, 먹고사는 데는 아무 문제가 없는 기라."

"나도 빚 다 까고 나면 이런 뜨내기 생활 정리하고 조용한 시골에 자리 잡는 게 꿈인데."

"그라믄…… 내가 니 빚 다 갚아주면 울 엄마 모실 수 있겠나? 할마씨가 나이가 많고 등이 마이 굽어 그렇지 니한테 요강으로 똥오줌 받게 하지는 않을 끼다. 성질도 안 별나고."

"어머 정말? 당연히 잘 모실 수 있지. 나는 엄마 없이 자랐거든. 그래서 결혼하면 시어머니를 친엄마처럼 모시고 살겠다는 생각을 옛날부터 했었잖아."

"진짜가? 알았다. 노름판 약발도 슬슬 떨어져 가는 거 보이 여기도 곧 접고 한동안 잠수 타면서 딴 데 판 벌일 곳을 찾아봐야할 거 같은데. 여기 정리하면 니 빚 다 까줄 테니께 내하고 같이울 고향에 가자."

대폿집 딸린 방에 아예 살림을 차린 지 며칠 후 이불 속에서 이런 대화가 오고 갔다.

파도가 잔잔해지고 얼었던 땅이 슬금슬금 녹고 있는 봄 언저리 어느 날, 들에는 사내들이 쟁기질을 하느라 소에게 '이랴'와 '워'를 번갈아 외쳤고 바다에는 아낙들이 전복을 캐기 위해 조심스레 몸으로 수온을 확인하고 있었다. 들과 바다를 가르는 신작로에 이 동네에선 좀처럼 보기 힘든 녹색 브리샤 택시 한 대가 들어서고 있었다. 멀리서부터 흙먼지를 일으키며 다가오는 택시를 발견한 사람들은 내리는 이가 누구인지 궁금하여 들에서나 바다에서나 일을 잠시 멈추고 눈으로 택시를 좇았다. 차가 서고 뒷문이 열렸다. 이어 머리에 포마드를 듬뿍 바르고 선글라스를 쓴 김개동의 광나는 백구두가 땅을 밟았다. 김개동의 반대편 문에는 노란 원피스와 짝을 맞춘 머리띠를 한 여자가 커다란 가방 하나를 안고 내렸다.

김개동이 포부도 당당하게 마을을 가로질러 외판집으로 향하는 동안 한 번이라도 뒤를 돌아 여자의 표정을 살폈다면 그녀의 야반도주를 눈치챘을지도 몰랐다. 날이 밝자마자 여자는 김개동의 집을 나와 고기 떼러 온 트럭 하나를 붙잡고 도망을 가버렸다. 당시 김개동은 전날 마신 사 홉들이 소주로 일어나지 못하고 있었고 그의 노모는 며느리가 될 처자에게 뜨신 밥 먹인다고 부뚜막에 쪼그리고 앉아 손에 잡힐듯한 호강을 생각하느라 그녀가 집을 빠져나가는 것을 눈치채지 못했다.

여자를 찾아 가랭이를 찢어 죽인다고 몇 날을 눈이 벌게 다니다가, 그 후 또 며칠을 술에 절어있다가 털고 일어나서 김개동이 말했다.

"하, 씨발 가시나…… 눈깔에 역마살이 찡긴 거를 내가 알아봤어야 했는데."

김개동이 서울말을 쓰는 처자에게 정을 주었던 것은 단지 여자의 외모나 욕정 때문만은 아니었다. 이것도 일종의 향수라고 할 수 있으려나. 그의 집안은 원래 서울 사대문 안에서 대를 이어 왔었다. 지금 마을에 터를 잡고 산 것은 그의 조부 때부터였는데 조부는 당시 세 살이었던 그의 부친과 단둘이서만 이 마을에 들어왔었다. 그때나 지금이나 가진 것은 쥐뿔도 없는 데다 먹고살 만한 기술 또한 없었지만 조부는 사대문 출신이라는 자부심이 있었다. 그 자부심은 촌구석에서 고기 배나 따고 미역이나 캐는 사람들에 대한 업신여김으로 이어졌다.

서울깍쟁이답게 눈치가 빠르고 제 잇속 챙기는 것에 밝은지라 밥은 근근이 먹고살았지만 마을 사람들과 조금이라도 투닥거릴 거리가 생기면 조부는 '막돼먹은 천한 것들과는 상종을 말아야 한다' 말을 입에 달고 살았다. 마음속에 깔린 이러한 생각의 바탕이 그의 가족들이 좁은 시골에 살면서도 마을 사람들과 일체감을 느끼지 못하고 겉도는 이유일 수도 있겠다. 지금 김개동이 뱃일과 밭일을 멀리하는 것도 '그런 일은 천한 것들이나 하는 것이지, 사대문 안의 사내가 할 짓이 못 된다'던 어릴 적 조부의 가르침이 일부 영향을 미친 것이다.

김개동의 부친은 조부의 뜻대로 험한 일 대신 펜대를 굴리는 직장에 취직했다. 중학교를 겨우 졸업하고 일본인이 운영하는 수산회사에서 재고 관리를 거쳐 경리 일을 하다가 해방이 된 후 수산회사가 문을 닫자 학력을 고졸로 위조하여 흥해읍사무소에 서기보로 임용된 것이다. 김개동이 태어난 지 일 년이 채 안 되었을 때인데 조부는 손자가 태를 잘 가지고 태어나서 그런 것이라고, 이제 우리 집안은 대대로 부귀와 광명을 누릴 것이라며 목에 힘이 빠질 날이 없었다.

조부가 어깨와 목에 힘을 주고 다니던 날은 그리 오래가지 못했다. 김개동이 여섯 살 되던 해 여름 어느 일요일 새벽에 소련제 탱크를 앞세운 인민군이 쳐들어왔기 때문이다. 전쟁이 일어난 지 사흘 만에 서울을 뺏긴 국군은 남쪽으로 후퇴를 거듭하였고 급기야 김개동의 마을 앞까지 인민군이 들이닥치는 지경에 이르렀다. 사람들은 피난을 가기 위해 보따리를 쌌고 김개동의 집에서도 이불, 곡식, 솥단지 따위를 싸서 보따리를 식구 수대로 만들어놓고 부친이 오기를 기다렸다. 당시 김개동의 부친은 서기보에서 막 서기로 승진했을 때였는데 맡은 일이 호적과 병적을 관리하는 직이어서 피난 가기 전 읍사무소에 있는 서류부터 남쪽으로 후송 보내야 했다.

북쪽 산의 능선을 따라 불길이 일렁거렸다. 마을에 남아있는 사람들은 김개동의 가족뿐이었다. 부친이 돌아오면 같이 움직이기로 했지만 감감무소식이었다. 언제나 올까 발을 동동 구르고 있다가 마을 바로 앞산에서 찢어지는 폭음이 들리고 나서야 떨어지지 않는 발걸음을 억지로 떼어 남쪽으로 갔다. 부친 몫의 보따리는 남겨둔 채였다.

피난은 그리 오래 걸리지 않았다. 국군이 낙동강을 따라 방어선을 구축하고 전열을 가다듬은 덕분에 인민군은 형산강을 넘지 못했다. 약 보름 후 집으로 돌아온 사람들은 마을 어귀 도랑에서 목이 부러진 채 죽어있는 부친을 발견했다. 습한 여름 날씨에 시신은 이미 썩어 문드러져 얼굴 형체는 알아보지 못했고 물이 흥건히 고여 악취를 풍기는 몸뚱이 위로 파리가 들끓었다. 동료 직원의 말에 의하면 피난 가던 날, 부친은 서류 후송을 끝내고 읍사무소의 공용 자전거를 타고 급하게 집으로 출발했다고 했다. 여러 사람들의 공통된 생각은 돌부리가 많이 박힌 비포장 내리막길에서 브레이크도 잡지 않고 무리하게 달리다 길옆으로 처박힌 것이 사인이 아닌가 하는 짐작이었다.

성격이 괄괄하고 사대문 안 출신이라는 자부심이 하늘을 찌르던 조부는 아들이 죽고 나서는 몸에서 무엇 하나가 빠져버린 것처럼 멍하게 지냈다. 마을 사람들이 인사치레로 말을 건네도 아는 척 마는 척 영 기색을 내질 않아 이윽고 마을의 누구 하나 조부를 보고서는 아는 체하지 않았다. 그런 조부가 김개동의 모친을 보면 서방 잡아먹은 년이라고 악다구니를 써댔다. 아들이 죽은 것에 며느리가 관여한 것은 손톱만큼도 없었지만 누구에게라도 잘못을 씌워 분풀이를 해야 겨우 숨을 쉴 수 있었기 때문이었다.

사실 조부는 처음부터 며느리가 썩 마음에 들지 않았다. 홀아비와 총각 둘이 사는 살림이 궁곤하고 꼬질꼬질함은 당연한 이치였기에 이를 벗어나 보고자 진행한 혼사였다. 수소문 끝에 조실부모하고 백부 집에 더부살이하는 근동의 처자를 며느리로 들였다. 비록 혼인 때 사돈댁으로부터 소 두 마리 값을 혼수로 받았지만 어릴 때부터 허드렛일이나 하며 자라온 여자가 서울 사대문 안 출신 집 며느리가 되기에는 아무래도 많이 기운다고 생각했다. 그래서인지 부친 생전에도 며느리에게 사사건건 트집을 잡아 시집살이를 시키곤 했는데 동네 사람들이 이 꼴을 보고는 '시어마시 시집살이가 춘삼월 미역 따기라면, 저 집 시아바시 시집살이는 동짓달 물질'이라고 혀를 내둘렀다. 며느리가 김개동을 낳고 아들이 읍사무소에 들어가면서 시집살이가 좀 수그러드는 듯했으나 아들이 죽은 후 과거의 패악질이 되풀이되었다. 자기 입에 밥이 들어가는 게 며느리가 새벽부터 늦은 밤까지 물질과 갯일을 하는 덕분이라는 것은 생각조차 하지 않았다.

아들이 아비보다 먼저 죽으면 크나큰 불효라 하여 봉분도 제대로 안 올리고 대충 매장해버리는 게 여사였다. 게다가 당시는 난리 통이어서 어딜 둘러봐도 흔해 빠진 것이 죽음이었다. 그러나 조부는 갯가의 천한 것들에게 사대문 안 법도의 모범을 보여야 한다고 일갈하며 마을 뒷산에 봉분을 봉긋하게 세우고 난리 시국에 수완 좋게 비석까지 번듯하게 세웠다. 조부는 날이 좋으나 궂으나 매일 아들의 무덤을 찾았다. 해가 바다에서 떠오르면 산에 올랐다가 산으로 떨어질 때서야 집으로 왔다. 전쟁 통에 산이 불타고 땔감으로 나무들이 베어져 주위의 산들은 누런 맨살을 드러냈다. 그런데 아들의 묘에는 얼마나 떼 단장을 잘했던지 멀리서 보면 황톳빛 바탕에 푸른 점이 콕 찍힌 것 같았다.

조부는 1959년에 죽었다. 그해는 태풍 사라호가 한반도 전역을 덮쳤는데 동해 어촌마을도 피해갈 수 없었다. 새벽부터 비바람이 심상치 않아 며느리가 오늘 하루는 쉬어라 간청했지만 돌아오는 답은 서방 잡아먹은 년이 시아비도 죽기를 바라는 것이냐는 꼬여도 한참 꼬인 꾸짖음이었다. 결국 조부는 빗물의 무게를 이기지 못한 민둥산이 무너지는 바람에 거기에 깔려 죽었는데 태풍이 지나서도 시체를 찾지 못하다가 일주일쯤 지나 뒷산에 올랐던 동네 사람이 땅 위에 삐죽이 솟은 엄지발가락을 발견한 덕분에 겨우 수습할 수 있었다. 결국 조부는 아들 옆에 묻혔다. 산사태에 집도 몇 채나 파묻힌 와중에도 신기하게 부친의 무덤은 멀쩡했다. 지금도 마을 사람들은 그 당시 얘기를 가끔 꺼내며 신통방통하다고 무릎을 치곤 한다.

砂防 – 무너짐을 막고 굳건히 쌓아올리다

마을에 산사태를 방지하기 위한 사방사업 바람이 불기 시작한 것은 이 년 전부터였다. 1971년부터 정부 주도로 전국에 '통일동산 만들기 운동' 바람이 불기 시작하더니 그 여파가 시골 어촌 마을에도 닿은 것이었다. 예전에도 수십 차례 소규모로 사방사업을 벌인 적이 있었다. 그러나 이곳의 토양 특질이 풍화가 쉽게 되고, 다른 지역보다 비가 적은 데다 바람까지 많이 불어 얼마 못 가 다시 황폐해져 버렸다.

그런데 이번에는 분위기가 달랐다. 헬기를 타고 동해안을 둘러본 대통령이 직접 흥해지역을 가리켜 '이곳은 국제항공로의 관문이며, 영일지구 한·수해의 원인이 되므로 근본 대책을 세워 완전 복구하여 버려진 땅을 되찾도록 하라'는 지시를 내리는 바람에 예전과는 비교도 할 수 없는 대규모 공사가 벌어질 판이었다.

봄부터 시작된 측량 작업이 여름 내내 이뤄지더니 추수가 끝나고부터는 구역을 나누어 본격적으로 공사가 이루어졌다. 작업 공정에 따라 한 집당 짧으면 열흘에서 길게는 육십 일까지 부역 일수가 할당되었는데. 동원되는 소도 하루, 구루마도 하루로 쳐주었다. 그러니까 어떤 사람이 구루마를 단 소를 끌고 나가면 사흘 부역을 한 것으로 치는 것이다. 당연히 집에 식구가 많거나 동원할 수 있는 것이 많으면 부역은 빨리 끝났고 일할 사람이 한 명밖에 없으면 에누리 없이 꼬박 일수를 채워야 했다.

아무리 몸 쓰는 것과 땀 흘리는 것에 질색하는 백수건달 불한당 김개동이었지만, 나라가 시키는 일에는 별수 없이 끌려 나갈 수밖에 없었다. 게다가 김개동은 예전에 사고를 치고 경찰서 신세를 몇 번 지는 바람에 요주의 인물 명단에 올라가 있었다. 따라서 관의 지시에는 고분고분 따라야 하는 처지였다. 삽 한 자루를 어깨에 걸친 채 목줄에 매달린 개처럼 질질 끌려 나온 김 개동의 심사는 얼굴에 숨김없이 나타났다.

"에이 씨부랄 꺼, 나라가 내한테 해준 기 뭐 있다고 똥개맹키로 오라가라 부려쌌노?"

누구를 향하는지 확실치 않은 불만을 뱉어내는 김개동의 입에 서는 어젯밤 먹은 술이 발효되어 구린내가 났다. 이부자리에서 막 나왔는지 뒤통수는 떡이 져 한쪽으로 쏠렸고 얼굴에는 베개 자국이 선명했다. 눈에는 누런 눈곱 두 덩어리가 매달린 채였고 바지 앞섶에는 안주로 먹다 흘린 초장이 문드러져 말라있었다.

김개동은 부역이 시작되고 한동안 지옥 같은 나날을 보냈다. 그러나 곧 이 상황에 극적인 반전이 일어나게 되었는데 지금까 지의 비루한 삶을 180도 바꿀 수도 있는 인생 일대의 큰 기회 가 찾아온 것이다.

그날도 그는 산 경사면을 가로지르는 임도 건설 현장에 배치 되어 흙을 퍼내는 작업을 하고 있었다. 삽으로 흙을 긁어내어 가마니로 만든 들것에 실어주고 나면 석재 운반조가 단단한 화 강암들은 날라와 골을 따라 이빨이 맞게 쌓고 다시 삽으로 덮어 주는 작업을 했다. 같은 조에 배치된 사람들보다 눈에 띄게 느 리게 몸을 움직여도 누구도 그에게 싫은 소리를 못 했다. 그마저도 잠시, 김개동은 곧 감독관이 보든 말든 평평한 돌에 퍼질러 앉아 담배에 불을 붙였다.

담배가 중간쯤 타들어 갈 무렵 산 아래에서 소란이 일었다. 처음에는 별 관심을 두지 않고 시간이 빨리 가기만 바라던 김개동도 소란이 커지고 산 중턱에 있던 사람들이 하나둘씩 아래로 내려가자 뭔 일인가 싶어 느릿느릿 아래로 발걸음을 옮겼다. 소란은 석재를 쌓아두는 3현장과 4현장 경계 지점에서 일어났다. 트럭이 그곳에 석재를 부려놓으면 양 현장에서 가져다 쓰는데 워낙 긴 구간에서 동시에 작업을 하다 보니 돌의 수급이 원활하지 못했다.

평소에도 양쪽에서 서로 돌을 차지하려고 크고 작은 마찰이 있었는데 오늘은 3현장 작업반장이 '야리끼리'를 선언하는 바람에 일이 커지고 만 것이다. '돈내기'라고도 하는 야리끼리는 정해진 할당만큼 작업이 이루어지면 시간과 관계없이 그날 작업을 끝내는 방식이다. 야리끼리라는 말에 혹한 3현장 사람들이 행여 돌이 모자라 작업에 차질이 있을까 봐 성격 괄괄하고 힘 좀 쓰는 건달 하나를 아예 석재 쌓아두는 곳에 박아놓고 4현장에서 가져가지 못하게 한 것이 소란의 원인이었다.

김개동이 사람들 틈을 비집고 들여다봤다. 웃옷을 벗은 빡빡머리 사내가 돌더미 위에 퍼질러 앉아있었다. 그의 등에는 몸통에 비해 얼굴이 심하게 큰 호랑이와 비늘이 듬성하고 꼬리가 뭉뚝한 용이 어색함을 어쩔 줄 모른 채 마주 보고 있었다. 쌍소리를 뱉어내며 험악한 분위기를 만들고 있는 사내를 보며 김개동의 얼굴에 의미를 알 수 없는 묘한 웃음기가 번졌다.

"큼, 카악, 퉤! 어이 방티!"

기세 좋게 쌍욕을 뱉어내던 빡빡머리를 비롯한 사람들의 시선이 일제히 김개동에게로 쏠렸다.

"니 방정필이, 용덕리 방티 맞제? 내 모리겠나? 오도리 똥개다."

빡빡머리의 눈빛이 갑자기 순해지는 것에 아랑곳하지 않고 김개동이 그에게 다가가며 말을 이었다.

"이 새끼 오랜만이네. 빵에 드갔다는 소식은 들었다. 언제 나왔노? 근데 니 거 와 앉아있노? 빵에서 나올 때 간은 거 띠놓고 나왔삐릿나?"

"어 그래, 똥개야. 바, 반갑다. 우리가 오늘 야리끼리래가 돌이 쫌 마이 필요타. 편의 쫌 봐주면 안 되겠나?"

"하, 이 새끼 봐라. 편의? 이거 마 개념을 상실했네. 안 그래도 추버가 짜증 나 죽겠는데…… 못 봐주겠다, 우짤래?"

"똥개야, 그기 아이고…… 나도 사람들한테 가오가 있는데."

"가오? 그래 알았다. 니 가오 세워 보거러 여기서 함 뜨까?"

김개동이 주위를 둘러보다 끝이 뾰족한 돌조각 하나를 주워서 사내에게 건넸다.

"자, 이걸로 내 대가리 콱 찍어뿌라. 아나, 와 뒷걸음치노? 찍어보라 하이."

"아이다 똥개야, 미안하다."

"미안하나? 미안하면…… 꺼지라 씨발놈아."

다음 날부터 김개동은 부역을 나갈 때 삽을 들고 갈 필요가 없었다. 전날 김개동의 활약을 전해 들은 4현장 소장이 김개동을 자재 반장으로 임명했기 때문이다. 자재 반장의 업무는 산 아래 석재 쌓아둔 곳으로 출근해 합판으로 엮은 초소 앞 공터에 불을 피워놓고 감자나 고구마를 구우면서 앉아있다가 돌을 실은 트럭이 오면 수신호로 4현장이 옮기기 쉬운 곳에 부리도록 유도하는 것이었다. 김개동은 기본 업무 외에도 3현장 인부들이 오면 온갖 트집을 잡아 석재를 못 가져가도록 애를 먹이다가 3현장에서 막걸리 한 주전자와 무침회 한 접시를 보내면 못 이기는 척 봐주는 추가 업무까지 소화해냈다.

해가 바뀌고 누런 땅에도 연둣빛 새싹이 돋기 시작했다. 인도 건설 작업은 순조롭게 진행되었다. 다른 현장에 비해 작업 공정이 월등히 빨리 진행되어 현장소장이 크게 만족했다. 김개동도 현장으로 나가는 하루하루가 그리 즐거울 수가 없었다. 부역이어서 일당이 있는 것은 아니지만 3현장에서 눈치껏 찔러줘서 생기는 수입도 짭짤했고 가끔 소장에게 전달되는 떡에서 떨어진 고물이 그에게까지 오는 경우도 있었다.

출근을 한 김개동에게 현장사무소로부터 호출이 떨어졌다. 혹시 3현장에서 정기적으로 돈을 받아먹는 게 소장 귀에 들어간 것은 아닐까 불안한 마음이 들었다. 양철로 벽을 두르고 지붕을 세운 사무소에 들어서자 구석 책상에 심각한 표정으로 앉아있던 소장이 일어서며 반갑게 맞았다.

"오, 김 반장 왔나? 이리와 앉게. 박 양아, 여기 커피 두 잔만 타오너라."

서울에서 내려온 현장소장은 아무리 좋게 봐도 김개동보다 나이가 많아 보이지는 않았는데 자연스럽게 하대를 했다. 그의 평소 성격대로라면 상대의 멱살을 잡아 패대기를 쳤거나 싸대기를 올렸을 테지만 소장 앞에 두 손을 포개고 앉은 김개동의 태도는 너무나 공손했다. 본능적으로 권력의 생리를 깨우치고 그 단맛에 취해버렸기 때문이다. 소장과 김개동 앞에 다소곳이 커피잔을 내려놓는 박 양에게서 향긋한 분 냄새가 났다. 불현듯 대구에서 배꼽을 맞췄던, 한때 색시로 삼으려 했던 여자가 떠올라 그의 의지와는 상관없이 바지 가운데로 피가 쏠렸다. 당황한 김개동이 포갠 두 손을 얼른 허벅지 위에 올렸고 이를 본인에게 보이는 공손한 태도라고 생각한 소장은 더욱 흡족해했다.

"김 반장이 이렇게 태도가 단정하니 내가 자네를 더 신임하게 돼."

"아, 아닙니다 소장님. 소장님을 저를 잘 봐주셔가 제가 은혜가 백골난망이지요."

"하하, 그런가? 내가 이리 급하게 김 반장을 부른 것은 말이야. 아침에 본부에서 연락이 왔어요. 도지사님께서 현장 순시를 나오신다고 말이야. 본부에서는 우리 현장이 작업 공정이 빠르니까 이쪽으로 안내를 하나 봐."

"도, 도지사님이라고요."

사실 김개동은 이제껏 도지사는커녕 시장 얼굴도 제대로 본 적이 없었다. 시장이 온다 해도 놀랄 판인데 도지사라니. 김개동의 심장이 뛰는 소리가 본인 귀에 들리는 것 같았다.

"이 사람, 놀라기는. 이게 다 자네가 자재 공급이 원활히 이루어지게 힘써서 그런 거 내가 다 알고 있네. 근데 말이야, 내가 걱정되는 게 하나 있는데 요즘 부역 동원율이 점점 떨어지는 것 같아. 아마, 봄이 와서 밭이나 바다에 나가느라 그런 것 같은데 이래서 도지사님 오셨을 때 우리 현장이 면이 서겠냐 말이야."

"예, 참 큰일이네요. 소장님 걱정이 크시겠습니다. 제가 뭐 힘

이 될 거라도……?'

"그래서 말인데, 자네가 부역자 관리를 좀 해줘야겠어. 마을을 돌아다니면서 부역 독려도 좀 하고 말이야. 혹시 아나? 일이 잘되면 아예 정식 직원으로 채용이 될지. 어때? 할 수 있겠나?"

"여부가 있겠습니까? 소인 분골쇄신하여 소장님을 모시겠습니다!"

"좋아, 아주 좋아. 내 그럴 줄 알았어. 어이 박 양아, 그것 좀 가지고 오니라."

곧 박 양이 무언가를 두고 사라졌다. 탁자 위에는 노란 바탕 위에 붉은 글씨로 '반장'이라고 새겨진 완장과 황금색 테를 두른 작업모가 놓여있었다. 김개동은 완장과 모자에서 나는 광채 때문이 눈이 부셨다.

소장으로부터 감투를 받은 김개동은 그날부터 완장과 모자를 착용하고 마을들을 돌기 시작했다. 그새 그를 따르게 된 꼬봉 둘과 함께였다. 마을들을 돌며 집집을 들쑤셔놓기도 하고 들이나 바다에 가서 일을 제대로 못 하도록 훼방을 놓기도 했다. 그러니 사람들은 때를 하루라도 놓치면 훗날 소출에 엄청난 영향이 있다는 것을 알면서도 부역에 나설 수밖에 없었다. 잠시 생업을 뒤로하고라도 저 징글징글하고 성가신 것부터 떼어놓자는 심정이었다.

　김개동의 활약 덕분에 공사는 일사천리로 진행되었고 도지사는 아주 흡족해하며 돌아갔다. 더구나 소장이 도지사에게 김개동의 공을 치사하는 바람에 감격에 겨운 김개동은 하마터면 눈물을 터뜨릴 뻔했다. 도지사가 4현장 소장만을 치하하는 바람에 인근 소장들은 심기가 아주 불편하면서도 부러워서 배가 아팠다. 그러나 그쪽에서도 4현장과 작업 진행을 어느 정도 맞춰야 했기에 4현장 소장과 김개동에게 아쉬운 소리를 할 수밖에 없었다. 그리하여 원래에는 없던 직책이, 그것도 세 개 현장을 통합하여 관리하는 자리가 새로 생겨난 것인데 그 직의 정식 명칭은 '영일지구 특수사방사업본부 흥해 제3~5현장 규율 감독관'이었다.

　이전에도 현장마다 감독관이 있어 작업 공정과 인력 배치 등을 담당했다. 그러나 규율 감독관이 생기고부터는 현장 감독관은 작업이 설계대로 진행되는 것만 감독하고 인력과 자재 할당, 작업 시간 같은 것은 규율 감독관이 정하게 되었다. 김개동이 마음에 들지 않는 현장에 노인들을 할당하고 자재도 늦게 주는 것으로 애를 먹이자 현장 감독관들도 그에게 잘 보이지 않으면 안 되는 처지가 되었다. 그를 현장 물을 흐리는 하찮은 쓰레기로 여기던 작년과는 처지가 완전히 뒤바뀐 것이었다.

이 밖에도 규율 감독관에게 주어진 권한은 이전과는 비교가 되지 않았다. 일단 관리해야 하는 현장의 거리가 멀다는 이유로 오토바이 한 대가 지급되었다. 가죽 잠바에 라이방을 끼고 흙먼지를 일으키며 90cc짜리 일제 오토바이를 몰고 다가오는 김개동의 모습에 반해 부역을 자처하는 처녀들도 있었다. 그녀들의 꿈은 부모와 달랐던즉 흙과 물에 몸을 담가야 하는 정해진 팔자를 어떻게든 고쳐보는 것인데 그런 의미에서 김개동은 굵고 실한 동아줄이었다.

그는 또 근로 기강 감독을 구실로 현장마다 두 명씩 도합 여섯 명의 부하를 부릴 수 있었다. 근동에서 애초 인간 되기는 글렀다고 소문난 치들 중 대표 주자들만 뽑아서 그런지 그를 비롯한 일곱 명은 모두 둘째가라면 서럽다고 할 개차반들이었다. 이들은 저녁마다 모여 술판을 벌였는데 그들이 술집에 들어서면 이미 앉아있는 사람들은 슬금슬금 자리를 떴다. 술집 주인들도 이들이 별로 반갑지 않기는 마찬가지였다. 손님을 쫓아내는 이들이 마시는 술과 음식은 언제나 한 번도 갚은 적 없는 외상이었기 때문이었다.

개차반들끼리도 나름 질서와 법도가 있어 이들의 술자리는 마치 야쿠자 영화에서 볼 듯한 장면이 펼쳐졌다. 여섯은 술집 앞에서 담배를 꼬나물고 앞을 지나는 여자들을 희롱하며 히히덕거리다 멀리서 오토바이 소리가 들리면 물었던 담배를 급히 껐다. 김개동의 오토바이가 그들 앞에 서면 허리를 구십 도 굽인 채 맞이하고 상석에 김개동이 앉은 후 양쪽에 셋씩 자리를 잡고 앉았다.

"야, 드디어 세상이 이 김개동이의 진가를 알아보는구만."

"맞십니다 형님, 아니 감독관님. 쪼매 늦은 감이 있지마는 이제라도 감독관님의 능력을 알아줬으니께 이제 탄탄대로 아니겠십니꺼?"

"암, 확실히 서울 사대문 출신은 우리 같은 촌 무지랭이하고는 뭐가 달라도 다르다 생각합니다. 제가 감독관님을 어릴 적부터 봐 왔지만 그때도 예사 분이 아니라고 생각했습니다."

"감독관님, 앞으로 더 승승장구하실 낀데 그때 가서도 부디 저희들 잊지 마이소. 지는 마 감독관님을 위해 목숨도 바치겠습니다."

사방공사는 큰 어려움 없이 순조롭게 진행되었다. 그런데 이 순조로움이 김개동의 마음을 불편하게 했다. 사방공사가 끝나면 자기의 감투도 끝나는 것이 아닌가 하는 불안감 때문이었다. 비록 소장이 정규직으로 채용해주겠다고 했지만, 그 또한 사방공사에 맞춰 급하게 채용된 처지라 미래가 불안하기는 마찬가지라는 것을 얼마 전에 알았다. 인력을 필요로 하는 공정이 끝남에 따라 중장비를 써야 하는 일이 많아져 부역 동원이 많이 필요 없어졌다는 것도 김개동의 신경을 긁었다. 게다가 장비 기사들은 대부분 외지에서 온 자들이어서 그의 말발이 잘 먹혀들어 가지 않았다. 한번은 이들의 버릇을 고치겠다며 굴삭기의 진입을 막았는데 기사가 길 가운데 장비를 세워놓고는 돌아가 버린 일이 있었다. 그새 간이 어마어마하게 굵어진 김개동도 누가 이기나 해보자며 물러서지 않았는데 애가 타는 것은 현장 감독관들이었다. 얼마 후 얼굴이 벌게진 소장이 김개동을 찾아왔다.

"야 김개동, 어떻게 된 거야?"

"아, 그거요? 장비 기사들이 룰을 안 따라가 버릇 좀 고치느라고요. 현장에 근로 기강이라는 게 있어야 하는데 외지 뜨내기 새끼들…… 아이쿠."

김개동은 말을 끝맺지 못했다. 대신 불에 덴 듯한 정강이를 부여잡고 펄쩍 뛰었다. 그런 김개동의 빰에 번개가 번쩍거렸다.

"뭐 버릇? 동네 개새끼 하는 짓이 귀여워 뼈다귀 하나 줬더니 지도 사람인 줄 아나? 야 이 새끼야, 기사들 지금 짐 싸서 간다는데 너 어떡할래?"

순간 김개동은 이게 꿈인가 생시인가 했다. 그리고 소장의 다음 말에는 혼이 나갈 지경이었다.

"곧 각하께서 여기 오실 텐데 너 때문에 공사 못 끝내면 그땐

너 죽고 나 죽고, 아니지 본부장, 시장, 도지사 다 죽는 거야 이 새끼야. 너 평생 콩밥 먹어볼래? 빨리 가서 무릎을 꿇든 바짓가랑이를 잡고 늘어지든 기사들 데리고 와! 이 쌍놈의 새끼야."

死方 - 죽음으로 향하는

김개동은 그날 이후로 며칠 동안 현장에 나가지 못했다. 사람들 앞에서 소장한테 험한 꼴 당한 것이 창피하고 대통령 각하께서 오신다는 말에 간이 쪼그라들어 버렸기 때문이다. 혹시나 작업을 방해한 사실이 서슬이 퍼런 청와대나 중정의 귀에 들어가는 게 아닌가 별별 상상을 하며 집 밖에 작은 소리만 나도 신경을 곤두세우고 있었다. 밥맛이나 술맛이 날 리 없었다.

현장 감독관들로부터 김개동이 제 분수를 모르고 설치고 다녀 애로가 이만저만 아니라는 불만의 소리를 듣고 벼르던 소장은 슬슬 그를 정리해야겠다고 마음먹은 참이었다. 다만 김개동의 손을 빌릴 일이 아예 없지는 않았기에 감독관의 직함은 유지해 주었다. 대신 지급되었던 오토바이는 도로 빼앗아버렸다.

안 그래도 허수아비처럼 완장만 남은 자리 탓에 수족처럼 부리던 부하들도 떨어져 나가 속병을 앓던 김개동의 머리를 더욱 아프게 하는 것이 한 가지 더 있었다. 바로 산 중턱에 부자가 나란히 사이좋게 자리 잡은 무덤이었다. 조부와 부친의 묘는 산 정상에서부터 세 갈래로 만들어 내려오는 수로가 합류하는 위치에 딱 자리 잡았다. 계획대로라면 두 무덤을 파내고 아래부터 작업해 올라오는 수로와 연결해야 하지만 지금까지 규율 감독관이라는 자리를 이용해서 작업을 미루고 있던 참이었다.

　아무리 천하의 개차반 김개동이라지만 조부와 선친의 무덤에 손을 대는 것만큼은 꺼림칙하였다. 서울 사대부 안 출신 집안이라는 것을 귓등으로도 듣지 않던 그였지만 그건 본인도 모르게 의식 속에 박혀있는 모양이었다. 해준 것 없이 구박만 일삼은 서방과 시아버지 제사를 지금까지 지극정성으로 모시는 노모도 눈에 밟혔다.

　김개동의 애초 계획은 수로의 방향을 무덤을 피해 옆으로 살짝 꺾는 것이었다. 그렇게 되면 설계도를 바꿔야 하고 자재와 품도 많이 들겠지만 작업 초기부터 그쪽 감독관에게 밥과 술을 사 먹이고 여자를 붙여주며 공을 들여놓았다. 그리고 두께가 제법 되는 누런 봉투도 몇 번 품에 찔러주기도 했기에 이것으로 코를 걸어 어르고 달래면 가능할 듯도 싶었다. 반듯하게 내려오던 수로가 중턱에 와서는 애를 밴 듯 한쪽으로 불룩해져 좀 이상하게 보이겠지만 물만 제대로 내려오면 무슨 상관이랴 생각했다. 한편으로는 그 이상한 형태가 김개동 자신의 권력을 보여주는 증거가 아니겠는가.

그러나 이것은 그의 끗발이 하늘을 찌를 때 이야기이자 대통령 각하의 순시가 정해지기 전의 이야기이다. 혹시라도 현장소장의 눈을 거슬리게 한다면, 대통령 각하의 시선을 끌기라도 한다면 그나마 대롱대롱 매달려 있는 규율 감독관의 자리도 온전하지 못할 게 뻔하다. 그뿐인가. 소장의 말대로 쥐도 새도 모르게 끌려가 치도곤을 당한 후에 아무도 찾지 못하게 처분될 수도 있는 문제였다. 김개동은 차라리 사라호 태풍 때 무덤도 쓸려가버렸으면 좋았을 것이라는 생각까지 들었다.

복잡한 심사에 방구석에 모로 누워 담배만 뻑뻑 피워대고 있는데 문이 열리더니 허리가 굽은 모친 밥상을 들고 들어섰다.

"동아 밥 묵자."

"……"

"야야, 어여 일어나가 밥 한 술 떠봐라."

"안 먹는다."

"야가 요새 밥도 안 먹고 술만 퍼 쌌노? 해장하라고 물곰국 끼맀으니께 밥 말아가 훌훌 마셔보래."

"어허이, 안 먹는다하이 자꾸 귀찮쿠로."

"니 뭔 일 있나? 요새는 일도 안 나가고…… 오토바이는 우옜

뿌맀노?"

"아 몰래. 묻지 마라!"

모친의 물음에 짜증으로 일관하던 김개동이 무슨 생각이 난 듯 갑자기 일어나서 모친 쪽으로 돌아앉았다. 그 바람에 담배 끝에 길쭉하게 매달린 담뱃재가 그의 사타구니 떨어졌다. 김개동은 아무렇지 않게 툭툭 털며 모친에게 물었다.

"어무이, 아부지하고 할배 산소 있잖아. 그거 딴 데로 옮기자. 저기 저짝에 공동묘지 있잖아. 거기로."

"야가 술이 덜 깼나? 안 된다. 절대 안 된다."

"거기 자리가 비 오면 쓸래 나갈 자리라 안 하나?"

"태풍 와가 집들이 다 떠내려가도 거는 멀쩡했는데 뭔 헛소리고? 조상 묘 함부로 건드리는 거 아이다."

"뭐 그리 대단한 조상이라고⋯⋯ 뭐 서울 사대문? 서울에서 인력거나 끌다가 촌구석에 흘러들어온 주제에."

"시끄럽다 고마! 내 죽거들랑 땅을 파든 탑을 쌓든 맘대로 해라. 그거 건들면 부정 타가 니한테 뭔 일이 생길지 모린다."

봄비 치고는 꽤 많은 양의 비가 며칠에 걸쳐 내렸다. 들에도 바다에도 사람들의 흔적은 보이지 않았다. 갈매기들은 내리는 비에 아랑곳하지 않고 바다 위로 낮게 선을 그었다. 골목은 물길대로 패인 골을 따라 벌건 흙탕물이 내려갔다. 육지에서 떠내려온 흙물로 바다의 가장자리도 누렇게 변했다. 뿌연 비 사이로 보이는 산은 화강암으로 만든 갑옷을 두른 장수 같았다. 김개동은 방문을 열어놓고 떨어지는 빗줄기 너머 산을 바라보며 소주로 배를 채웠다. 소주병 옆에는 고추장 종지와 미역귀, 멸치 내장이 널브러져 있었다. 어제 마신 술로 아린 속에 소주를 붓자 마취가 된 듯 편안해지고 위장에서부터 머리까지 훈기가 올라왔다.

대통령 각하의 방문에 맞춰 다음 주에는 도지사와 산림국장의 시찰이 예정되어 있었다. 저번 주에는 소장의 예비 점검이 있었는데 아니나 다를까 김개동 집안의 무덤을 보고는 한바탕 난리를 쳤다.

"일주일 시간을 주겠어. 그동안 이거 해결하지 못하면 당장 모가지에다 고발해버릴 줄 알아. 어이 김개동이, 내가 위에 표창장 상신하려고 했는데 이리 실망을 시키나?"

모가지냐 표창이냐 갈림길에서 이제는 결정을 내려야 한다. 당연히 파묘를 하고 이장하는 게 맞지만 이상하게 뭐가 자꾸 발목을 잡는 기분이었다. 사실 묘를 옮길 곳도 봐놓지 않았다. '차라리 태풍 때 쓸려 가버렸으면' 하나 마나 한 생각만 하며 소주잔만 들이켰다.

소주를 털어 넣으며 '쓸려 가버렸으면' 하는 생각을 자꾸 하다

보니 속에서 화학작용이 일어나 '쓸려 가게 했으면'으로 변형이
되었다. 거기에 술기운이 더해지자 쓸려 가게 하기 위한 의욕이
생기고 말았다. 그는 내리꽂는 비에 우비도 제대로 안 갖추고
곡괭이와 삽을 챙겨 뒷산으로 올라갔다.

헐떡거리며 무덤에 당도하자 다리에 힘이 풀려 곡괭이질은커
녕 서있지도 못할 지경이었다. 봉분에 드러누워 입으로 코로 들
어가는 비를 맛보던 김개동의 머리에 번쩍 번개가 쳤다. 묘터
아래 임도에 서있던 굴삭기가 생각난 것이다. 운전은 그동안 기
사가 하는 것을 대충 눈으로 익혀 그도 할 수 있을 것 같았다.
문제는 열쇠였다. 그러나 기사가 평소 물건을 잘 잃어버리는 성
격이어서 작업이 끝나면 열쇠를 운전석 아래 빈 곳에 감춰두는
것을 그에게 들킨 적이 있다.

열쇠는 김개동이 생각한 곳에 있었다. 열쇠를 꽂고 돌리자 배
기구에서 검은 연기가 나오면서 시동이 걸렸다. 김개동은 술이
확 깼다. 덜덜거리는 엔진 소리에 맞춰 두근거리는 심장이 가슴
을 뚫고 밖으로 튀어나올 것만 같았다. 관자놀이도 덩달아 꿈틀
거렸다. 다행히 엔진 소리는 빗소리에 묻혀 멀리 날아가지 않았
다. 네 개의 레버 중 안쪽 두 개를 동시에 밀자 앞으로 천천히
움직였다. 본인의 눈썰미에 스스로 감탄한 김개동은 '이번 일이
끝나면 나도 굴삭기나 배워야겠다' 라는 희망이 생겼다.

궤도 바퀴가 경사로를 거뜬히 올라가자 감격한 김개동은 무덤의 봉분을 향해 바가지를 뻗었다. 크게 한 바가지, 또 한 바가지. 사마귀 같은 무쇠 팔이 몇 번 움직이지도 않았는데 무덤이 있던 봉긋한 자리는 거짓말같이 편편해졌다. 신이 난 김개동은 노래까지 흥얼거리며 장비를 작동했다. 초기의 조심스럽던 행동과는 달리 장비를 다루는 속도도 점점 과감해졌다. 그의 인생 앞에 놓인 걸림돌도 바가지질 몇 번이면 탄탄대로가 될 것만 같았다. 정신없이 작업을 하다가 너무 한쪽만 파는 것이 아닌가 생각이 들어 굴삭기를 움직이려 할 때, 땅이 점점 그에게로 다가온다는 느낌이 들자마자 눈앞이 벌건 흙색으로 가득 찼고, 김개동은 정신을 잃고 말았다.

"그러니까 포크레인을 훔친 이유가 너거 조상 묘를 팠불라고 그랬다고? 현장소장한테 앙심을 품어가 공사를 방해할 목적으로 그런 게 아이고? 말이 되는 소리를 해라 새끼야."

"앙심이라니 말도 안 되는 소리입니더. 제가 그분을 얼마나 존경하는데요."

"마, 니가 비 오는 날 땅을 그리 헤집는 바람에 지반이 무너진 거 아이가. 그 바람에 돌벽도 같이 무너져가 처음부터 새로 올려야 한다잖아. 그리고 포크레인은 돌에 깔려가 폐차했는데 그기는 어째 물어낼래?"

"한 번만 봐주시면 안 되겠습니까. 지는 오로지 각하께서 오시기 전에 공사를 끝내야겠다는 충정으로다가……."

"각하께서 오시는 건 어떻게 알아? 그거는 국가 기밀인데, 이 새끼 간첩 아이가? 그리고 소장이 다 진술했어 인마. 평소에 니가 현장 감독관들 괴롭히고 뼁도 뜯고 그랬다매? 이래도 거짓말할 끼야?"

"지가 와 거짓말하겠십니꺼? 한 번만 쫌 믿어주이소."

"와, 이 새끼 이거 말로 해서 안 되겠네. 야, 조 주임! 작업 들어가자."

페인트칠도 제대로 되어있지 않은 콘크리트 천장에 매달려 흔들거리는 백열등을 따라 바닥에 널브러진 김개동의 모습도 일렁거렸다. 미동조차 없는 전前 규율 감독관 김개동은 죽었는지 살았는지 분간이 잘 안 되었다. 다만 집중하여 귀를 기울여야 들리는 신음과 웅얼거림이 아직 그의 숨이 붙어있음을 알게 해주었다. 두툼한 입술이 우물거릴 때마다 피와 침이 섞여 점도가 높아진 액체가 바닥에 고였다.

"으으으…… 씨바꺼……."

"살려주이소…… 어무이, 제발 쫌……."

"물……물곰국 한 그릇만 누가 갖다줬으면."

"으윽, 으으…… 차라리 고마 죽여뿌소!"

"그라믄…… 으으 그렇지…… 김개동이 인생이 원래 개똥이지……."

"어쩐지…… 하, 작년부터 희한하게 운이 좆나게 좋더라니……."

작가의 말

학교 교과서에 실린 소설의 결말 이후가 궁금했던 게 나뿐만은 아닐 것이다. 죽은 어미의 마른 젖을 빨다 헛바람 빠진 울음을 뱉어내던 개똥이는 어떻게 자랐을까? 소녀를 묻고 마을을 떠난 윤 초시 어른의 끝은 어떠했고 옥희 집을 나간 사랑방 손님은 어떤 처자를 만나 결혼을 했을까? 읽은 지가 한참 지난 지금도 그 궁금증은 나의 뒤통수에 매달려 간지럼을 태운다. 내가 무시로 뒤통수를 긁어대는 것은 그 때문일지도 모르겠다.

포항에는 사방기념공원이 있다. 그 일대가 대규모 사방사업을 수년 동안 벌인 곳이다. 대통령까지 왔었다고 하니 국가적인 사업이었을 것이다. 대통령이 방문하여 현황을 보고받은 자리에는 당시를 똑같이 재현한 동상이 있다. 왜소한 대통령을 수행했던 이들도 허리를 굽힌 채 발이 땅에 박혀있다. 대통령과 남아 그 수하들은 뒷산의 녹음과 앞바다의 쪽빛을 받아 차츰 그 중간색으로 녹이 슬어갈 것이다.

마을 사람들이 단체로 찍은 흑백 사진을 보았다. 시기는 내가 엄마 배속에 있을 때다. 맞춘 듯이 남자들은 반팔 러닝 차림이었고 여자들은 머리에 하얀 수건을 쓰고 있었다. 사진 속의 아버지와 어머니는 떨어져 있었는데 아버지는 허리에 손을 올려

넓은 어깨를 뽐냈고 어머니는 부른 배를 두 손으로 감쌌다. 사진 아래에는 '영덕군 영덕읍 우곡동 새마을 운동 기념'이라고 쓰여있었다.

내가 어렸던 80년대 초반만 하더라도 시골에는 부역이라는 제도가 있었다. 이장이 방송으로 공지를 하면 한 집당 한 명씩 나가 마을 어귀 당산나무 주위의 풀을 뽑거나 큰비에 무너진 도랑둑을 새로 쌓았다. 개의 손도 빌려야 하는 농번기에는 부모님 대신 어린 내가 부역을 나가기도 했다. 다른 집 사정도 별반 다르지 않아서 잠이 덜 깬 채로 키만 한 삽자루를 어깨에 걸치고 나가보면 대부분 내 또래가 모여있었다. 이장이 혀를 차던 소리가 기억난다.

사방공원 기념관에서 나와 넓은 평지에 서서 앞에 펼쳐진 바다를 보았다. 공사를 묘사하던 모형 인형들 속에서 나이 먹은 개똥이를 본 것 같았다. 아버지와 어머니도 그 무리 속에 섞여있는 것 같기도 하다. 우중충한 하늘에서 한두 방울 떨어지는 비에 숨어 눈물을 조금 흘렸다.

초고를 끝내는 게 그리 힘들지 않았다.

2013년 경향신문 신춘문예를 통해 작품 활동을 시작했다. 소설집으로 『그들이 눈을 감는 시간에』가 있다.

나와 당신의 머나먼 이야기

조영한

이국에서 여든일곱의 생^{牲}은 기적과 같으면서 결과적으로는 불행과 다르지 않은 사건을 겪었다.

　이월이었고 고비는 넘겼으나 고난은 남아있었고 별세계가 가까워졌지만 안막에 보이지는 않았다. 생은 울대에 가래가 차올라서 호흡곤란에 시달리면서도 기침을 터뜨릴 여력조차 부족했기에 생땀만 흘리며 절절맸다. 혀가 말리며 목젖으로 향했고 이로 혓줄기를 눌러서 움직임을 막으려다가 침이 흘러서 아래턱이 젖었다. 그는 마약 중독자들과 도적들이 들끓던 동토^{凍土}에서도 죽음을 모면했고 죄수들이 악취를 내풍기면서 비역을 벌이는 감옥 안에서도 해를 입지는 않았으며 전제주의 치하에서 살았던 시절에도 목숨만은 건졌고 두 차례나 전쟁을 겪으면서도 참화를 피했으며 작가 생활 막바지에는 독자들과 평론가들이 살기 띤 어조로 그의 작품에 비난을 가했으나 그때도 숨줄은 붙어있었다. 전쟁도 체제도 악인들도 해치지 못했던 그의 목숨을 이제는 가래가 위협하고 있었고 환자의 얼굴은 사색으로 걸군어졌다.

병실 안벽에는 적색 버튼이 있었는데 그것을 누르면 삼십 초 이내로 간호사가 와서 환자의 상태를 살폈다. 생은 통증이 심하거나 배변을 혼자서 해결하기가 힘들면 간호사를 불렀지만 가급적 그를 대하고 싶지는 않았다. 그를 담당하는 간호사는 보름 전에 새로이 바뀌었는데 성별이 남자였음에도 주의를 기울여서 볼수록 얼굴이 예쁘장하고 음성이 낭랑하며 목이 가늘고 몸도 날씬해서 남장을 한 여자로 비쳤다. 간호사의 생물학적인 성정 체성이 무엇인지 알려는 마음까지는 없었으나 그의 얼굴을 볼수록 오래전 감옥에서 만났던 사람이 기억났다.

감옥은 좁았고 창은 작았으며 남자 열 명이 내의도 입지 못하고 푸른색 수의만 걸친 채 날바닥에 무릎을 꿇고 있었다. 수의는 상하의 구분 없이 하나로 이어진 옷이었고 통이 넓어서 조금이라도 팔다리를 움직거리면 속살이 드러날 정도였다. 죄상은 수인마다 다양했는데 강간 미수로 들어온 사람도 있었고 담배를 훔치다가 걸린 사람도 있었으며 관공서 방화에 가담한 사람도 두엇은 되었고 횡령을 저지른 남자도 있었으며 한낮 거리에서 백인 통역관을 때리는 바람에 잡힌 사람도 있었다. 상해죄를 저지른 사람이 바로 생이었는데 지금과 다르게 당시에는 눈빛이 세고 팔다리가 굵었으며 무엇보다 키가 백팔십 센티에 달하는 장신이었기에 함부로 그를 건드리는 사람은 없었다.

수인들 중에서 죄질이 가볍고 체구가 작으며 얼굴이 곱상하던 남자가 있었다. 그는 담배를 훔치다가 경찰에게 잡혀서 교도소까지 들어온 사람이었는데 흡연 욕구 때문에 절도를 저지른 것이 아니라 생계가 어려웠던 탓에 기호품을 팔아서라도 돈을 벌고자 범죄자가 된 남자였다. 그는 미성년인 데다가 초범이었으나 운이 없었기에 악질인 인간들이 모인 감옥에 수감되었고 이틀도 지나지 않아서 힘 있는 남자들의 성 노리개로 전락했다. 그곳에서 힘을 가졌던 이들은 강간미수범과 횡령자였는데 전자는 여러 차례에 걸쳐서 성범죄를 일으킨 덩치 큰 남자였고 후자는 재산이 많아서 달마다 받는 사식과 영치금이 상당했다. 한낮에는 식사와 배변 외에는 움직이는 것이 제한되었기에 딴마음을 품기가 어려웠으나 한밤이면 힘 가진 남자들은 뱀눈을 뜨고 마음껏 비역을 즐겼다. 보름도 지나지 않아서 미성년 범죄자의 항문 근처에 적색 돌기들이 생겼고 탈장 증상이 일어나서 간수에게 허락을 받고 낮에도 누워있었으며 무시로 혈변이 나와서 수의 뒷부분이 핏빛으로 젖었다.

생은 횡령자와 강간미수범을 버러지로 생각하면서도 그들의 행동을 막지 않았다. 감옥에는 둘을 따르는 죄수들이 있었고 때에 따라서는 그들조차 비역에 동참하면서 그동안 풀지 못했던 성욕을 해결했다. 생은 가진 자들과 그들을 따르는 이들을 막아설 배짱은 없었고 용기를 내서 미성년을 구하더라도 수중에 떨어질 이익은 없다는 것을 알았기에 침묵을 지킬 뿐이었다. 미성년은 시간이 갈수록 앙상해졌고 죄수들이 밤이면 꽁무니에 달라붙어서 남색을 시도해도 반항은커녕 소리조차 내지 않았으며 하루는 말조차 꺼내지 못하고 생에게 도움을 요청하고자 눈으로 신호를 보냈으나 그에게 돌아왔던 응답은 거절이었다.

미성년은 자신의 청이 묵살되고 하루가 지나서 새벽에 혀를 깨물었고 죽지 않았으나 출혈이 심해서 병원으로 옮겨졌으며 이날 초저녁에 생을 뺀 나머지 죄수들은 성병 확진자로 판명이 나서 항생제 처방을 받았다.

생은 시간이 지난 뒤 이때의 경험 일부분을 소설에 옮겨서 대중적으로 지명도를 얻었고 국내 유수의 문학상을 받았다.

가래가 기도로 향했고 손이 안벽을 스쳤으나 버튼까지 닿지는 않다. 생은 살고픈 욕망을 느끼면서 이대로 죽어도 슬퍼할 사람은 아내뿐이라는 것을 알았으며 수명이 하루나 이틀 정도 늘어나더라도 아무런 보람도 의미도 없다는 생각이 들었기에 안력이 미미해졌다. 천장도 전등도 창문도 보이지 않았고 손톱으로 벽을 할퀴어서 흠이 났으나 귀에는 벽지 찢어지는 소리가 들리지 않았고 왼쪽 어깨에 압력이 느껴졌다. 사신死神이 찾아온 것이라고 판단하면서 눈을 감으려다가 몸이 들리면서 입술에 호루라기 모양의 물건이 물렸고 사람 음성이 들렸다.

어르신, 전에도 썼던 물건인데 사용 방법 기억하시지요. 천천히 열 번쯤 부시고 다음은 배에 힘을 주면서 다섯 번 부세요.

생은 간호사가 내는 말소리에 저항감을 느끼면서도 살고픈 욕망이 고개를 들었기에 지시에 따랐다. 머리가 울리고 가슴이 뻐근해지면서 기도에 고였던 가래가 혀뿌리까지 올라왔고 열다섯 번의 불기를 마치자 입 안에 있던 것들이 이불에 떨어졌다. 정신이 들면서 앞이 밝아졌고 오래전 혀와 항문이 찢어져서 피와 혈변을 흘리던 미성년과 비스름한 인상의 남자가 보였다. 간호사는 안도의 숨을 쉬면서 피가래 묻은 이불을 새것으로 갈았고 몸을 떠는 환자를 침대에 눕혔다. 생은 간호사가 미소를 보이며 안마를 시작하자 자신의 몸 어딘가가 찢어질 것이라는 예감이 들어서 모골이 송연해졌다. 간호사는 손날로 생의 허벅지를 두드리면서 말했다.

어르신, 힘드시겠지만 상황이 위급하면 반드시 버튼 누르셔야 해요. 때마침 제가 어르신께 전달할 소식이 있기에 방으로 들어와서 다행입니다. 면회 신청이 들어왔는데 내일 오후 한 시에 어르신 지인들이 병원에 방문할 예정입니다.

생은 어안이 벙벙했다. 면회는 가끔가다 있었으나 그를 찾아오는 사람은 그만큼 연로한 아내뿐이었고 지인들이라는 말은 낯설고 이물스러웠다. 간호사는 생의 아내가 병원에 찾아오는 날이면 대체로 가족 면회라는 표현을 사용했고 지인이라는 말을 꺼내지는 않았다. 생은 이국에서 살면서 사람들과 교류하지 않았고 피가 이어진 아들과 피가 이어지지 않은 딸과도 관계를 끊으면서 자신을 고립의 상태로 몰았다. 이국에서 생과 절친한 사람은 없었고 삼십여 년 전에 떠나온 고국에서는 그와 친한 벗들이 없지는 않았지만 그들 대부분은 죽거나 그를 잊었을 확률이 높았다.

생은 방문자가 누구인지 알고 싶어서 과거를 더듬다가 다시금 피를 흘리던 미성년을 눈앞에 그렸다. 감옥에서 나간 뒤로 다시는 보지 못했으나 지금까지 살아있다면 나이가 여든 살 안팎일 것이었다. 생은 눈꺼풀을 닫았고 여든 살 노인과 그를 옆에서 부축하는 사람들과 그와 생김새가 비슷한 간호사가 침대 둘레에 서있는 광경을 상상했다.

노인은 원망기를 담은 눈으로 생을 흘기고 있었고 그의 곁사람 중 하나가 소매를 걷고 있었으며 간호사는 칼 망치 몽둥이 같은 연장들을 준비 중이었다. 그는 상하의와 속옷이 벗겨지고 살이 찢어지며 피가 솟구치고 정신이 가물가물해질 때까지 매타작을 당했다. 그것은 다수가 일인에게 가하는 폭행이 아니라 악인이 과거의 잘못을 씻고 삶의 마지막에서라도 새사람으로 거듭나려는 일종의 정화 행위와 비슷했다. 그는 전율감을 느끼며 눈꺼풀을 올렸고 연장질과는 거리가 먼 환자의 피로를 눅이고자 정성을 다해서 몸을 주무르는 손길을 보면서 혼잣말을 중얼거렸다.

보속.

생은 늦저녁에 잠이 들었고 이번에도 가위에 눌렸다.

꿈속에서 시간은 대체로 직선적으로 이어지는 것이 아니라 순환적으로 흘러갔고 무섬증과 추위와 주림에 떨었던 과거의 광경은 뒤섞여서 되살아났다.

늑대 우는 소리가 동토에 겹겹으로 울려 퍼지고 있었고 벌판에 널려있는 토막집마다 음식 데우는 연기는 나오지 않았으나 아편 태우는 연기는 그치지 않았으며 약의 힘을 빌려서 기분이

밝아진 남녀는 거적 사이로 외풍이 들어오고 있음에도 알몸이
되어서 교접을 했고 그것을 청소년인 생이 지켜보고 있었다. 생
은 무표정을 유지하면서 바깥으로 나왔고 강추위 속에서도 약에
취해서 제정신을 잃고 킬킬거리는 남자와 그의 옷을 실오라기
하나 남기지 않고 벗겨서 도망가는 남자를 보았다. 그는 알몸인
남자에게 도움을 주고 싶다가도 자신도 한 벌의 홑옷 말고는 가
진 것이 없었고 아편에 중독된 남자가 서서히 웃음도 동작도 멈
추자 시신을 보기가 꺼려져서 손으로 얼굴을 가렸다.

　추위가 누그러지면서 생은 시간을 건너뛰어 일흔 살 노인으로
바뀌어 있었고 손을 내리니 아내와 딸과 사위의 모습이 한눈에
들어왔다. 공간은 그의 집인 열두 평 넓이의 아파트였고 아내는
초조감 깃든 표정으로 딸 내외를 보면서 손으로 바닥을 쓸고 있
었다. 사위는 양복을 차려입은 체형이 둥실한 남자였는데 아파
트를 팔아서 생긴 매도금으로 자신이 살고 있는 동네에 주택을
짓자고 청하는 중이었다. 아내와 딸은 생이 응낙하기를 바라고
있었으나 그는 이곳을 떠나고픈 마음이 없었다. 딸과 사위가 사
는 곳은 이국에서도 날씨가 춥기로 소문이 난 지역이어서 늘그
막을 거기서 보내고 싶지 않았고 딸에게 폐를 끼치려는 염도 없
었으며 무엇보다 호강과 봉양을 말하는 사위의 낯에서 탐심이
읽혔다. 생은 자신의 속마음을 밝혔고 형편이 어렵다면 소액이

나마 돈을 주겠다고 했지만 사위의 입술은 비틀리고 있었다. 다탁이 엎어졌고 찻잔이 부서졌으며 찻물이 여자들 얼굴과 생의 옷에도 튀었고 호강을 말하던 입에서 의절이라는 말이 튀어나왔다. 생은 말대답도 못하고 시선을 내렸다.

잠깐이 지나서 위를 올려보니 몸은 어린애로 돌아와 있었고 아버지의 시신이 담긴 목관과 보퉁이를 머리에 얹고 걸음을 옮기는 어머니가 보였다. 생은 자리를 박차고 모친을 부르면서 뛰어갔지만 두 사람 사이는 조금도 좁혀지지 않았고 기차 달려가는 소리와 거지들이 동냥을 하고자 부르는 노랫소리와 유곽에서 일하는 매춘부들이 터뜨리는 웃음소리와 사상이 글렀으니 자아를 비판하라는 청년들의 호령이 귓속에 흘러들었다. 어머니 모습은 작아지다가 사라졌고 그는 사십 대 중반의 어른으로 변해 있었으며 여러 소리가 들리던 평지는 강줄기가 바라보이는 언덕길로 바뀌어 있어서 앞으로 나아갈수록 다리가 파근했다. 그는 구보를 포기하고 줄땀을 훔치며 걷다가 언덕길 끝머리에 있는 주택을 목도했고 담벼락 앞에서 아내와 딸과 셰퍼드가 서있는 것을 보았다.

저녁이었으나 생은 식욕이 없었기에 석식을 거르고 거실 구석에 자리를 잡고 땀을 들였다. 거기에는 원고지 지우개 연필이 놓여있는 쪽상과 쓴맛이 도는 찻물을 채운 주전자가 있었다. 그는 땀기가 사라지자 연필을 붙잡고 원고를 쓰기 시작했고 오자가 보이거나 비문을 쓰거나 마음의 지향과 글의 방향이 다르면 종이를 찢어서 주전자 옆에 버렸으며 정서에 매진하기가 힘들 때는 손을 주무르며 처자식 얼굴에 시선을 모았다. 모녀는 거실 한가운데 있는 둥근상 앞에서 저녁을 먹었는데 반찬은 하나같이 채소였으며 가짓수와 양이 적어서 한 명이 먹기에도 부족한 모습이었다. 그는 미안감을 느끼며 자신의 피를 팔아서라도 반찬값을 벌고픈 생각을 하다가 격자창 밖에서 울리는 소음을 들었다.

셰퍼드가 외부인들을 향해서 짖고 있었으나 저들의 숫자는 많았고 목청도 컸기에 집짐승의 포효는 소용이 없었다. 생은 실내로 배어드는 소음을 견디며 글을 썼고 아내와 딸은 서로의 눈치만 살피며 입에 머금은 음식을 삼키지 못하는 중이었다. 외부인들 중에서 다수는 여대생이었고 외모가 중씰한 여자도 일부 있었으며 생보다 나이가 열서너 살은 어린 남성 문인들도 있었다. 학생들과 중년 교인들과 문인들이 내는 소리는 저마다 달랐으나 말의 바탕에는 생을 비난하고 그의 작품들을 깔보려는 악의가 넘실거렸다. 학생들은 야설 작가라는 폭언을 날렸고 중년 교인들은 사상이 추잡한 자이니 신문 연재를 그만둘 것을 촉구했으며 문인들은 그의 예술이 전과 다르게 저력과 핏기를 잃고 있다면서 지적을 서슴지 않았다. 저들의 말은 갈수록 격해지고 있었

고 개는 짖기를 포기하고 눈물만 짓고 있었으며 거실 천장에 선
짓빛 방울이 맺히더니 밥상과 원고지로 떨구어졌다. 모녀는 서
로를 껴안았고 생은 종이와 손가락이 핏빛으로 물든 광경을 보
면서 아래턱을 떨다가 어느 시인이 외치는 소리를 들었다.

문학적 패배자.

잠기가 걷힌 시각은 아침 열 시였고 온몸에 기운이 없었다.

생은 가까스로 오른손을 들어서 적색 버튼을 눌렀다. 전날 식
사량이 적어서 허기가 심했고 머리끝부터 발끝까지 땀에 젖어서
고린내가 났으며 무엇보다 요의가 심해서 견딜 수 없었다. 요양
병원에 입원한 뒤부터 성인용 기저귀를 차고 있었으나 의식이
흐릿해진 상태만 아니면 변을 가리지 못하는 모습을 남에게 보
이기 싫었다. 간호사가 안으로 들어왔고 생의 목소리를 듣자마
자 환자를 잡아서 바닥에 양발로 설 수 있도록 부축했다. 생은
병실에서 나왔고 코앞에 있는 화장실에 들어가서 좌변기가 설치
된 칸에 자리를 잡았다. 오줌 줄기는 가늘었고 땀내가 짙었던
몸에 지린내가 얹히자 입에서 혼잣소리가 나왔다.

패배자.

생은 전날만 하더라도 자신의 알몸을 간호사에게 맡기기 꺼렸
기에 목욕을 하려는 생각이 없었으나 면회객에게 악취를 전하고

싶지는 않았다. 그는 속옷과 바지를 추키면서 다리에 힘을 주었지만 일어서지 못했고 문밖에 있던 간호사에게 도움을 청했다. 간호사는 배변을 끝마친 생을 곁부축하며 칸에서 나왔고 노인의 부탁을 듣자마자 그를 데리고 화장실 옆에 있는 욕탕으로 가서 목욕할 준비를 차렸다. 시폰 재질의 커튼을 치자 둘만의 시공간이 만들어졌고 돌바닥에 점차로 온기가 차올랐으며 벽 거울 앞에 세면용 바구니와 플라스틱 목욕 의자가 놓였다. 노인은 미모의 남자에게 자신의 몸을 맡겼고 아픔과 수치감과 두려움 같은 느낌이 가슴을 휘젓는 것을 참았으며 목욕의 마지막 순서로 하반신을 씻길 적에는 정성의 무게마저 체감했다. 그는 모처럼 기분이 거뜬했고 그동안 간호사를 대할 때마다 느꼈던 부정적인 감정을 되새기다가 느닷없이 질문을 던졌다.

실례가 될는지 모르겠지만 고향이 어디냐고.

상대방에 대한 배려가 엿보이면서도 기교와 근력을 담고 있던 손길이 멎었다. 양감이 있는 수건이 바닥에 떨어졌고 생은 몸에 물기가 남아있었기에 추위를 느껴서 재채기까지 했으나 간호사는 잠시간 미동조차 하지 않았다. 생은 질문을 던진 것을 후회하면서도 그가 자신과 마찬가지로 이국인일 것이라고 겉짐작했고 그것이 아니라면 그의 조상들이 신분적으로 사회에서 최하위 계층에 속했을 것이라고 보았다. 오래전 사람 위에 사람이 있으며 사람 밑에 사람이 있다는 규범이 공고했던 시기, 하층민 중에서조차 버러지 취급을 받으며 불가촉천민과 다름없는 삶을 살았던 사람들. 가축을 죽이거나 가죽을 가공하거나 사체를 수습하거나 사람들 앞에서 재주를 부리거나 사형을 집행하거나 산모의 태반을 처리하던 사람들과 수백 년의 시간이 지났어도 사회에서 무시와 차별을 당하는 이들의 후손. 그는 청년 시절에 자신도 겪었던 피차별민의 시간을 떠올리며 고개를 숙이고 말했다.

기분이 불쾌했다면 진심으로 사죄를 드리고 싶다고.

간호사는 생의 태도에 놀라서 도리머리를 흔들더니 창문 오른편에 있던 수납함에서 질감이 보드라운 수건을 꺼냈다. 사과를 받은 남자는 성심을 다해서 몸의 물기를 닦았고 생의 생식기와 항문을 훔치는 대목에 이르자 환자가 모욕감을 느끼지 않게끔 손길은 신중해졌다. 생은 배려심이 녹아든 손길을 보면서 오랜만에 자신이 살아있는 사람이라는 것을 인지했다.

생은 병실에 돌아와서 기저귀를 찼고 간호사가 가져온 아침 식사를 속이 든든해질 때까지 먹었다. 간호사는 매번 음식을 남겼던 생이 그릇을 비운 것을 보면서 잔웃음을 지었고 그의 요청에 따라서 신문도 가져다주었다. 생은 활자가 박혀있는 종이를 보면서 도수 높은 안경을 썼으나 여전히 글씨는 어렴풋했고 눈에 힘을 모을수록 타국어로 쓰인 문장에 싫증이 나면서 삼십여 년 전에 보았던 모국어가 그리워졌다. 눈과 코에 물기가 내맺히면서 손등으로 얼굴을 닦았고 글줄이 아니라 사진과 광고를 보다가 마음에 드는 인물을 발견했다.

사진에 나타난 인물은 곱슬머리에 얼굴이 둥글었고 상하체가 비만했으며 손에는 트로피를 쥔 채 카메라 플래시를 받고 있었다. 생은 피사체의 외모와 표정이 아니라 사진 아래에 적혀있는 약력에 눈길이 갔는데 그는 세계적인 명성을 획득한 영화감독이자 자신과 조국이 같은 남자였고 최근에도 거액의 자본이 들어간 걸작을 내놓으면서 광범위한 주목을 받고 있었다. 생은 자신과는 아무런 인연도 없는 남자를 보면서 혈족애를 느꼈고 간호사를 불러서 이이를 아는지 물어보았다. 간호사는 손뼉을 치며 말했다.

그럼요. 세계 유수 영화제에서 상이랑 상은 모조리 차지한 감독이고 개인적으로 팬이에요. 요즈음 개봉한 작품도 나쁘지는 않지만 저는 전작이 더더욱 낫다고 생각해요.

그의 목소리가 커졌다.

어르신께서도 아실는지 모르겠지만 이 감독의 전작 제목은 〈나머지 인간〉이었어요.

간호사는 신명이 나서 〈나머지 인간〉의 주제와 줄거리를 침을 튀기며 설명했다. 생은 간호사가 누리는 즐거움을 깨고 싶지는 않았기에 겉으로는 호응하면서 속으로는 오십여 년 전에 자신의 작품이 영화로 만들어졌던 기억을 되살렸다. 그것은 생의 작품 중에서 지금까지도 대표작으로 손꼽히는 걸작이었는데 영화 제작사는 그에게 허락을 구하지도 않고 가짜로 승낙서까지 만들어서 영화화 작업을 추진했다. 그는 당시에 격노해서 고소까지 제기했지만 제작사 측에서 사의를 표하자 소송을 취하했고 이후에 개봉한 영화가 흥행과 비평 양쪽에서 뜻깊은 성과를 냈다는 것을 알면서도 일부러 찾아보지 않았다. 그가 과거를 되짚는 동안에 간호사는 온도가 높아진 입술을 닦으면서 속생각을 털어놓았다.

저도 언젠가는 글을 쓰겠다는 마음을 가지고 있어요. 당장은 생계가 어려우니 돌봄 업무를 하지만 저에게 재능이 있다면 그것을 세상에 꽃피우고 싶어요.

격려를 하고픈 생각과 거리를 두고픈 생각이 생의 마음속에 번졌다. 생도 오래전에 글쓰기에 전념한 적이 있었고 부는 아니어도 문학사 한구석에는 들어갈 정도의 명성과 지분은 얻었지만 예나 지금이나 그러한 것들이 덧없고 시시했다. 그와 같은 헛됨과 하찮음을 거두고자 시간과 노력을 들이는 사람들이 안쓰러웠고 운이 따라서 인정과 업적에 더해서 돈까지 얻은 사람들은 대체로 경멸스러웠다. 성공을 이룬 사람들 상당수는 금력과 직위에 연연했고 한때는 소리 높여 외쳤던 정의와 박애와 평등과 같은 가치들을 실상에서 외면하거나 저버리면서도 글에서만큼은 여전히 자신이 초심을 지닌 사람인 것처럼 포장했다. 그는 조국을 통치하고 정권을 농단했던 지배자들을 혐오하면서도 자신의 동업자들이 어느 시기에 이르면 그들이 그토록 미워했던 권력자들처럼 행동하는 것을 보았다.

생은 전날과 판다른 의미에서 간호사의 낯을 보기가 겁났고 그의 바람에 녹아있을 열정의 크기를 측량하며 조언이라도 하려다가 입을 다물었다. 논리적으로 사고할 능력은 얼마라도 남아 있었으나 조리를 갖추어서 누군가에게 설명할 수 있는 역량은 이국에 정착한 뒤로는 사라지고 없었다. 그는 이곳에서 재류민이자 경제적 무능력자에 지나지 않았고 발화보다 침묵을 선택할 때가 많았으며 이제는 영원히 입이 다물어질 날만을 기다리고 있었다.

이야기는 흥미로운데 몸이 곤하다는 이유를 대면서 베개에 얼굴을 묻었고 이번만은 속잠을 자고 싶었으나 다시금 꿈길에 접어들고 있었다.

늑대 우는 소리와 아편 태우는 냄새가 신경을 자극했고 약에 찌든 남녀가 옷을 벌거벗고 서로 부둥키며 감창소리를 냈으며 그것을 지켜보던 소년은 적의를 품고 토막집 밖으로 나섰다가 제정신 잃은 남자가 아니라 꽃밭이 펼쳐진 광경을 보면서 당혹감을 느꼈다. 아편 타는 냄새와 바람 냄새는 어디에도 없었고 한대지방에서 찾아볼 수 없는 개나리 민들레 복수초 영산홍 자목련 등등의 꽃이 곳곳에 흐드러져 있었으며 미풍을 타고 갖가지 꽃향내가 코로 건너오자 몸속에서 활력이 움트고 있었다. 처음으로 꿈에서 접하는 진경이었고 가슴이 뭉클해졌으며 간호사의 음성이 새벽빛과 함께 귓가에 끼쳤다.

어르신 일어나시지요. 면회객들께서 정했던 일정보다 앞당겨서 찾아오셨다고 합니다. 손님들을 맞이할 준비를 하셔야 할 듯합니다.

생은 잠에서 깨어났고 눈곱을 떼면서 실내가 밝아지는 것을 보았다. 세 사람이 문가에 서있었는데 하나만 누구인지 알 수 있었고 나머지는 초면이어서 낯설었다. 간호사가 침대로 손을 가리켰고 생의 아내가 다가와서 눈물을 흘리며 그의 고국에서 손님들이 찾아왔다는 것을 알렸다. 생은 새벽빛을 상기하며 허리를 세웠고 검은색 가방을 걸머진 남자와 머리칼 노란 남자가 침대로 걸어오는 것을 보았다. 가방 멘 남자가 생의 상반신을 붙잡아서 일으키더니 목이 멘 소리로 자신의 정체를 밝혔다.

안녕하십니까, 선생님을 뵙고자 비행기를 타고 바다를 건너서 여기까지 찾아온 사람입니다. 저는 K일보 문화부 기자이고 제 옆에 있는 사람은 통역을 맡으신 분이지요. 선생님, 이렇게 신관을 대할 수 있어서 기쁘기 그지없습니다.

기자가 소개를 마치자 통역자가 말을 옮겼으나 생은 고국의 언어를 기억하고 있어서 통역이 불필요했다. 생은 만감이 교차하는 중에도 곁에 간호사가 있어서 고국의 말을 꺼내지는 못하고 이국의 언어로 말했다.

나는 선생이 아니라고.

선생이라고 불릴 만한 인간이 아니라고.

생은 고국의 언어를 썼다가는 간호사뿐만 아니라 아내까지 불이익을 당할 것이라는 예감에 신중해졌다. 아내는 그와는 다르게 이곳에서 태어난 선주민이었고 이주민의 배우자라는 사실이 지금이라도 알려지는 날에는 사람들에게 무시와 따돌림을 당할 가능성이 높았다. 그는 조국을 떠나면서 한시도 모어를 잊지 않았으나 집에서조차 사용하지 않았고 한동안 고향을 그리며 모어로 일기를 썼다가 그것마저도 입원하기 전에 불태웠다. 그는 혀를 앞니로 물며 기자가 무엇을 묻더라도 이국의 말을 쓰리라고 다짐하다가 가방이 열리는 것을 보고 숙연해졌다. 기자가 꺼낸 것은 책이었는데 작가 세 사람의 작품들을 묶은 공저였고 거기에는 그의 소설도 세 편이나 실려있었다.

기자는 표지 상단에 인쇄된 저자들 이름을 검지로 가리켰다. 생은 이민을 오기 전에 그동안 자신이 냈던 책들을 모조리 고물상에 팔았고 이주자로 살면서부터 성과 이름도 버리고 외국어로 개명했다. 그는 타국어로 바뀐 이름으로 호명을 받으며 살았고 버린 이름을 잊지는 않으면서도 말로 꺼내지 않았다. 이웃은 물론이고 가족 앞에서도 말하지 않았던 이름이 표지에 쓰여있었고 서서히 회한에 잠겼다. 기자는 책을 펼치더니 생의 작품 목록과 수상 실적을 읽었고 흑백으로 인쇄된 그의 중장년 시절 사진들도 손으로 일일이 짚었다.

기자는 검버섯이 또렷한 노인의 손에 볼펜을 주고 담갈색 속지를 펼치면서 사인을 청했다. 생은 예전부터 사인을 한 적이 적었고 지인들에게 증정본을 보낼 때조차도 속지에 수신인의 성명만 적었지 자신의 이름을 쓰지는 않았다. 그는 기자의 부탁을 들어주고 싶지 않으면서도 볼펜을 잡고 있었고 무표정을 유지하려던 얼굴에 미소가 번지면서 종이에 잉크가 묻었다. 한때는 누구보다도 필체가 바르고 문장력이 뛰어나다는 평가를 받았으나 저승꽃 만발한 손을 움직여서 쓰는 글씨는 아이가 쓴 낙서처럼 비뚤름했고 이름과 날짜를 쓰면서도 사인을 하고픈 욕구는 일지 않았다. 기자는 침을 삼키면서 펜촉만을 눈여겨보고 있었고 아내도 눈치를 살피면서 사인을 하라고 권하다가 순간적으로 의도치 않았던 모국의 언어가 수십 년 만에 그의 입에서 나왔다.

나는 사인이 없는 사람이라고.

간호사는 기자가 외국인이라는 것에는 놀라지 않았으나 생의 입에서 튀어나온 외국어를 듣자 안색이 바뀌더니 손으로 볼을 감쌌다. 그는 처음에는 기자가 꺼내는 책을 보면서 눈빛이 달라졌고 이제는 노인이 단순한 환자가 아니라 작가이자 외국인이라는 사실에 놀라서 마음이 들뜨고 있었다. 그의 얼굴빛은 신문에 인쇄된 감독의 사진을 보면서 〈나머지 인간〉을 말하던 때와 흡사했다.

기자는 생이 조국의 언어를 버리지 않았다는 사실에 감동을 느끼며 그의 가슴께로 건넸던 책을 거두었다. 아내도 생에게 펜을 받고 속지를 보면서 아마도 이것이 지상에서 당신의 손으로 쓰인 마지막 이름이 될 것이라고 말하며 울먹였다. 생은 사람들을 보면서 울대가 찌릿했고 다른 한편으로 간호사가 자신의 정체를 알아차렸을 것이라고 여겨서 기분이 답답해졌다. 의료인이라면 환자의 비밀을 지키는 것이 원칙이었으나 저쪽이 기본에 충실한 사람일 것이라는 보장은 없었고 만약에 생이 선주민이 아니라는 사실이 환자들에게 알려지는 날에는 그뿐만 아니라 아내가 피해를 입을 가능성이 높았다.

기자는 생과 장시간 이야기를 하고픈 기색이 역연했으나 면회 종료 시간이 임박해 있었다. 그는 손목에 찬 시계를 보더니 입을 달싹이며 말했다.

선생님만 괜찮으시면 제가 내일도 찾아와서 문안을 드리고자 합니다. 마지막으로 선생님과 사모님께서 기뻐하실 소식들을 전하고 싶군요. 당연히 아시겠지만 그간 조국에서 선생님의 저작 관련 문제를 도맡으셨던 J 선생님께서 환후가 있지는 않으나 고령인지라 앞으로는 작품 출판이나 인세 전달 등등의 업무를 처리하기가 버겁다고 하시더군요.

생은 십 년 전에 마지막으로 고액의 인세를 부쳤던 지금은 연락이 끊어진 J 선생을 그리며 가슴에 훈기를 느꼈다. 기자는 웃으면서 말을 이었다.

선생님만 허락하시면 그동안 J 선생님께서 관리했던 저작과 관련한 일체 업무를 선생님의 가족들에게 맡기고자 합니다. 제가 병원에서 나가면 곧바로 J 선생님께 연락을 드릴 것인데 늦어도 사흘 이내로는 거액의 인세가 선생님 명의 통장으로 입금될 것입니다. 외국에 계셔서 모르시겠지만 요즈음 두 곳의 출판사에서 제각기 선생님의 중단편 전집과 장편소설을 출간해서 남다른 판매 부수를 자랑하고 있지요. 선생님의 작품 세계가 워낙에 훌륭하기도 하지만 얼마 전 전직 대통령과 어느 영화감독이 언론과 인터뷰를 하던 도중에 선생님께서 쓰셨던 작품들을 격찬했던 적이 있습니다. 이분들의 찬사를 요약하자면 우리나라 문학사에서 찾아보기 어려운 넓이와 깊이를 갖춘 작가인데 요즈음 당신의 작품들을 보기도 힘들뿐더러 심지어는 생존 여부조차 알 수 없으니 안타깝기 그지없다는 것이었습니다.

생은 설명을 들을수록 동포를 만났던 반가움이 묽어지는 것을 느꼈고 기자를 보는 척하면서 실제로 딴눈을 주었다. 출판이나 판매고 같은 것들은 업계에 입문한 초심자이거나 상승 가도를 구가하는 재능꾼에게는 남다른 의미로 다가올 터이지만 죽음을 목전에 둔 사람한테는 별다른 의의가 없었다. 그는 그럼에도 그간 생활비와 병원비를 책임졌던 아내의 낯이 밝아지는 것을 흘깃거리면서 눈가장이 뜨듯해졌다. 재류민의 삶을 시작하면서 간간이 J 선생에게 인세를 받을 때를 빼면 생계비 조달자의 임무를 하지 못했는데 이제야 아내에게 보답의 길을 마련한 것이었다. 기자는 함박웃음을 보이며 설명을 하다가 간호사를 스쳐보더니 소리를 낮추었다.

선생님, 참으로 죄송하지만 간호하는 분이 잠시나마 자리를 비우면 좋을 듯합니다. 제 말을 알아듣지 못하겠지만 그럼에도 아직은 외부적으로 공개하기가 어려운 이야기를 전달할 시간이 되어서 말이지요.

생은 즉답하지 못하고 간호사에게 시선을 옮겼는데 그가 기자가 하는 말을 이해하는 것으로 보여서 신경이 쓰였다. 그래도 방에서 내보내기는 무엇해서 입이 떨어지지 않았고 통역자가 생의 눈치를 보면서 간호사에게 사정을 전하자 이십 대 남자는 입을 떨면서도 거절 의사를 밝히지는 않았다. 간호사가 나갔고 기자는 발소리가 멀어진 것을 확인한 뒤에야 소리를 높였다.

제가 이리로 오기 전에 가까운 지인들에게 선생님의 행방을 찾고 있다고 말한 적이 있지요. 그러한 지인 중 하나가 언론과의 인터뷰에서 선생님의 작품 세계를 무척이나 애호하고 칭찬했던 영화감독입니다. 이쪽에 있는 통역자가 실은 감독의 대학교 후배이자 현재는 조연출을 맡고 있지요.

기자가 엄지로 옆을 가리키자 통역자가 기침을 하고 목 인사를 했다.

선생님, 이렇게 존안을 대할 수 있어서 진심으로 영광입니다. 우리 감독님은 학생 시절부터 선생님의 애독자였고 근년에 내놓은 영화들도 선생님 작품을 각색한 것은 아니지만 오마주의 성격이 다분하다고 말씀하셨지요. 감독님께서는 누구보다도 선생님의 근황에 관심을 가졌기에 기자님에게 허락을 구하고 저를 이곳으로 보낸 것입니다. 실은 통역가가 제 직업이 아닌데 지금에서야 밝혀서 무척이나 송구하게 생각합니다.

조연출의 음성이 은근해졌다.

　감독님은 선생님께서 이민을 오기 전에 잡지에 연재하셨던 장편소설을 영화로 만들고 싶다고 하셨습니다. 혈연으로 엮이지 않은 남남인 이들이 유사 가족을 만들어서 대안공동체를 이룬다는 내용이라고 하던데 기억하시나요? 감독님은 선생님께서 살아 계신다면 거액의 영화 판권료를 지불하고 늦어도 내년 안으로 촬영에 들어가겠다는 입장이십니다. 물론 사람의 일이라는 것이 뜻대로만 되지는 않으며 더군다나 작품에 투자될 자본이 불충분할 수도 있기에 언제쯤 영화가 완성될지는 저로서도 확답을 드리기 어렵습니다. 그러니까 제 말은 ㅅㅅㄲㅅ ㅇㄱㅇㅅ ㅅㅈ ㅇ ㅇㄷㄴ ㄱㅇ ㅇㄹㅇ ㅇㄹㅈㅅ…….

　조연출의 말에는 열의가 흘러넘쳤으나 생의 귀에 흘러들수록 열도는 엷어졌고 하나의 문장을 이루던 단어들은 마침내 산산조각으로 깨져서 그에게 아무런 의미도 전하지 못했다. 판권료와 거액과 자본과 같은 말들이 불길했고 오래전 자신에게 허락도 구하지 않고 영화를 만들던 사람들이 눈앞에 사물거렸다. 생은 영화화를 바라지 않는다는 말을 꺼내고 싶다가도 직설을 던지는 날에는 분위기가 나빠질 것이라고 여겨서 마음이 서글퍼졌다. 그는 기능이 예전보다 떨어진 머리로 궁리를 거듭하다가 손가락을 들어서 버튼을 눌렀다.

간호사의 발소리가 울리면서 조연출은 말을 그쳤다. 간호사는 노크도 없이 병실에 들어왔고 생의 안색과 호흡과 맥박을 살피면서 면회 시간이 끝났으니 방문객들은 이쯤에서 퇴실하라고 청했다. 아내는 몸을 일으켰고 기자도 간호사 지시에 따랐으나 조연출은 목만 만지며 자리를 떠나지 못했다. 생은 숨을 헐근거리며 일부러 발음을 뭉개서 말했다.

희소식을 알려주어서 고마우나 몸이 힘드니 쉬고 싶다고.

생은 모국의 언어를 가슴속에 지니고 있으면서도 상대의 퇴실을 바라는 뜻에서 일부러 외국어로 말했다. 조연출은 말뜻을 알아듣지 못해서 멍해졌다가 나중에는 눈매를 비틀면서도 생의 청을 물리치지는 못했다. 기자는 생에게 사진 촬영을 부탁했고 조연출과 아내가 그를 잡아서 휠체어에 옮기고 카메라 앞까지 데려다 놓았다. 생은 복도와 병실을 오가면서 사진을 찍었는데 플래시가 터질 때마다 눈이 시어서 중지를 말하고 싶었으며 막바지에는 허탈감에 잠겨서 입을 헤벌렸다.

사람들이 떠나자 생은 전보다 시야가 밝아지는 것을 즉감하며 실내에 있는 물상들과 창밖에 만발한 홍매화를 보았다. 그의 고향은 북쪽에 있어서 삼월이 되어도 바람이 세찼고 교목이건 관목이건 움마저 돋지 않아서 겉보매가 스산했으나 이곳은 겨울에도 기후가 온난했기에 이월이면 가지가지마다 꽃이 피면서 봄빛이 물씬했다. 생은 작년에 입원했을 때만 하더라도 봄의 전령을 만날 것이라고 예상하지 못했는데 홍매화가 피어난 것을 보면서 놀라움과 동시에 불안도 느꼈다. 자신의 숨이 끊어지지 않는다면 기자나 그와 유사한 의도를 지닌 이들은 그치지 않고 병원에 찾아올 것이었고 거액이나 영화를 거론하면서 아직도 마음속 어딘가에 남아있을지도 모르는 욕심을 부추길 터였다.

생은 일평생 간직했던 자신의 지론을 생각했다.

인간 몸속에는 욕欲이라는 이름을 가진 존재가 있는데 이것은 권력 금력 폭력 위력 같은 것들을 사랑하며 인간이 이러한 힘들에 이끌릴수록 욕은 크기를 키우고 무게를 늘리며 강도를 높였다. 욕은 원래는 기생물과 같은 부류에 지나지 않으나 존재감이 커지면 커질수록 어느새 상하 관계는 바뀌었다. 인간이 욕에게 기생하고 욕은 인간의 숙주로 뒤바뀌는 양상이 일어나며, 이러한 현상들이 속출할수록 제도와 사회와 나라는 무너지지는 않더라도 차라리 무너진 것만도 못한 수라장이 되면서 인두겁 쓴 짐승들이 서로를 뭉개고 잡아먹고자 광기의 살풍경을 벌였다.

생은 구십여 년 동안 살아오며 왼쪽과 오른쪽, 위와 아래를 막론하고 인간이 짐승으로 변하는 광경을 보았다. 가진 자들, 못 가진 자들, 지배자가 되었던 사람들, 지배를 당했던 사람들, 가부장이었던 사람들, 가부장이 되지 못했던 사람들, 배가 부른 사람들, 배가 부르지 못했던 사람들, 자유를 기렸던 사람들, 박애를 말했던 사람들.

심지어 평등을 외쳤던 사람들까지.

며칠 전까지만 하더라도 공백과 다르지 않았던 머릿속에서 별의별 상념이 뒤섞이고 있었다. 생은 동통에 더해서 추위마저 느끼며 이불을 가슴까지 끌어당겼고 진통제를 바라면서도 간호사에게 부탁을 건네기가 평소보다 겸연쩍었다. 간호사는 생의 입에서 나오는 신음을 들으면서 환자의 바람을 알아차렸고 문밖에 있던 카트로 걸어가서 푸른색 약통과 노인이 먹기에 알맞은 온수를 가져왔다. 입 속에 더운물과 알약이 들어가자 운기가 가슴에 퍼지면서 한기와 통증이 잦아들었다. 간호사는 환자의 손을 만지며 말했다.

어르신, 그간 숨겼지만 이제라도 밝히고 싶은 사실이 있어요. 어르신께 설명을 하던 사람의 직업이 기자로 보였는데 저를 외국인으로 이해하는 눈치더라고요.

간호사의 눈이 빛났다.

제 할아버지는 어르신과 조국이 같아요. 저는 이곳에서 태어났지만 아버지와 할아버지에게 어렸을 적부터 이른바 겨레말이라는 것을 배웠지요. 기자라는 분의 설명을 들으니 어르신은 명망 높은 작가였다고 하던데 아까는 이렇게 말씀하시더군요.

생은 속이 뜨끔하면서도 감정을 드러내지는 않았고 간호사 입에서 나오던 외국어가 순식간에 모국의 언어로 바뀌는 것을 들었다.

나는 사인이 없는 사람이라고.

하루가 지났고 생은 오랜만에 꿈꾸지 않고 잠에서 깨었다.

아침에 일어나서 연잎 내음이 은은한 차죽을 먹다가 아침부터 면회가 잡혔다는 것을 간호사에게 듣고 속이 더부룩해졌다. 전날 면회객은 셋이었으나 오늘은 다섯으로 늘어있었고 시간도 오후가 아니라 오전으로 예정되어 있었다. 생은 간호사의 설명을 들으며 연잎 냄새가 향기가 아니라 누린내로 느껴져서 스푼을 식판에 내려놓았고 입 안에 머금은 쌀알들이 단단해져서 입천장을 찌르자 음식을 삼키지 못하고 그릇에 뱉었다. 간호사는 수건으로 생의 입술을 닦더니 식기를 챙겨서 복도로 나갔고 오 분쯤 지나서 병실에 양치 도구를 가져왔다. 생은 입내를 지우고자 칫솔에 치약을 바르다가 흥분기 어린 부탁을 들었다.

어르신, 엊저녁 퇴근길에 대형 서점에 들러서 어르신께서 쓰신 책을 구입했습니다. 십여 년 전에 출간된 책이라고 하던데 직원이 보급판이라고 알려주더군요. 결례가 아니라면 어르신께 사인을 청하고 싶습니다만.

간호사는 바지 뒷주머니에 꽂고 있던 판형이 자그마한 책을 뽑아서 생에게 보였다. 표지는 채색을 입히지 않아서 희었고 제목과 그의 이름이 한가운데 쓰여있었으며 책등과 책갈피는 오랫동안 서가를 지키고 있던 책답게 곰팡이가 앉아서 가뭇했다. 생은 전날에는 자신의 책을 보면서 감응을 느꼈으나 이제는 감흥이 일어나지 않았고 번역본이 저작이 아니라 휴지 뭉치로 보였다. 그는 손가락에 힘을 모으면서 박하 냄새가 풍기는 칫솔을 입 속에 넣었고 이보다 잇몸을 문지르며 상대방의 마음이 상하지 않게끔 거절의 말을 찾으려고 했다. 속이 메스껍다, 손에 경련이 인다, 눈이 침침하다, 팔이 결린다, 머리가 아프다 등등. 나름의 대답을 고민하면서도 거기에는 진심이 없었고 그뿐만 아니라 누가 듣는다고 해도 핑계로 비칠 것이 뻔했다.

말은 나오지 않았고 입 속에서 거품이 들끓고 있었다. 간호사는 책을 협탁에 놓더니 원기둥 모양의 스테인리스강 용기를 환자의 가슴에 받쳤고 칫솔이 입에서 빠져나오면서 거품이 많은 양칫물도 턱을 적시며 그릇에 떨어졌다. 칫솔질은 가볍고 조심했으나 양칫물에 피가 점점이 흩어져 있었고 잇몸이 따끔거리면서 출혈이 그치지 않았다. 그는 피를 삼키려다가 간호사가 보는 앞에서 용기에 뱉었고 차차로 양칫물의 색깔이 붉어질수록 이십대 남자의 얼굴상은 딱딱해졌다. 피를 계속해서 내뱉는 것으로 거절 의사를 밝혔다는 생각이 들었고 이것이 실례라는 것을 알면서도 펜을 잡고픈 마음은 없었다.

핏빛 내용물이 용기에 반쯤 채워졌다.

간호사는 책과 용기를 챙겨서 병실에서 나갔고 생은 수건으로 입을 훔치며 협탁에 놓여있는 볼펜을 내려다보았다.

열 시 반이었다. 생은 아랫배에 손을 모으며 창밖에 피어난 홍매화를 보다가 문소리를 듣고 신경이 날카로워졌다. 면회 예정 시간은 열한 시 반이었는데 사람들은 일정보다 한 시간이나 앞서서 병원에 들른 것이었다.

생은 잇몸에서 피가 나지는 않았으나 입천장과 혀에서 피 맛이 났기에 속이 울렁였고 기자가 가져올 소식에 욕欲의 흔적이 가득할 것이라는 예측을 하면서 저들을 만나고 싶지 않아졌다. 간호사가 침대에 다가들면서 면회객들이 왔다는 사실을 알렸고 그의 말이 끝나기도 전에 얼굴에 희색이 도는 사람들이 병실에 들어서서 저마다 기쁨에 겨운 소리를 터뜨렸다. 기자와 아내와 조연출은 전날 보았던 얼굴이었으나 나머지 두 남녀는 생이 오래간만에 접하는 사람들이었고 심장 뛰는 소리가 귓속에 파고들었다. 생의 두 자식, 그와 피가 이어졌지만 가진 것이 부족했기에 옛적에 친척에게 입양을 보냈던 친자와 피가 이어지지는 않았지만 결혼을 시키기 전까지 친딸같이 길렀던 양녀가 실내에 들어와 있었다. 기자가 손에 그러쥐고 있던 신문지를 흔들며 말했다.

선생님, 어제 면회가 끝나고 곧바로 기사를 작성해서 신문사에 부쳤습니다. 최소한 이틀은 지나야 게재될 줄 알았는데 오늘자 아침 신문에 선생님의 생존과 행적이 확인되었다는 기사가 문화면에 실렸습니다. 한번 보시지요.

생은 신문을 읽기가 꺼려졌고 사십 대 시절에 고국에서 찍었던 흑백사진과 휠체어를 타고 병실에서 촬영한 천연색사진이 종이에 인쇄된 것을 스쳐보며 허전감에 사로잡혔다. 언제라도 고국과 고향에 가고 싶었고 고국 사람들을 만나고 싶었으나 이러한 방식의 만남을 기대했던 적은 없었다. 기자는 신문지를 협탁에 놓다가 거기에 있던 펜을 밀쳐서 바닥에 떨구었는데 간호사의 얼굴이 어두워지는 것을 보지 못하고 계약금이 전날 저녁에 입금되었다는 사실을 전했다. 기사를 보내고 뒤이어 J 선생에게 전화를 걸어서 생의 소식을 알렸더니 그날로 돈을 보냈다는 것이었다. 아내가 물기에 젖은 목소리로 말했다.

선생님, 기자님 덕에 앞으로 병원비 부담은 물론이고 생활비 부담까지 덜게 되었어요. 어제 돈이 들어왔는데 너무나 액수가 많아서 기쁘다 못해서 무서움이 일더라구요. 그동안 선생님께 말씀을 드리기 어려웠지만 병원비 때문에 이보다 작은 병원으로 옮기려는 생각도 하고 있어서 심란하기 그지없었는데…….

아내가 말을 잇지 못하고 눈물을 보이자 분위기가 엄숙해졌고 생은 가슴이 에이면서 울고픈 충동을 참았다. 그녀는 오래전에 생을 만났을 때부터 선생님이라고 불렀고 작가라는 호칭도 버리고 생활 능력이 부족한 재류외인在留外人으로 살아가는 지금까지도 선생님이라고 부르고 있었다. 그는 스스로를 가리켜 있어도 상관없고 없어도 그만인 나머지 인간이라고 정의하면서도 주위에 한 사람이나마 은인이 있다는 것을 인지하며 자신의 인생이 헛되지만은 않았다고 생각했다. 기자는 눈물을 흘리는 여자를 보더니 미소를 내비치며 코트 안주머니에서 종이가 들어있는 봉투를 꺼냈다.

선생님, 오늘 아침에 제 이메일 주소로 여러 사람의 편지가 왔습니다. J 선생님을 비롯해서 현재까지도 원로 비평가로 활동하는 Y 선생님과 L 선생님도 장문의 글을 보내서 선생님의 안부를 여쭙더군요. 제가 이리로 오기 전에 인쇄를 했는데 선생님 앞에서 몇몇 구절을 읽고자 합니다만.

생은 입술을 맞물더니 병환이 깊은 사람답지 않게 격정적인 손짓을 보이며 기자의 낭독을 제지했고 일순간 실내에 흐르던 공기가 무거워졌다. 그는 문학상을 타던 순간이나 상당액의 고료를 받던 시절은 진즉에 잊어버렸으나 자기 작품들이 전만 못하며 시간이 갈수록 저력과 핏기를 잃고 있다고 지적한 평론가들 이름은 여전히 마음에 간직하고 있었다. 기자가 말했던 Y 선생과 L 선생이 그들이었고 문학적 패배자 같은 원색적인 비난을 하지는 않았지만 저들이 자신의 작품들을 표피적으로 독해해서 단견적인 평문을 발표했던 것은 두고두고 잊지 못했다. 그는 시간이 지나서도 저들과 화해할 생각이 없었고 나름의 호의가 있을지언정 동정이 스몄을 글을 듣고 싶지도 않았다. 그의 손이 허공을 가로젓다가 난간을 잡았고 피부에 피가 쏠리면서 심줄이 불거졌다. 기자는 미소를 거두더니 말조차 잇지 못했고 친자가 울상을 지으며 자신의 손을 생의 손등에 포갰다.

아버지, 손님들을 맞아서 반가운 마음에 흥분하신 듯한데 고정하세요. 반평생 불효만 끼친 자식이 이렇게 찾아와서 아버지를 뵙니다.

생은 머리가 벗어지고 이마와 아늠에 골 주름이 많은 남자를 보면서 가슴이 먹먹할 정도로 혈육애를 느끼면서도 의아감이 들었다. 그는 육십여 년 전에 이곳에서 유학생 신분으로 고학을 하던 중에 아내를 만났고 서로 마음이 맞아서 결혼하고 아이도 낳았다. 자식이 생겼던 그해 생의 조국은 식민지에서 벗어나서 독립의 시기를 맞았고 그는 처자식을 외국에 두고 고국으로 돌아왔으나 삶과 죽음을 오가는 고생을 무수히 겪으며 가족에게 연락도 취하지 못했다. 그사이 아내는 생을 보고자 국경을 넘기로 마음을 정했는데 가난에 허덕이는 처지였기에 하나밖에 없는 자식을 친척에게 양자로 보낼 수밖에 없었다. 그녀는 바다를 건너서 생과 극적으로 조우했고 눈물을 흘리며 한 점 혈육을 떠나보낸 사실을 그에게 알렸다.

생은 자신의 손에 얹힌 아들의 손이 거칠고도 부담스러웠다. 그는 전쟁이 벌어지고 있던 시기에 아내를 만났고 재회 직후 그녀가 자궁암에 걸리는 바람에 더는 아이를 가지지 못했다. 그들은 자식이 없는 것을 애석히 생각했기에 전쟁 통에 부모를 잃은 소녀를 입양했고 그 뒤로 친자와 연락을 끊지는 않았으나 관계는 시간이 갈수록 서먹해졌다. 생은 고국을 떠나서 외국에서 재류민 생활을 시작하면서도 친자를 만나는 경우가 적었고 그마저도 아들이 쉰이 넘어서 회사까지 때려치우고 시작한 사업이 틀어진 뒤로는 저쪽에서 먼저 연락을 끊었다. 부자는 십 년이 넘도록 얼굴을 보지 못했는데 이제야 상봉의 순간을 맞이한 것이었고 서로 손을 맞대고 있으면서도 시선까지 교환하지는 못하고 있었다.

남자들의 피부 접촉을 막은 사람은 양녀였다. 양녀는 손을 내밀어서 생의 팔을 주무르다가 일 분쯤 지나서 자신과 피를 나누지는 않은 남자 형제의 손을 손등으로 밀었다. 친자는 느닷없는 동작에 놀라서 손을 거두어들였고 검버섯 핀 손등에 양녀의 손바닥이 얹혔다. 생은 아들보다 딸의 손이 따숩고 나긋했으나 여전히 거리감을 느끼고 있었고 오래전 사위가 상을 엎던 광경이 어른거렸다. 사위는 새집을 지을 것이라는 이유를 대면서 생에게 아파트 매도금을 달라고 했고 자신의 의견이 받아들여지지 않자 의절을 선언했다. 양녀는 배우자의 뜻을 되돌리지 못했고 생이 모욕을 당한 뒤로 지금껏 걸음은 물론이고 전화나 편지를 한 적도 없었다.

생은 자식들과 사이가 전보다 가까워진 것을 인식하면서도 이러한 접근이 진심 어린 행위로 보이지는 않아서 마음 한구석이 쓸쓸해졌다. 기자가 바다를 건너서 병원까지 오지 않았다면, 조연출이 영화 제작과 판권료를 말하지 않았다면, 아내가 자식들에게 집안에 경사가 생겼다는 것을 알리지 않았다면 저들은 이곳에 오지 않았을 것이라는 생각이 들었다. 기자는 웃으면서 친자와 양녀를 보다가 조연출의 어깨를 쳤다. 조연출은 바지 주머니에서 봉투를 꺼내 생의 아내에게 건네며 말했다.

선생님, 어제 감독님께 전화해서 선생님의 생존 소식을 알렸습니다. 이것은 판권료는 아니고 우리 감독님께서 사모와 존경의 의미를 담아서 선생님께 전하는 격려금입니다. 다른 뜻은 절대로 없으니 일종의 사례로 이해하셨으면 합니다. 그리고 말이지요.

조연출의 표정이 진지해졌다.

저에게 주어진 시간이 많지는 않아서 오늘 이후로는 당분간 찾아뵙기가 어려울 듯합니다. 그렇기에 이 자리에서 간략히 용건을 밝히고자 합니다. 하나는 선생님께서 생존해 계신다는 소식이 국내에도 알려지면서 아마도 선생님 작품을 영상화하고자 나서는 이들이 적지 않으리라 생각됩니다. 지금 시점에서 선생님의 작품 세계가 재조명된다는 것은 무척이나 흐뭇한 일이지요. 다만 먼젓번에 제가 선생님께 언급했던 작품, 이민을 떠나기 전에 잡지에 연재하셨던 장편소설만은 우리 감독님께서 꼭 영화로 만들고자 하십니다.

조연출은 외투 안주머니에서 봉투를 꺼내서 거기에 들어있던 종이 뭉치를 뽑았다. 종이에 쓰인 글씨는 작아서 노안이 심해진 생의 눈에 제대로 보이지 않았고 마지막 장에 인쇄된 글자만 크기가 돋보여서 뜻을 파악할 수 있었다. 위에는 저작권 소유자인 생의 성명과 서명을 기입할 수 있게끔 빈칸이 있었고 아래에는 배타적인 발행권자인 감독의 이름이 쓰여있었는데 글자 옆에 묻어난 인주의 색상이 붉디붉었다. 그것은 도장을 찍은 흔적이 아니라 피를 묻힌 것으로 보였고 감독의 체내에서 나온 피가 아니라 그를 따르거나 믿는 사람들의 혈액을 바른 결과로 비쳤다. 그는 힘 있는 사람들의 대열에 합류하는 자신의 모습을 상상하면서 조연출이 건네는 촉이 뾰족한 만년필을 보았다. 양녀는 펜을 보더니 거위침을 삼키며 손을 거두었고 생의 아래팔에 소름이 돋았다.

선생님, 괜찮으시다면 여기에 사인을 부탁드리고 싶습니다. 혹여나 펜을 잡기가 힘드시면 사모님께서 도장과 인주도 준비하셨으니 그것을 쓰셔도 됩니다.

생은 가족들의 행색을 살폈다. 아내는 가방에 손을 올려놓고 있었고 양녀는 눈을 비비면서 여전히 침을 삼키고 있었으며 친자의 목울대도 아래위로 꿈틀거리는 것이 눈에 닿았다. 자식들은 사이가 좋지 않았으나 이번만큼은 침을 삼키는 행위를 같이 하고 있었고 그것은 돈을 바라는 모습으로 읽혔다. 남매의 얼굴은 닮은 부분이 없었지만 침을 삼키는 소리만은 다르지 않았고 귀를 찌르는 음향이 커지면서 면회객 모두를 물리치고 싶었다. 그는 소름으로 오톨도톨한 아래팔을 사람들에게 보이면서 전날과 똑같이 말했다.

나는 사인이 없는 사람이라고.

면회객들은 말귀를 이해하지 못했다. 생의 말은 은유적이었고 계약에 응하지 않겠다는 뜻을 에둘러서 표현한 것이었으나 사람들은 은유에 익숙지 못해서 지금은 사인할 힘이 없다는 쪽으로 해석하고 있었다. 아내는 눈치를 보다가 지퍼를 열었고 친자는 가방에 손을 대려다가 양녀의 눈을 보더니 동작을 늦추었다. 그들은 긴장감에 휩싸여 있었고 누구라도 동작이 커지는 날에는 서로 간에 고성이 오갈 것이 분명한 상황이었다. 조연출은 실내 공기가 무겁고 복잡해진 것을 낌새채며 감정이 실리지 않은 저음으로 말했다.

제가 나설 자리가 맞는지 모르겠지만 일단은 가족들께서 양해해주셨으면 합니다. 의식이 불명확하거나 움직일 힘조차 없는 상태가 아니라면 저작자인 선생님께서 계약서에 서명하는 것이 원칙이라고 생각합니다. 이 자리에서 선생님의 명시적인 동의가 없다면 가족들의 동의만으로 계약은 성립하기 어렵습니다.

아내는 가방 지퍼를 올렸고 친자도 손을 빼서 허리에 붙였으며 양녀도 눈에서 힘을 풀었다. 생은 다툼이 벌어지기 직전의 상황을 지켜보며 가슴이 미어지면서도 오래전이나 오늘이나 자식들에게 보탬을 준 것이 없어서 미안스러웠다. 친자는 부모에게 정을 받지도 못하고 입양자가 되었고 양녀는 정은 받았으나 물질적인 도움을 바라는 만큼 받지는 못해서 환갑이 가까운 나이에도 미화원을 하고 있었다. 계약을 받아들이고 싶지는 않았으나 그것에 응낙할 의무가 자신에게 있었고 종이에 도장이 눌리는 광경을 상상하다가 계약 이후에도 가족들 사이에 다툼이 그치지 않을 것이라는 심증이 굳어지고 있었다. 그는 죄의식과 불행감 같은 감정에 잠겼다가 승인과 불승인 사이에서 답을 정했다.

몸이 불편하고 정신도 어지러우니 약간의 말미를 주었으면 한다고.

조연출은 안구를 굴리면서도 입가에 미소가 피었다. 그는 지금은 확답을 받기가 어려워도 시간이 지나면 작가가 계약에 응할 것이라고 여기는 기색이 확연했다. 생은 조연출이 종이를 접어 봉투에 넣는 것을 보면서 잠깐이나마 여유가 생겼다는 것에 안도했고 간간이 들리던 침 삼키는 소리도 사라져서 심기가 나아졌다. 그는 고개를 끄덕이며 말했다.

아까도 선생님께 말씀을 드렸듯이 오늘 이후로는 제가 당분간 찾아뵙기가 힘듭니다. 오늘 저녁 비행기를 타고 귀국할 예정이고 내달 중순까지 감독님과 함께할 일정이 많은 편입니다. 선생님만 괜찮으시면 내달 말쯤에 제가 직접 이곳에 들러서 선생님의 확실한 생각을 듣고자 합니다. 오늘 이리로 오기 전에 사모님께 제 연락처와 이메일 주소도 드렸으니 혹여나 내달 전까지 마음을 정하셨으면 앞당겨서 저에게 연락을 주셔도 좋습니다.

조연출은 말을 마치자 만년필을 상의 주머니에 넣고 거기서 연노란 봉투를 꺼냈다. 그는 눈에 웃음을 머금으면서 감독이 보내온 것과는 별도의 봉투이며 자신의 존경심을 담았다는 점을 밝혔다. 생은 봉투의 두께를 대중하며 감독의 금일봉보다도 두꺼울 것이라는 생각이 들었고 저것이 존경의 표시가 아니라 계약 성사를 위해서 의도적으로 준비한 재물로 보였다. 그는 고개를 조아리며 뒤로 물러났고 기자는 생에게 허락을 구하고 일가족이 병실에 있는 모습을 카메라로 찍었다. 팔십 대 노부부와 초로의 남매가 창가를 등지고 촬영을 했는데 가족의 얼굴에 나타난 웃음은 카메라에 찍히면서도 오누이가 침을 삼키는 소리는 기기에 담기지 않았다.

면회 시간이 끝나지 않았으나 방문객들은 병실에서 떠났다.

꿈속에서 헤매는 날이 적어지고 있었고 인세가 들어오는 날은 많아지고 있었다.

생은 자신이 보기에도 놀라울 정도로 몸이 회복되고 있어서 이것이 축복이 아니라 불행이 찾아올 조짐이라는 우려마저 들었다.

잠을 이루고 아침에 일어나면 머리가 맑았고 전보다 혈액 순환이 좋아져서 손발을 움직이기도 편했으며 변의를 느끼기도 전에 대소변을 기저귀에 지리는 일도 줄었다. 적색 버튼이 눌리는 빈도도 낮아졌고 이따금씩 간호사에게 도움을 받지 않고 화장실까지 가서 스스로 용변도 해결했다. 식욕이 생기고 소화력도 나아지면서 죽을 먹는 날보다 일반식을 가까이하는 날도 늘었으며 하루는 원기가 남달라졌다는 기분에 젖어서 혼자서 산책과 목욕까지 했다. 샤워기를 잡고 움직이는 일이 힘들면서도 감당하지 못할 정도는 아니었고 하루는 자기 손으로 뒷물을 하다가 하체에 자극이 전해지자 기분이 괴이쩍었다. 다리와 엉덩이에 퍼지는 기운을 상쾌감 정도로 생각하려고 했는데 벽 거울에 비친 자신의 모습을 보자 머리끝이 쭈뼛해졌다.

오래도록 시들었던 성기가 커져 있었다.

몸이 나으면서 생을 대하는 사람들 태도도 이전과 달라졌다. 의사는 성격이 유별난 사람은 아니었으나 대체로 표정에 그늘이 비껴있고 태도도 뚝뚝한 편이어서 뭇사람에게 호감을 사는 인물은 아니었다. 그는 기자와 조연출이 병원에 다녀간 뒤로는 생의 병실에 들어올 때마다 입술을 당겨서 웃었고 몸 상태 외에도 생에게 이것저것을 물으며 호기심을 보였다. 생은 안다는 말보다는 기억이 나지 않는다는 말을 반복하며 한때는 시 창작에 몰두했다는 남자를 보았고 자신이 한때나마 작가가 아니었다면 저이가 웃음을 내보일 일은 아마도 없었을 것이라고 추측했다. 그리고 의사뿐만 아니라 병원에 있는 다른 환자들까지 생의 방을 바라보거나 안까지 들어와서 말을 붙이는 일이 많았기에 마음이

볶이는 날이 늘어나고 있었다.

생의 마음에 앙금이 커질수록 가족들이 병원에 들르는 횟수도 잦아졌다. 아내는 허리와 다리가 좋지 않았기에 전에는 토요일에만 방문해서 남편의 상태를 확인했으나 이제는 사흘에 한 번씩 병실에 찾아왔고 표정과 차림도 전과 달라져서 기품이 보일 정도였다. 그녀는 예전에는 어두운색 계통 점퍼에 탈색이 심한 면바지를 입었고 그에게 걱정을 끼치지 않고자 겉으로는 웃으면서도 눈에는 수심이 앉아있었으나 최근에는 보라색 양털 코트와 비단으로 지은 바지로 나름의 멋을 냈으며 입뿐만이 아니라 눈으로도 웃으며 속엣말을 털어놓았다. 요지는 계좌에 들어오는 인세가 갈수록 커지고 있어서 살림이 포실해졌고 이따금 자식들에게도 얼마씩 돈을 준다는 것이었다.

생은 미소를 지으며 이야기만 들을 뿐이었고 휴일에 친자와 양녀가 문안을 하고자 자신을 내방해도 경청자의 자세만 유지하면서 말을 아끼는 편이었다. 자식들은 언제나 과일 바구니를 들고 병실에 방문했고 농담과 한담을 나누다가도 특정 시점에 이르면 말수를 줄이면서 긴장감 흐르는 눈으로 서로의 낯빛을 살폈다. 생은 한번은 양녀가 화장실에 가고자 자리를 비운 사이에 친자가 애원조로 하는 말을 들으며 울적해졌다.

아버지, 다시금 사업을 시작하고자 하는데 이렇게 부탁을 드리려고 합니다. 듣자 하니 저작권이라는 것이 있다고 하던데 아버지 사후에, 아니 생전이면 더더욱 좋을 듯한데 저한테 양도해주시면 안 될까요?

생은 시선을 내려서 이불귀만 보았고 간청이 불평으로 바뀌는 것을 들었다.

솔직히 말해서 아버지가 지금까지 나한테 도움을 준 것이 없잖아요. 옛적에 내버린 자식이었고 이제는 보기 싫은 자식일 수도 있겠지요. 저는 입양이 되어서도 저쪽에서 아들로 대우를 받지 못했고 나중에 아버지와 만나서도 관심 밖 대상이었지요.

생은 이불귀를 움키면서 눈을 들었다. 머리가 벗어지고 주름이 많은 육십 대 남자의 얼굴에 상처 입은 소년의 낯이 겹쳐지고 있었다.

나는 아버지한테 무언가라도 받을 권리가 있어요.

친자의 음성이 떨리고 있었다.

피 섞이지 않은 딸보다 피 섞인 아들에게 우선적으로 권리가 있는 것 아니에요?

친자는 인중에 흐르는 콧물을 훔치지도 않고 자신이 가져온 과일 바구니를 잡았다가 발소리가 울리자 멈칫거렸다. 피 섞이지 않은 동생이 오는 소리였고 그의 낯에 서렸던 결기가 순식간에 무안감으로 바뀌고 있었다. 그는 바구니를 손에서 놓쳤고 세

모 모양으로 쌓여있던 과일들이 허물리면서 사과와 참외가 바닥에 떨어져서 나뒹굴었다. 그의 손이 뒤떨리다가 사과를 집었고 껍질에 티끌이 묻어있었으나 그쪽을 한입에 베물며 이마에 주름을 잡았다. 양녀는 병실에 들어왔다가 사과를 짓씹는 남자와 바닥에 널브러진 참외를 보면서 분위기가 이상하다는 것을 알면서도 이유를 묻지는 않았다. 그는 그녀와 마주하자 얼굴을 들지 못하더니 허리를 수그리면서 곤죽이 된 사과를 바닥에 뱉었다.

친자는 반만 남은 사과를 들고 병실에서 나갔다.

생은 그때까지 움키고 있던 이불귀를 놓았고 올리브색 천에 손톱자국이 찍힌 것을 보았다. 친자는 지금까지 자신이 받았던 고통에 대해서 보상을 바라고 있었고 그 역시 그러한 바람에 응하고픈 의무감을 가지면서도 저작권 일체를 한 자식에게 넘길 수는 없었다. 친자의 인생이 가엾다면 양녀의 인생도 그와 다르지 않았고 자신의 수중에 돈이건 권리이건 무언가라도 있다면 자식들이 원칙과 절차에 따라서 분유하기를 바랐다. 그는 바닥을 치우는 양녀에게 자신의 생각을 전하고 싶었으나 청소가 끝나자마자 나온 자식의 말을 듣고 우두망찰했다.

아버지, 오빠가 없으니까 하는 얘기인데 요즈음 우리 그이가 금전 문제 때문에 괴로워해요. 그이는 오래전에 아버지한테 몹쓸 행위를 저질렀고 저 역시 친정에 발길을 끊었으니 우리 내외가 그야말로 불효를 한 셈이지요. 앞으로 평생 반성하며 아버지한테 효도할 테니까 저희를 믿으셨으면 좋겠어요. 그리고 말이지요.

양녀는 생의 손을 쓰다듬으며 부탁했다.

저작권 있잖아요. 저한테 일체를 넘기라는 것은 절대로 아니고 다만 아버지가 제 얼굴을 보아서라도 권리의 비중을……

달이 바뀌었고 조연출의 방문 일자가 잡혔으며 생의 여든여덟 번째 생일이 다가와 있었다.

생은 아내와 단둘이 살면서 생일상을 차리지 않았고 선물도 받지 않았으나 주위에 곁사람이 많아지면서 예전과 같은 삶으로 돌아가지 못했다. 의사는 여든여덟 번째 생일은 축하할 가치가 충분하다는 견해를 밝히면서 기왕이면 환자가 평수 넉넉한 병실로 옮겨서 가족과 모임을 가지기를 권했다. 그의 생각과는 다르게 친자와 양녀는 부친의 건강이 전보다 차도를 보이고 있으니 그날 하루는 실외에서 파티를 벌이고 싶다는 입장을 병원 측에 전했다. 의사는 난색을 보이면서도 자식들의 청이 집요했던 데다가 생도 오랜만에 바깥바람을 쐬기를 원했기에 외출을 허락했다.

이월 이십이일이었고 조연출의 입국이 하루 앞으로 다가온 날이었다. 생은 이번에도 남에게 도움을 청하지 않고 아침부터 목욕을 했으며 오랜만에 용기를 내서 코밑과 턱선에 크림을 바르고 수염을 면도기로 밀었다. 날에 살갗이 베여서 핏방울이 맺혔으나 괘념하지는 않았고 그보다도 마음이 쓰였던 것은 기운이 차오르고 있는 하반신이었다. 더운물을 몸에 끼얹자 피부가 촉촉해지면서 기분이 즐거워졌고 포도 향을 풍기는 비누로 살갗에 거품을 내자 저번처럼 성기가 꼿꼿해졌다. 먼젓번에는 발기가 일 분도 지나지 않아서 풀렸으나 이번에는 시간이 지나도 좀처럼 죽지 않았고 수음 욕구마저 생기고 있었다. 그는 거죽만 남아있는 손으로 성기를 잡았고 쾌감에 몰두하려다가 종족을 이 세상에 늘리는 행위야말로 악업이라는 반성이 들면서 다리에서 힘이 빠졌다.

발기는 풀렸고 거웃과 성기에 거품이 남아있었으나 한참이 지나도 씻기지 않았다.

생은 현기증을 느끼며 마지막 순서로 하체를 씻고 보풀이 일어난 수건으로 물기를 닦았다. 그는 아침까지 입었던 환자복과 속옷과 양말을 비닐에 넣고 수납함을 열어서 전날 초저녁에 아내가 가져온 진솔옷을 꺼냈다. 상의는 몸에 맞았지만 하의는 벨트로 허리를 죄야 할 정도로 헐렁했고 색감이 지나칠 정도로 드밝은 것이 거슬렸다. 착의를 마치자 공복감이 찾아들었고 이즈음 미각과 식욕과 허기가 생생해진 것이 축복으로 이해되지는 않았다.

욕탕에서 나와서 화장실 문을 당기자 복도에 흐르고 있던 공기가 피부에 감기면서 한기가 들었고 카트 미는 소리가 울려들었다. 생은 공기와 소리에 놀라서 수꿀했고 장갑 낀 손으로 카트를 끌고 있는 간호사를 바라보았다. 가족과 의사와 몇몇 환자와의 관계는 예전보다 원만한 편이었으나 전담 간호사와의 사이는 얼마간 소원해져 있었다. 그는 흉몽을 꾸는 일이 줄면서 과거를 되짚는 날이 많아졌고 간호사의 할아버지가 자신과 한겨레라는 사실을 안 뒤로는 오래전 새벽에 혀를 깨물었던 미성년의 몰골이 번번이 시야를 막았다. 미성년과 그의 조부가 동일인이라는 증거는 없었지만 둘의 얼굴은 닮아있었으며 그와는 거리를두고 싶어졌다. 다행히 생이 기력을 회복한 이후로는 간호사에게 도움받는 횟수가 줄어들면서 간병인의 역할은 식사 배달과 약물 투여, 체온 및 혈압 측정 정도로 한정되었다.

생은 기침을 쏟으며 병실에 들어갔고 카트가 안으로 들어올수 있도록 문을 스토퍼로 고정시켰다. 날이 화창해서 창가에 내리는 볕이 맑고 포근했으며 홍매화 말고도 진달래 개나리 수선화 제비꽃 등이 지천으로 피어난 덕에 창문이 극채색으로 물들면서 봄기가 완연했다. 그는 봄뜻으로 화사한 바깥 풍경을 대하며 근래에 품었던 염세적인 생각이 작아지는 것을 느꼈다. 바퀴

소리가 들리면서 카트가 안으로 들어왔고 고깃국 냄새와 생선 구운 내음을 맡자 입 안에 군침이 고였다.

생은 병실 가운데 있던 탁자를 끌어서 창가로 옮기고 옷에 음식물이 튀지 않게끔 평소에는 사용하지 않는 앞치마도 둘렀다. 의자 등받이에 봄볕이 얹히자 허리가 곧아졌고 그릇들 뚜껑이 열리는 것을 보니 손가락에 힘이 들어갔다. 홍합밥과 갈비탕, 굴비구이와 단호박과 산나물무침과 파프리카 샐러드가 이날 아침 메뉴였고 평소에는 보기 어려운 음식이었기에 시간과 정성을 들여서 준비한 식사로 보였다. 그는 스푼을 들었다가 창밖 풍경과 상반적일 정도로 어두운 간호사의 얼굴을 보았고 저것이 과로의 결과로 비쳐서 동정심이 들었다.

식욕이 동했고 혀가 축축해질 정도로 침이 괴면서도 음식은 입으로 옮겨지지 못했다. 생은 입 안을 채우고 있던 침을 삼키며 과로의 결과뿐만 아니라 이즈음 간호사와 그의 동료들이 겪고 있는 고민의 무게를 속어림했다. 저들은 나날이 장시간 노동을 하고 있었는데 그에 따른 임금을 받지 못했고 휴가도 제한적으로만 쓸 수 있어서 공분이 높아지는 분위기였다. 그는 조만간 병원에서 파업이 일어날 것이라는 소문도 접했고 저들을 이끄는 핵심이 자신의 전담 간호사라는 이야기도 들었다. 노동자들의 파업은 법적으로 정당한 것이었으나 저들의 정당성은 무시되거나 짓밟히는 경우가 예나 지금이나 많았고 간호사의 신변에 이익이 있기를 바라면서도 저쪽이 위험에 노출되는 것은 원하지 않았다.

생은 질문을 던지고 싶어졌다. 진정으로 파업을 할 것이냐고, 그동안 자신을 포함한 환자들을 간호하기가 얼마나 힘들었느냐고, 하루 노동 강도가 얼마큼 고되며 급여는 얼마나 받고 있느냐고, 저번에 글을 쓰겠다는 포부를 고백한 적이 있는데 최근에 집필을 하고 있느냐고, 이 업계는 먹고살기가 어려운 곳인데 그럼에도 여기에 뛰어들 의지가 있는 것이냐고. 그는 이제는 침 대신에 혀에서 솟는 말들을 꺼내지 않으려고 애를 쓰다가 하관이 피범벅인 남자가 뇌리에 스치자 저절로 말소리가 흘러나왔다.

간호사님 조부는 어떠한 분이었느냐고.

간호사는 그릇 뚜껑들을 카트에 놓다가 고개를 갸웃거렸다. 그는 입술을 비틀거나 양 볼을 부풀릴 때가 있었는데 그러한 움직임은 불쾌를 표현하는 것이 아니라 지난날을 세부적으로 되돌이키려는 모습으로 비쳤다. 그는 상념의 갈피가 잡히자 뒷머리를 긁적거리면서 저음으로 말했다.

평범하고 수더분한 분이셨어요. 작년부터 몸이 불편해지셔서 지금은 어르신처럼 병원에 머물며 치료를 받고 계세요. 머리가 벗어지고 뺨에 흉터가 있지만 그럼에도 연세에 비해서 동안인

편이고 젊었을 적에는 미남으로도 불렸다고 아버지에게 들었던 기억이 나네요. 할머니께서 돌아가신 뒤로 재혼을 하지는 않으셨지만 연애는 계속해서 하셨지요. 가끔 용무가 있어서 할아버지 댁으로 가면 언제나 당신의 새로운 애인이 부엌에서 일을 하거나 거실 소파에 앉아서 TV를 보고 있었어요.

생은 간호사의 말을 들으며 특이점을 찾아내지 못해서 맥이 풀렸고 미남과 동안이라는 표현에 관심이 쏠렸으나 나이가 들어도 미색과 매력을 간직하는 사람은 의외로 상당했기에 흥미가 일지는 않았다. 그는 스푼을 집었다가 밥과 국의 온도가 여전히 높을 것이라고 속짐작하며 참기름 냄새가 싱싱한 산나물무침에 눈독을 들였다. 몸에 봄기운을 더하는 느낌으로 나물을 먹으려다가 간호사의 설명이 이어지면서 입에서 돌던 군침이 쓴 침으로 변했다.

어르신에게 이러한 이야기를 해도 될지 모르겠지만…… 할아버지는 이곳으로 이민을 오기 전에 일반인이라면 상상조차 하기 어려운 참사를 겪었다고 아버지에게 들었던 기억이 납니다.

생의 손이 덜덜거렸다.

아버지는 참사의 내용이 무엇인지 알고 있었지만 저한테 구체적으로 설명하지 않으셨어요. 제가 보기에는 피부가 찢어지거나 머리가 깨지거나 팔이 부러지는 수준은 아마도 아닐 것이고 그

이상의 피해이겠지요.

생은 스푼을 내려놓고 쓴입을 다시고 있다가 결국에는 격정을 참지 못하고 주먹 쥔 손으로 탁자를 내리쳤다. 밥과 국과 반찬이 충격을 받아서 식판 바깥으로 튀었고 기름기 뜬 국물과 갈비살점이 왼손목에 떨어지면서 피부가 뎄으나 쓰라림을 인식하지도 못할 정도로 죄책감이 높아져 있었다. 간호사의 눈 코 입과 체구와 목둘레가 그이를 연상시켰고 피해를 말하는 대목을 살필수록 비역을 당하며 흘리던 눈물과 신음이 생각나서 온몸이 오싹해졌다. 그는 탁자와 식탁을 엎고픈 욕구를 억제하며 낯이 파래져서 몸을 바스대는 간호사를 올려보았다. 이십 대 남자는 자신이 실언이나 망언을 뱉었던 탓에 환자의 심기가 상한 것으로 이해하고 있었고 자기의 과오를 자책하려는 기색이 역력했다.

제각기 허물이 있다고 여기는 남자들이 서로의 얼굴을 보고 있었고 저마다 해명의 언어를 찾으면서도 소통의 시간은 생겨나지 않았다.

생은 시선을 내렸고 간호사는 말없이 환자의 낯꽃만 보면서 식판 옆에 떨어진 음식을 행주로 훔쳤다. 그는 이쪽의 눈치만 살피는 간호사를 곁눈질하며 자신의 행동이 지나쳤던 데다가 무례했다는 가책이 들면서 부끄러웠고 손의 상처와 아픔이 생생해졌다. 손에 쇠기름이 번져서 감촉이 미끌미끌했고 손목의 표피가 까져서 붉은색 속살이 비치고 있었다. 그는 자리에서 일어나서 간호사에게 구십 도 각도로 허리를 꺾으며 사죄와 부탁의 말을 내놓았다.

아무런 이유도 없이 신경질을 내서 진심으로 사과를 드리며 다시는 이 같은 일이 일어나지 않을 것이라고.

참으로 죄송하지만 상처를 치료하고 싶다고.

간호사도 얼굴이 무릎에 닿을 정도로 허리를 구부리더니 병실에서 나가서 세척과 치료에 필요한 것들을 가져왔다. 알코올 먹은 무명베가 피부에 닿을 때마다 몸서리가 일면서 머리칼이 곤두섰으나 기름은 가시고 있었고 상처에 젖빛 연고를 바르고 반창고를 붙이자 아픔이 수그러졌다. 그는 자신을 도와주는 청년을 보면서 사의를 전달하고 싶었고 협탁 서랍에 있는 요사이 부피가 늘어난 지갑을 상기했다. 기자와 조연출이 오기 전까지 지갑은 가볍고도 허룩했으나 형편이 나아지면서 아내는 병실에 올 때마다 서랍을 열어서 지폐를 채웠고 돈을 사용하는 일이 적었기에 가죽 재질 물건은 하루가 다르게 몸집을 키워서 이제는 반으로 접히지도 않을 정도로 부풀어 있었다.

생은 협탁으로 걸어가서 서랍 문고리를 당겼고 쾨쾨하면서도 어딘가 고소한 냄새를 맡으며 연녹색 지폐가 채워진 지갑을 보았다. 그는 지갑을 집어서 협탁에 놓았고 열 장 정도 지폐를 뽑으려다가 간호사가 기쁨에 겨워하는 모습을 보고 싶었기에 반절이나 끄집어냈다. 간호사는 의아한 눈으로 환자가 하는 행동을 살피다가 자기 손에 목돈이 다가들자 어깨를 으쓱이며 뒤로 물러났다. 생은 그간의 노고와 정성에 보답하는 마음으로 주는 것이니 사양하지 말라고 했으나 저쪽의 태도는 완강했으며 심지어 기꺼워하는 분위기조차 찾아볼 수 없었다. 그는 자신은 무상으로 일하는 것이 아니고 간병의 대가로 임금을 받으므로 환자의 돈은 거두지 못한다고 말하며 손을 내저었다.

생은 간호사의 얼굴과 음색에 열기가 실리고 있어서 입장이 난처해졌다. 간호사는 이렇게 금품을 받는 행위는 병원 내규에서 금하는 것이라고 했고 자신은 노동을 통해서 먹고사는 노동자이지 시혜 대상이 아니라는 말도 덧댔으며 급기야 누군가가 해고되기를 바라느냐는 불평까지 나오면서 노인의 얼굴이 얼어붙었다. 지금껏 돌봄 서비스를 제공하면서 보았던 상냥한 간호사가 아니라 재해를 당해서 위기에 빠진 조난자의 몰골을 마주하는 느낌이었고 그럴수록 저이를 도우려는 욕망이 강렬해졌다. 생은 말대답을 하지는 못하면서 간호사에게 걸음을 옮겼고 그에게 돈을 주어야만 가슴에 있는 응어리가 조금이라도 작아질 것이라는 믿음을 가졌으며 아울러 약간의 자금이라도 있어야 그가 희망하는 계획이 결실을 얻을 것이라는 예감에 휩싸였다. 환자와 간호사 사이가 다붓해졌고 둘의 손이 맞닿으려던 순간에 문이 열리면서 의사와 생의 가족들이 병실에 들어오려다가 주춤했다.

간호사는 생의 손길을 뿌리쳤고 환자는 힘에 밀려서 넘어질 뻔했으며 손에 움켜쥐고 있던 돈다발이 바닥에 흩뿌려졌다.

생은 침대 난간을 움키며 중심을 잡았다. 간호사는 자신의 행동이 너무했으며 가족들 앞에서 무례를 범했다는 것을 깨닫고 다리를 떠는 생을 도우려다가 친자에게 제지당했다. 친자는 간호사의 멱살을 잡으려다가 의사의 얼굴색을 일별하더니 옷깃이 아니라 팔을 붙들며 부친에게 해를 가하려는 행동을 중지하라고 소리쳤다. 간호사는 전처럼 손길을 물리치지도 못하고 고개를 숙이며 용서만 구할 뿐이었고 양녀는 두 남자의 곁을 지나서 생의 팔목을 잡더니 다친 곳이 있는지 물었다. 생은 자식들 목소리가 과장적으로만 들려서 불편스러웠고 자신이 돈을 주려던 까닭과 간호사가 호의를 거절한 이유를 알리고 싶었으나 상황을 조리 있게 설명할 자신이 없어서 입술만 파들거리고 있었다.

생이 실행에 옮기지 못하고 있던 일을 해낸 사람은 의사였다.

진실을 밝혀서 서로 간의 갈등을 푸는 방식이 아니라 자신의 속내를 담아서 사실을 왜곡하는 형태로.

그러니까 환자의 손목을 다치게 한 것도 모자라서 현금도 요구했군요. 나와 환자분 가족이 이리로 들어오는 것을 보더니 당황해서 환자까지 밀친 것이고.

간호사는 고개를 저으며 의사의 말을 부인했으나 그를 향한 의심과 비난의 눈길은 한둘이 아니었고 생조차 진땀만 흘리며 소리를 내지 못하고 있었다. 의사는 그동안 간호사가 보였던 성실성을 조금도 말하지 않고 요사이 제 눈에 뜨였던 무성의와 나태 사례를 열거하더니 종국에는 저이가 내규 위반까지 저지르고 있다며 비난을 쏟아부었다. 그의 말은 불성실자를 탓하는 것을 넘어서서 부도덕자를 공격하고 있었으며 나아가서는 처우 개선을 바라는 하급자의 희망을 없애려는 저의도 담겨있었다. 간호사는 눈을 내리며 저자세를 유지했으나 자신을 도덕도 규칙도 양심도 모르는 인간으로 깔아뭉개려는 상급자의 태도를 지켜볼 수만은 없었다. 그는 오른손을 가슴에 얹으며 의사의 말을 잘랐다.

제가 어르신을 밀어뜨릴 뻔했던 것은 사실입니다만 지금껏 내규를 어기려는 마음을 품었던 적은 없습니다. 어르신은 저에게 돈을 주려고 했고 저는 이것을 사양하다가 부득이 환자 몸에 손을 대었던 것입니다. 이 점에서만은 어르신에게 진심으로 사죄를 드리겠지만 그 외에는 저는 병원에서 문제를 일으킨 적이 없습니다. 선생님께서는 이즈음에 제가 추진하고자 했던 몇몇 일 때문에 저에게 유감이 있으신 것으로 아는데 그렇다고 이처럼 저를 징계 대상자나 부도덕자로 몰아붙여서는 안 된다고 생각합니다.

간호사의 말에는 이채와 조리가 있었고 그것은 생이 언어로 밝히고 싶었던 내용과 전적으로 같았다. 생은 간호사의 말에 틀림이 없다면서 호응을 보였고 여전히 격분하고 있던 친자에게 손을 거두라는 지시를 내렸다. 친자는 바닥에 널브러진 돈을 내려다보며 아버지 말에 따랐으나 의사는 환자 입장에 동의하지 않았고 자신의 주장을 철회할 생각이 없었다. 그의 목에 핏대가 곤두서면서 불성실과 부도덕을 꾸짖는 말이 계속되었고 거기에는 논리와 질서가 없는 대신 권력과 압력은 충분했다.

병실은 수평적인 대화가 오가는 장이 아니라 수직적인 구조가 엄연한 곳이었고 이채와 조리는 의사가 지닌 권위 앞에서 쓸모가 없었다. 감봉, 강등, 징계, 해직과 같은 말들을 들을수록 간호사는 반론하지 못했고 생 역시 옛일을 곱씹으며 땀을 흘렸다. 강간미수범과 횡령자가 진즉에 몸과 마음이 망가진 미성년을 반죽음으로 만들고 있었고 피해자가 외치는 소리를 옆자리에서 듣고도 생은 잠자는 척하며 상황을 회피했다. 그때와 지금의 상황이 다르지 않은 것으로 여겨졌고 힘이 약한 사람을 이렇게 몰아세우면 안 된다며 소리를 높이고 싶었지만 말길이 트이지 않았다. 그때나 지금이나 생은 다르지 않은 태도를 내보이고 있었다.

예나 지금이나 승리를 거두었던 사람은 힘을 가진 사람이었다. 간호사는 고개를 수그리면서 눈물이 나오려는 것을 참았고 가슴에 얹었던 손을 아래로 내려서 왼손과 맞잡았다. 상급자의 생각에 수긍한다는 뜻이자 본인의 잘못을 인정하는 동작이었고 더 이상 심리적인 충격을 받지 않으려는 사람의 몸짓이었다.

선생님 말씀이 맞습니다. 제 잘못이 참으로 크다고 생각합니다. 다시는 이러한 일들이 생기지 않도록 조심하고 반성하겠습니다. 진심으로 사죄를 드리며 이제부터라도 최선을 다해서 제 업무에만 매진하고자 합니다.

간호사의 입술이 푸르게했다.

그러니 징계위원회에 회부하겠다는 말씀만큼은 거두셨으면 좋겠습니다.

간호사의 눈이 벌게져 있었고 침과 콧물이 흘러서 바닥에 뒹구는 지폐에 떨어졌다. 의사는 목청을 높이지는 않으면서도 간호사의 소원을 들어주지는 않았고 허리를 세우고 아래턱을 끄덕거리며 고압적인 자세를 유지했다. 하급자의 기와 자신감은 꺾여있었고 코와 입에서 나오는 물기는 늘어났으며 눈꺼풀 깜박이는 속도가 빨라지면서 기어이 눈물이 볼을 타고 흘러내렸다. 생은 지폐에 눈물이 떨어지는 것을 보았고 방관자 역할에 충실한 자신의 모습이 역겨워지면서 위로의 말이라도 꺼내고 싶었으나 시간은 늦어 있었다. 간호사는 눈물 콧물로 범벅된 얼굴을 닦지도 못하고 의사 옆을 지나쳤으며 병실에서 나가던 도중에 문 모서리에 이마를 부딪쳐서 살갗에 피멍이 들었다.

의사는 간호사가 나가자마자 웃음을 지으며 생에게 식사를 권유했다. 생은 불만감을 느끼면서도 분통을 터트리지 못했고 의자에 앉아서 가족들이 하는 행동을 눈여겼다. 친자와 양녀는 허리를 직수그리면서 바닥에 흩어진 지폐를 주웠고 나중에는 생의 아내도 자식들이 벌이는 행위에 동참했다. 생은 처자식의 시선과 동작을 볼수록 식욕이 사라지는 것을 느꼈고 아내뿐만 아니라 딸과 아들의 외양도 예전과는 달라졌다는 것을 깨달았다. 양녀는 목둘레에 털이 다보록한 밍크코트를 차려입은 모습이었고 친자는 기장이 무릎까지 닿고 하단에는 명품 로고가 새겨진 트위드 재질의 코트를 빼입고 있었다.

바닥에 남아있는 마지막 지폐를 주운 사람은 친자였다. 간호사 몸에서 나온 액체가 묻어있는 종이돈이었고 손에 더럼이 타는 것이 싫었기에 티끌만 얹힌 부분을 집었다가 오만상을 했다. 친자는 볕기가 모여든 창틀에 지폐를 놓고 헤어 드라이기가 필요하다는 말을 반복하며 병실을 뒤졌다. 생은 눈을 절반쯤 감고 플러그가 콘센트에 꽂히는 소리와 온풍이 흘러나오는 소리를 들었으며 눈결에 닿는 음식이 맛도 온기도 사라진 쓰레기로 보였다. 아무도 없이 혼자서만 있고 싶었으나 양녀가 손뼉을 두드리며 그의 바람과 동떨어진 제안을 했다.

아버지의 여든여덟 번째 생일을 축하하는 뜻에서 다 같이 축가를 부르고 싶어요. 기왕이면 의사 선생님께서도 저희 뜻에 동참해주시기를 바랍니다.

병원 앞마당에 서있는 검남색 승용차는 생이 처음으로 보는 차였고 새것이어서 차체에서 광택이 흘렀다.

친자가 콧노래를 부르며 차 문을 열었고 양녀와 아내가 생의 팔을 붙잡으면서 노인을 차내로 옮겼다. 생은 털방석에 앉았고 병실 의자보다 착좌감이 좋다고 생각하면서 창밖으로 눈을 던졌다. 하늘은 조각구름 서넛만 보일 정도로 맑았고 가지각색 봄꽃이 미감을 자랑하다가 이따금 봄바람이 불면 벤치와 인도와 차도에 색색의 잎들을 떨어뜨렸으며 병자들은 주위에 이는 꽃물결을 보며 눈가와 입가에 잔주름이 지도록 웃었다. 그는 바깥에 피어난 뭇웃음을 보면서 어쩌면 오늘이 자신의 마지막 생일이될 것이라는 믿음마저 생겼고 몸과 마음이 고단해도 가족들 앞에서 험상만은 보이지 말자고 속다짐했다.

생의 자식들은 앞좌석에 탔고 아내는 뒷좌석에 앉아서 안전띠를 착용했다. 친자가 가속기를 밟자 차체가 작은 길에서 큰길로 나아갔고 양녀는 너털웃음을 지으며 금일 일정을 설명했다. 일단은 집으로 가서 휴식을 취하면서 다른 가족들과 만남의 시간을 가지고 오후 두 시에는 강변에 있는 공원에 들러서 꽃놀이를 구경할 것이며 초저녁인 여섯 시에는 도심 한복판에 있는 고급 요릿집에서 생일잔치를 열 것이라고 했다.

생은 마음에는 없는 미소를 보이며 꽃놀이와 잔치보다도 처음 행선지가 집이라는 말이 솔깃했다. 열두 평 넓이의 아파트는 조붓하고 허름했지만 그의 손때와 체취가 묻어있는 곳이었고 병상 생활을 시작한 뒤로는 그리로 간 적이 없었다. 무엇보다도 거기에는 그가 아끼고 애호하며 겨를이 생길 때마다 일독했던 책들이 있었다. 그는 독서욕이 들솟는 것을 느끼면서 손끝으로 종이를 넘기는 시늉을 했고 언젠가 감명 깊게 읽었던 구절을 상기했다. 책의 저자는 이 나라의 시인이었고 그가 지은 문장은 생이 오랫동안 가슴에 품었던 지론과 다르지 않았다. 생은 가족들이 듣지 못하도록 입속말을 했다.

맑고도 낮은 삶을 살아가고, 깊고도 높은 사상의 거처를 꿈꾸면서.

친자는 운전대를 돌리려다가 핸드폰 수신음을 듣더니 잇몸이 드러나도록 웃으며 이어폰을 귀에 꽂았다. 그는 감탄조에 가까운 목소리로 대답하며 목을 구부리는 동작을 수차례 보였고 생의 건강이 놀라울 정도로 회복되었다는 말을 여러 번 강조했다.

양녀는 눈으로는 웃으면서도 양미간에 주름을 새겼고 친자 입에서 대리인이라는 표현이 나오자 눈에 있던 웃음기마저 지웠다.

발신인은 생의 음성을 듣기를 바라고 있었고 친자는 이어폰 하나를 귀에서 뽑으며 환심을 담은 시선을 뒷좌석에 보냈다. 생은 아들의 두 눈에 나타난 기쁨이 욕慾의 일부처럼 보여서 염려가 들었고 말하기가 저어되었다. 전화를 건 사람이 원망스러웠고 양녀의 눈이 흔들리는 것이 안타까웠으며 자신만 바라보는 가족의 면면이 짐스러웠다. 생은 일부러 목기침을 하면서 창밖에 있는 가로수를 보았고 전화가 끊어진 뒤에야 발신인이 조연출이라는 것을 듣고 고개를 돌렸다. 친자의 어투에 실려있던 감흥이 사라지면서 불만기가 비치고 있었다.

아버지, 조연출이 오늘 오후에 비행기를 타서 빠르면 초저녁에 이리로 도착한다고 합니다. 내일이 계약일이기도 하고 저쪽에서 아버지 목소리 듣기를 바라던 눈치던데 이렇게까지 불응하시면 제 입장이 난처하잖아요. 오늘 중으로 저쪽에서 다시금 전화를 한다면 그때는 반드시 목소리를 들려주셨으면 합니다. 지금 저쪽에서 제시한 영화 판권료가 한두 푼이 아닌데 우리 쪽에서 이렇게 나오면……

양녀가 친자가 하던 말을 가로막았다.

나는 지금껏 몰랐는데 오빠는 판권료 액수가 얼마인지 알고 있었어요? 그런데 나한테는 왜 얘기를 안 했어요?

친자는 이어폰을 뽑아서 콘솔 박스에 넣으며 말했다.

어차피 내가 앞서서 알건 네가 나중에 알아차리건 그것이 그렇게 중요하니? 일주일 전에 어머니가 전화로 가르쳐주셨어. 참고로 너한테 숨기려는 마음은 없었으니 오해하지는 말아라.

양녀는 고개를 돌려서 뒷좌석을 보았다. 금일 일정을 말하던 순간에 보였던 활기는 찾을 수 없었고 소외당한 사람의 실망감이 눈에 깃들어 있었다.

아내는 예상치 못했던 상황에 놀라서 코트 자락만 만지작거릴 뿐이었고 딸의 얼굴에 실망에 더해서 분노까지 퍼지는 것을 보더니 눈을 내리며 사과했다. 양녀는 모친의 태도를 보면서 짜증이 솟아나는 것을 자제하지 못하고 따졌다. 오빠가 판권료를 입에 올리지 않았다면 모친은 다음 날 계약이 이루어지기 전까지 자신에게 액수를 말하지 않았을 것이라는 볼멘소리가 나왔고 딸이나 아들이나 내 자식인데 어째서 너만 차별하고 괄시하겠냐는 목이 멘 소리가 뒤를 이었으며 노인 목소리에 울음기가 차차로 번지자 양녀도 대거리하지는 못하고 입술을 떨면서 코를 훌쩍였다. 여자들이 말을 잇지 못하면서 눈물을 삼키는 동안에 친자는 창문을 열더니 전자 담배를 피우며 말했다.

어머니나 너나 목소리 높이지 말고 흥분을 삭였으면 좋겠어.

예전처럼 없이 사는 사람들도 아니고 우리도 이제부터는 중산층이자 교양인이라고.

친자의 어투는 모녀가 냈던 소리와 대조적일 정도로 차분했다.

이제는 가지지 못하고 배우지 못한 사람처럼 행동할 것이 아니라 체면을 지켜야지, 언제까지 빈민처럼 굴래. 설마 오라비가 너한테 한 푼도 주지 않고 목돈을 떼먹을 파렴치한으로 보이는 것이냐.

양녀는 친자의 말에 눈을 치뜨면서도 이의를 대지는 않았다. 아내는 아들 말에 동의하면서 딸에게 다시금 사과했고 일단은 계약 성사가 중요하니 서로가 얼굴을 붉히는 일은 삼가자는 부탁을 건넸다. 그녀는 윗니로 입술을 깨물면서 곁눈으로 연기를 내뿜고 있는 남자를 보았다. 그녀의 귀에는 중산층이라는 말의 여운이 은은했고 나중에 싸움을 하더라도 지금은 가운데 계급의 일부분에 속하는 것이 중요하게 여겨졌다. 코트를 입은 사람들은 계급 이동이 어려워진 나라에서 이제는 신분 상승을 지척에 두고 있었고 각자의 적의보다 조만간 함께할 소속감을 염두에 두면서 분위기를 깨지 않으려고 했다.

생은 가족들이 말수를 아끼며 분위기를 유지하려고 할수록 자리를 뜨고 싶었고 심지어 이동 중에 문밖으로 뛰쳐나가고픈 욕구를 느꼈다. 마른침을 삼키며 문손잡이를 잡았고 이대로 차에서 내리는 날에는 도로변에 몸이 내리박힐 자신의 모습을 상상하다가 개울물 흘러가는 소리를 듣고 정신을 차렸다. 삼십여 년을 살았던 동네와 너비가 좁다란 콘크리트 다리가 보였고 구조물 아래로 빛깔이 맑은 물줄기가 콸콸거리는 소리를 내면서 남쪽으로 나아가는 모습도 눈에 들어왔다.

친자는 차가 다리에 들어서자 낮부터 수레를 끌면서 먹거리를 파는 상인들을 훑으며 속도를 줄였다. 생은 창문을 열어서 하천이 보이는 쪽으로 이목을 기울였고 사과알 크기의 동종들이 딸랑거리는 소리와 더불어 차내까지 건너오는 물의 음향을 들었다. 물소리는 청량하다가도 가끔가다 거칠었는데 유빙들이 물살에 떠다니다가 냇돌이나 굽이에 마주치면서 나는 소리였다. 생은 다시는 듣지 못할 것이라고 여겼던 소리를 접하며 가슴이 뿌듯해졌고 건강이 나빠지기 전에 책을 지니고 천변을 걷던 자신의 모습을 돌이켰다. 그때도 과일이나 국수를 파는 손수레들이 즐비했고 종이 울리는 소리와 확성기 소리를 들으며 물가를 걸으면 물낯에서 몸을 뒤척이는 민물고기들이 눈에 즐거움을 주었다. 장거리 걷기는 힘에 부쳤기에 얼굴에서 땀이 나거나 다리가 저릿하면 인근 벤치에 앉아서 독서를 시작했다. 종이는 삭아서 곰팡내가 났고 글자는 닳거나 탈색되어서 읽을 만한 것보다 읽을 수 없는 것들이 태반이었지만 여전히 빛나는 구절이 없지는 않았다.

생은 눈을 비비며 아무도 듣지 못하게 입엣말을 했다.

고기 굽는 연기가 피어오르는 공원을 지나자 소도시에서 몇 안 되는 관광지인 온천 건물과 노인들이 모여드는 사당이 차창에 비쳤고 거리를 다니는 보행객들이 시나브로 줄면서 외양이 수수한 단독주택 구역까지 통과하니 빈티가 흐르는 아파트 단지가 나왔다. 생은 자신의 집에 모여있을 사람들보다도 책의 냄새와 질감이 그리웠고 다리에 힘이 붙는다면 냇가까지는 아니어도 책을 들고 공원에 가고 싶었다. 차가 아파트 앞에서 멈추었고 아내와 양녀가 앞서서 내려 차 문을 열려고 했으나 생의 동작이 그들보다 빨랐다. 그는 부축조차 사양하며 걸음을 떼었고 이웃이 인사를 건네는 것도 알아채지 못하며 계단에 올라갔다. 아내는 신경통 때문에 속보로 걷지는 못했고 양녀가 그보다 앞서서 올라가 열쇠로 문을 열었다.

열두 평 넓이의 공간에 있던 사람은 담배를 그슬리던 사위뿐이었다. 사위는 생을 보자마자 담배를 재떨이에 잉끄리더니 몸을 일으켰고 의절을 말하던 때와는 판이할 정도로 고개를 굽실거리며 저자세를 취했다. 생은 사위의 얼굴을 대하기 싫었기에 억지로 웃으면서 자신이 썼던 방으로 들어갔다. 곤기와 궁기가 흐르는 곳이었는데 예전보다 세간이 줄어든 모습을 보자 이마에 충격이 전해졌다. 유리 장식장은 남아있었지만 옷장과 이불장은 눈에 뜨이지 않았고 책장은 그대로 있었으나 거기에 있던 책들은 예닐곱 권이 전부였고 그마저도 이제껏 본 적이 없었던 것들이었다. 그는 책장에서 양장본 하나를 끄집어냈는데 그것은 이 나라에서 나온 책이 아니라 조국에서 발행한 책이었고 저자는 다른 사람이 아니라 자기 자신이었다.

생은 양장본을 바닥에 내동댕이쳤다. 사위는 방으로 들어가지 않고 문턱에 발만 올려놓고 있다가 책등 일부분이 찌그러지는 광경을 보더니 뒷걸음을 옮기며 코트 깃을 세웠다. 여자들도 소리를 듣고 방으로 가려다가 생이 험상을 지으며 손과 어깨를 떠는 것을 보면서 동작을 멈추었다. 친자만이 방으로 와서 그곳의 공기와 노인의 심정을 어림잡으며 스스럼 느껴지는 손으로 책을 주웠다.

집이야 어쩔 수 없다고 하더라도 세간살이가 워낙에 낡아서 보기가 안쓰러웠어요. 그리고 입원하셨던 기간에 이틀에 걸쳐서 홍수가 온 적이 있었는데 실내에 비가 새서 이불장이고 옷장이고 아버지 책이고 하나같이 젖어서 곰팡이까지 피었지요. 예전부터 쓰셨던 옷과 이불은 건넌방에 있고 책들은 모조리 걸레짝이나 진배없게 되어서 부득이 내버릴 수밖에 없었습니다. 부디 너그러이 양해해주세요. 참고로 새 가구들은 제 돈으로 주문을 했는데 아무리 늦어도 다음 주 초에는 이리로 도착할 듯합니다.

생은 화가 치밀면서도 아들의 설명을 들으며 흠집을 잡지는 못했고 빗물이 실내에 침투하지 않았더라도 가족들 눈에는 책이 쓰레기로 비쳤을 것이라는 생각이 들면서 아득해졌다. 친자는 생의 안색을 살피면서 책들을 버리기 전에 저자와 제목을 빠짐 없이 파악했고 이번에 주문한 가구들과 함께 집으로 배송될 것 이니 근심을 거두라고 말했다. 생은 이해를 하면서도 감응하지 는 못했고 새 책에 인쇄된 활자가 또렷하더라도 곰팡내를 풍기 던 예전 책들보다 가독성이 나을 것이라고 믿지 않았다. 시간의 무게를 지닌 책에는 육안으로 보이지 않더라도 마음의 눈으로 짚을 수 있는 부분들이 있었고 그것의 가치는 때로 새 책이 가 진 장점보다 아름답고도 눈부셨다.

생은 화조차 사라지고 허무감만 커지는 것을 느끼며 가까이에 있는 짚방석에 주저앉았다. 친자는 책을 제자리에 놓고 생기가 넘치는 목소리로 말했다.

여기에 있는 것들은 근년에 저쪽에서 출간되었다는 아버지 책 인데 제가 직수입을 했지요. 내일 조연출이 이리로 들러서 계약 도 하고 아버지랑 사진도 찍어서 언론에도 내보낼 텐데 아버지 가 쓰신 책 정도는 있어야지요. 그런데 이번에 책을 버리다가 알게 되었는데 집구석에 아버지 저작이 하나도 없더라구요.

생은 친자의 말을 들을 기분이 아니었고 몸에서 진이 빠지면서 자리에 눕고 싶어졌다. 그는 양녀를 불러서 꽃놀이 가기에는 힘에 부치며 온몸에 오한마저 들기에 이대로 잠들고 싶다는 생각을 전했다. 양녀는 입술을 일그리면서도 그의 부탁을 거절하지 못했고 건넌방으로 뛰어가서 섬유 탈취제 냄새가 올라오는 요와 이불을 가져왔다. 친자는 불에 그슬린 오징어 냄새가 날 정도로 손을 비비더니 생의 팔다리를 주무르며 몸에 온기가 퍼질 것이라고 장담했다. 그는 온기보다 압력을 느끼면서도 자식 손을 물리치지 못했고 안마가 끝나자 창 아래 볕내가 도는 자리에 누웠다. 친자는 구석에 있는 선풍기 모양의 전열기를 생의 곁으로 옮기고 플러그를 콘센트에 꽂았다.

제 안사람하고 아이들은 삼십 분 내에 도착할 것입니다. 오늘 장인도 생일이어서 그리로 잠깐 들렀다고 온다고 해서요. 그리고 처남 쪽 애들은 하필이면 어제 독감에 걸려서 아버지 생일에 함께하기가 어려울 듯합니다.

친자는 전열기 온도를 고점에 맞추고 전원을 눌렀다.

부디 오래오래 사셔야 합니다.

전열기가 가동하면서 쇠붙이 달구는 냄새가 코끝에 감겼고 볕살에 더해서 열기가 상하체에 퍼지자 잠기가 몰려들었다. 일시의 평안을 예고하는 잠이 아니라 몸과 마음의 영구적인 정지를 예시하는 잠으로 감각되었고 거기에 몽마夢魔까지 몰아닥쳐서 자신을 괴롭힐 것이라는 육감도 들었다. 죽음을 피하고픈 욕구가 커지면서도 죽음을 원하는 충동도 그만큼 커졌고 가족의 앞날에 빛이 내리기를 소망하면서도 빛을 받으면 받을수록 도리어 그들의 미래에 어둠이 닥칠 것이라는 예감도 강해졌다. 잠의 늪으로 가라앉는 중에도 감정은 극단을 오가고 있었고 눈꺼풀 안쪽에서 눈물을 흘리는 간호사 얼굴이 되살아났다.

생은 오랜만에 꿈속에서 헤매고 있었다. 유곽 거리와 토막집이 즐비한 풍경과 붉은색 깃발을 드높이는 청년 대열과 부친의 시신이 담겨있는 목관과 그를 비난하는 교인들 문인들 얼굴과 절연을 선언하는 사위의 입술이 순차적으로 지나갔고 마지막에는 죄의식을 불러일으키는 사람이 나왔다.

간호사는 푸른색 수의를 입은 모습으로 옷에 혈변을 흘리고 있었고 혀와 입술이 찢어져서 하관이 피투성이였다. 그는 처음에는 벽에 기대어서 숨을 고르다가 피가 멱살을 지나서 상체까지 번지자 이가 들끓는 거적에 쓰러졌고 환자를 비웃는 웃음소리가 들려왔다. 그들은 셋이었는데 횡령범과 강간미수범의 얼굴이 번했고 나머지 하나는 낯도 몸도 보이지 않으면서 소리는 다른 둘보다 스산스럽고 음흉했다. 생은 눈에 보이는 사람들보다

보이지 않는 사람에게 눈길을 모았는데 저쪽이 의사일 것이라는 예감이 들면서 그와 더불어 자신을 해하고픈 적의마저 들었다. 그는 노인의 몸으로 나이 젊은 사람들에게 다가갔고 이번만큼은 저들의 행동을 제지하리라고 의지를 다졌으나 걸음을 떼면 뗄수록 저쪽과의 거리는 가까워지지 않고 멀어졌다. 다리는 순식간에 뻣뻣해졌고 주먹을 쥐었던 손에 힘이 빠지고 있었으며 시신경은 둔해지고 청각만 예민해지고 있었다. 그는 팔을 늘어뜨리고 자리에 멎어섰으며 저들의 웃음소리 사이로 파고드는 간호사의 음성을 들으며 눈앞이 아찔해졌다.

문학적 비겁자.

생은 잠에서 깨어났다. 곁에 사람이 없었으나 피해자와 가해자들의 모습이 잔상으로 남아서 눈에 아른거렸고 잠들기 전에 팔다리에 퍼졌던 한기는 열기로 바뀌어서 몸에 땀이 홍건했다. 그는 전열기를 끄고 옷소매로 땀을 닦다가 귓등을 간질거리던 소리가 조금씩 귓속으로 스며드는 것을 느꼈다. 소리는 꿈속 인간들이 내던 음성인 줄로만 알았는데 시간이 지나갈수록 가족들의 대화라는 것이 분명해지면서 손이 떨렸고 호흡이 급해졌다. 그것은 가족들이 나누는 담소가 아니라 악의를 지닌 사람들이 상대방에게 외치는 저주였고 말의 온도와 속도는 점차로 높아지고 있었다.

생은 바깥에서 나는 소리를 허구라고 단정하면서 얼굴 살을 꼬집었고 예상과 다르게 아픔을 느끼자 자리를 박차고 일어나서 창문을 열어젖혔다. 보행기를 미는 아낙의 노래와 손수레를 끄는 상인의 호객이 연이어 들려왔고 벚꽃이 만개한 벚나무에서 새들이 떼를 지어서 지저귀는 소리가 힘찼다. 남녀와 새들의 소리에 우러나 있는 생동감은 진실했고 그 때문에 생은 거북스러웠다.

마른땀이 그치지 않고 얼굴 아래로 떨어지고 있었다. 방문은 잠겨있었지만 방 밖에서 나는 소리는 낱낱이 방으로 울리고 있었고 대화를 이끄는 사람은 친자와 양딸이었으며 간간이 아내와 사위가 두말을 보태며 조연 역할을 담당했다.

내가 아버지랑 피는 섞이지 않았어도 엄연히 이 집 자식이자 딸인데 어째서 오빠만 대리인 역할을 하겠다는 것인데, 그래요 아까부터 형님 말씀을 듣기가 거북합니다, 내가 아버지 어머니 다음으로 이 집에서 어른인데 대리인으로 나선다는 것이 그렇게도 고깝게 보이냐, 너희들 어미가 보는 앞에서 이렇게까지 언성 높여서 다툴 요량이니, 솔직히 오빠가 자꾸만 친자 운운하는 것도 우스운데 반세기도 전에 친척 집 양자로 간 사람이 이제 와서 친자는 무슨, 네가 내 앞에서 양자를 운운하는 것이야말로 우스운 노릇이고 설령 양자로 갔다고 하더라도 나는 아버지 자식이고 엄연히 상속권이 있으니 뭐라도 알고 까불어라, 그러면 법적으로 엔분의 일만을 가진 상속자답게 굴어야지 오빠가 뭐라고 총책임자처럼 행세하고 있냐고, 그러면 형님은 친자이면서 양자라는 신분을 이용해서 이쪽 재산과 저쪽 재산을 죄다 가지려는 심보로군요, 이 어미가 죄인이니 그만 싸워라, 어머니 예전에 매제가 의절 운운하며 아버지한테 불효한 것 생각하셔야지 애들 입발림에 속으면 안 되지요, 그러면 오빠는 그동안 연락 하나 없다가 돈 냄새 맡아서 아버지한테 달라붙은 것부터 인정해야지.

피 한 방울 섞이지 않은 계집애가 어디서.

그러면 오빠는 언제부터 효자였다고.

탁자 엎어지는 소리와 유리잔 박살 나는 소리와 코트 내동댕이치는 소리와 서로가 서로를 욕하는 소리와…….

생은 귀를 손으로 막으려다가 실행에 옮기지 못하고 소음을 견디면서 유리 장식장에 눈길을 주었다. 그는 소설 쓰기를 중단한 뒤에도 한 가지 취미만큼은 그만두지 않았는데 그것은 연필 깎기였다. 몸이 아프거나 마음이 무거운 날이면 장식장에 있는 커터와 연필과 갱지를 꺼냈고 볕으로 따뜻해진 창가에 앉아서 칼날로 나무와 심을 깎았다. 감은색 가루가 종이에 쌓이면서 심은 날카로워졌고 연필이 줄글을 쓰기에 맞춤한 필기구로 거듭난 것을 보면 창작 욕구가 들다가도 실제로 이야기를 지었던 적은 한 번도 없었다. 빛깔이 누레진 공책을 펼쳐서 잡감을 적거나 손때가 묻어서 반질반질해진 책을 읽으며 진즉에 밑줄이 그어진 문장에 다시금 줄을 더할 뿐이었다.

생은 유리문을 열었고 장식장 내부가 예전과 다르지 않은 것을 보면서 고양감마저 느꼈다. 주위에 있는 것들이 달라지고 있는데 그나마 변하지 않은 것을 보면서 눈살이 뜨듯해졌고 그럼에도 이번에 베고픈 물체는 나무가 아니었기에 손에서 떨림이 일었다. 그는 예전과 다르게 커터만 꺼냈고 날이 전보다 무뎌지고 얼룩점들이 번진 것을 보면서 윗부분을 부러뜨렸다. 손톱 크기의 칼 조각이 요에 떨어졌고 커터 끝을 어루만지며 제목은 기억나지 않으나 한 시절 자신이 썼던 소설의 일부 내용을 기억했다. 한쪽 다리가 없는 가짜 상이군인이 간질을 앓고 있던 여자를 임신시키고 그러한 사실을 친구가 지적하자 분을 이기지 못해서 부엌칼로 그의 손가락을 자른다는 내용. 그는 소설에 나왔던 칼보다 작은 것을 만지작거리며 문으로 걸었고 반창고 위쪽 살이 베이는 상상을 되풀이하고 있었다.

방문이 열렸고 예상했던 것과 눈앞에 보이는 상황은 달랐으나 자해는 그치지 않았다. 생은 커터로 손바닥을 그어서 손목 위에 또 다른 상처를 만들었고 피부가 찢어지면서 선혈이 그의 양말로 떨어졌다. 여전히 코트 차림인 가족들은 다과상에 둘러앉아서 커피를 마시다가 생이 벌이는 돌발 행위를 보더니 기겁했다. 그는 가족들을 보면서 아픔보다도 곤혹감을 느끼고 있었는데 남매의 얼굴은 목청껏 싸우던 사람들답지 않게 평온했고 아내의 표정도 덤덤했다. 상은 별다른 흠집 없이 제자리에 놓여있었고 찻잔에서 연기가 피어오르고 있었으며 파편 같은 것들은 눈에 뜨이지 않았고 저들은 바깥에 있을 때처럼 하나같이 코트를 빼입은 모습이었다. 그를 뺀 가족들은 격식과 품위를 갖춘 문화인으로 보였으나 그만은 피땀을 흘리며 자해까지 저지르는 패배자이자 비겁자로 비치고 있었다.

생은 양말이 붉어지는 것도 깨닫지 못하고 망상증과 청신경 손상 같은 것들을 염려하다가 자신의 팔을 잡으려는 친자의 손을 밀치고 방으로 들어갔다. 그가 지나간 자리마다 피가 떨어져서 바닥과 이불이 젖었고 창문으로 가서 고개를 내밀자 바깥에 있는 사물들이 한눈에 다가왔다. 벚꽃과 나무는 보였으나 가지에 앉아서 재잘거리던 새들은 보이지 않았고 보행기 끌던 아낙과 손수레를 밀던 상인도 찾을 수 없었다.

생은 손을 창틀에 얹으며 울음을 참았다.

친자가 붕대와 연고를 거머쥐고 안으로 들어와서 치료가 우선이라며 부산을 떨었다. 생은 아들의 얼굴을 훑으며 친애감과 동시에 그만큼 짙은 격리감을 느꼈고 이제는 이들의 곁에서 떠날 시기가 왔다고 판단했다. 그는 피 흐르는 손을 창틀에서 떼더니 아들에게 상처를 보이며 말했다.

내일 여기로 오겠다는 손님을 만나고 싶지 않으니 자식들이 그와 대면해서 얘기를 했으면 좋겠고 앞으로 생길 권리와 이득을 동생과 똑같이 나누어 가지라고.

친자의 얼굴빛이 파리해졌다.

지금 시점부터 나는 이 세상 사람이 아니니 내일 찾아올 손에게도 그렇게 전하라고.

양녀도 방으로 들어와서 낯빛이 질린 남자와 표정이 담담한 남자를 번갈아 보았다.

그동안 따뜻하게 대해 주어서 고맙고 이제는 너희들과 이별할 시간이라고.

생물학적으로 살아있으면서 이제는 망인으로 기억되기를 바라는 노인이 아파트에서 나와서 주차장 언저리에 있는 콜택시를 보았다. 택시는 곳곳에 더께와 흠집이 있었고 자신의 탈것만큼

이나 외양이 허름한 운전기사는 차 문에 기대서 담뱃불을 댕기는 중이었다.

생은 한시바삐 동네를 떠나고픈 기분이면서도 기사의 흡연을 막지는 않았고 가끔씩 위쪽 베란다를 힐금거렸다. 시력이 좋지 않았기에 이중창 내부는 보이지 않았으나 저기에 가족들이 있을 것이라는 짐작이 들었고 그들의 심정이 궁금해졌다. 의외의 상황을 접해서 당황할 수도 있었고 유산을 당겨서 받은 기분으로 쾌재를 부를 가능성도 있을 것이며 어쩌면 그의 말을 어기고 분쟁을 일으킬 확률도 없지는 않았다. 그는 일말의 아쉬움이 가슴에 솟아나는 것을 느끼면서도 감정의 파고가 높지는 않았고 자신이 내린 선택을 존중하고 싶었다.

그것이 무지와 억지가 합쳐져서 나온 결론이라고 하더라도 이러한 다짐을 바꾸고픈 마음은 없었다.

운전기사가 검지로 필터를 튀기자 담뱃불이 호를 그리며 하수구에 떨어졌다. 그는 뒷좌석 차 문을 열면서 자신이 흡연할 수 있게끔 약간의 여유를 준 손님에게 허리를 구부리며 감사의 뜻을 나타냈다. 생은 좌석에 앉아서 안전띠를 착용했고 택시가 서행하면서 차창에 비치고 있던 아파트가 작아지다가 사라지는 것을 보며 만감이 교차했다. 이제는 혼자의 시간과 임종의 순간만 남아 있다는 생각이 들면서도 해방감 자립심 같은 감정들이 속에서 물결치고 있었다. 그는 심박수가 높아지고 있는 자신의 왼쪽 가슴을 매만지며 비로소 지난날을 고백하고픈 용기를 얻었다.

운전대 오른쪽에 있는 핸드폰 거치대에 눈길이 이어지면서 병원에 연락을 넣고 싶어졌다. 생은 머리를 긁적이며 잠시간이라도 핸드폰을 빌리고 싶다는 말을 꺼냈고 수락 의사를 듣자마자 물건을 집어서 버튼을 눌렀다. 간호사와 통화하기를 바랐으나 전화를 받은 사람은 성격이 사근사근하고 체구가 아담한 그와도 친분이 있는 간호조무사였다. 그녀는 언제나 열정이 넘쳐서 동료는 물론이고 환자에게도 활력을 불어넣는 존재였는데 전화로 건너오는 음성은 평소와 다르게 시름없었다. 그는 불안의 낌새를 읽으면서 자신의 전담 간호사의 위치를 물었고 걱정 어린 대답을 들으며 정신이 얼떨해졌다.

무슨 사연이 있었는지 모르겠지만 점심 내내 얼굴이 창백했고 신경이 예민했지요. 그러다가 주먹을 쥐고 눈물을 흘리더니 나쁜 사람이라는 말만 반복하면서 의사 선생님께 알리지도 않고 병원에서 나가서 여태껏 돌아오지 않았습니다. 너무나 다정다감한 분인데 우리들 앞에서 그와 같은 모습을 보였던 적은 없었어요. 다른 분이라면 몰라도 어르신께서는 그리된 영문을 알지도 모른다고 생각합……

통화가 끊어졌다. 생은 핸드폰을 떨어뜨릴 뻔했고 커터로 그었던 자리가 벌어지면서 붕대에 피가 내번지는 모습을 보았다. 자해하던 순간보다도 아픔이 커져서 어깨와 팔뚝이 욱신욱신할 정도였고 급기야 화상 입은 자리에서도 피가 방울져서 반창고가 젖고 있었다. 생은 예의마저 잊은 채 반말로 차를 세우라며 소리를 질렀고 택시가 도로변에서 멈추자 바깥으로 나와서 도로수 아래에서 구역질을 했다. 진종일 먹은 것이 적어서 토물도 마찬가지로 적었고 입의 움직임이 그친 뒤에도 눈코에서 액체가 흘러나와서 흙바닥이 젖었다. 부끄러움을 감추기 힘들수록 자기처벌 욕구는 늘어났고 나쁜 사람이라는 말이 귓전에서 떠나지 않았다. 나쁜 사람은 하나가 아니라 여럿일 것이었고 가해자뿐만이 아니라 그의 옆에서 묵언을 지키던 방관자도 거기에 포함되어야 마땅했다. 그는 전이나 지금이나 누군가가 겪는 위기와 불행을 외면하는 위인이었고 그러한 사실을 숨기면서 남들 눈에는 위기와 불행을 겪는 약자의 친구처럼 행세하는 인간이었다.

세상 사람들은 그의 위장을 진심으로 이해하고 있었고 거짓이 진실이라는 이름의 가면을 쓰고 돈을 모아들일 준비를 하고 있었다.

운전기사는 택시에서 내려서 담배 냄새가 희미한 손수건을 생에게 내밀었다. 생은 그것으로 얼굴을 닦으며 정신을 추슬렀고 간호사가 병원에 없더라도 그리로 가야겠다는 결심을 굳혔다.

그는 택시에 올라탔고 이동 속도가 조금씩 높아지던 중에 여전히 노인들이 모여드는 사당을 목도했다. 저들이 관광객이나 소요객이 아니라 신앙심을 가진 사람들이자 잘못을 뉘우치는 신자들로 보였고 순간적으로 저편에 있는 이들에게 연결감을 느꼈다. 생은 신이나 성직자가 아니라 간호사 앞에서 무릎을 꿇고 싶어졌고 그의 조부가 누구건, 그이가 자신과 연관이 있는 사람이건 아무 관련 없는 인물이건 간에 오래전 있었던 일을 설명할 것이었다. 미성년이 당한 고통을 말할 것이었고 그에게 비역을 저지른 악한들을 얘기할 것이며 그들 곁에서 침묵으로 일관하다가 나중에는 참상의 시간을 글로 옮겨서 팔아먹고 유명세마저 얻은 자신의 과거도 공개할 것이었다. 그렇게 육십여 년 전의 과거를 말하는 시간이 끝나면 오늘 아침에도 간호사를 돕지 못하고 방관자의 태도를 보였던 자신의 악함과 약함과 비루함을 말할 것이었고 지금이라도 그에게 도움을 주고픈 심정을 밝힐 것이었다.

택시는 공원과 하천을 지나서 터널 내부로 진입했다. 생은 어둠이 들어찬 공간에 들어오자 출혈과 통증이 심해지면서도 남의 이야기를 듣고픈 욕구가 드솟고 있었다. 그는 마음을 바로잡고 정자세로 서서 질문할 것이었다. 간호사의 조부가 살았던 삶과 아울러 당신이 걸어온 인생의 경로와 거기에 담겨있을 차별의 시간과 노동의 무게와 슬픔의 밀도와 분노의 강도에 대해서. 한 명의 작가이자 법적인 인간으로서의 여정과 업무는 사실상 끝났으나 피차별민의 역사를 가슴에 쓰는 심정으로 이렇게 말할 것이었다.

재일在日의 그늘과 멍에에 대한 이야기를.

나의 지인이자 겨레인 당신 자신의 이야기를 듣고 싶다고.

작가의 말

2022년 12월 25일에 소설가 조세희가 지구를 떠났고 2023년 3월 3일에는 소설가 오에 겐자부로가 별세계로 건너 갔다.

　나는 언젠가 사석에서 이렇게 말한 적이 있다. 때로는 이곳에 남아있는 생인(生人)보다도 저쪽 세계로 떠나간 고인(故人)에게 강하고도 짙은 우정을 느낀다고. 몇몇 사람들은 내 말을 이해하려는 모습을 보였으나 나만의 잡감은 화젯거리로 적절하지 않았고 이내 힘겨운 오늘과 아득한 내일을 탓하는 말들만 오가고 있었다. 나는 술자리가 파하기 전에 자리를 비웠고 밤에 집으로 돌아와서 언젠가 의사이자 소설가인 분이 나에게 주었던 계약서를 들여다보았다. 계약서에 적힌 내용은 명료하고 정확했지만 나로서는 명료성과 정확성을 갖춘 결과물을 내놓을 자신이 없었다. 그럼에도 계약에 응한 사람은 나 자신이었고 전망이나 자신감 같은 것들을 따지기 전에 양질의 완성품을 만들 의무는 누구보다 나에게 있었다.

　조세희를 기억하면서, 오에 겐자부로를 돌아보면서, 그들만큼 나에게 영향을 끼쳤던 작가를 생각하면서 이슬비 내리던 새벽에 글이라는 것을 조금씩 쓰기 시작했다. 집필 속도는 느렸고 마무리를 짓지 못하고 지워지는 문장은 많았으며 역시나 내공과 재주가 적다는 것을 이번에도 확인할 수밖에 없었다.

내가 독자에게 전하고픈 말은 이것이 전부이다.

2014년 영남일보 신인문학상을 받으며 작품 활동을 시작했다. 2017년 월간토마토 문학상을 수
상했고 2018년 한국문화예술위원회 아르코 창작기금을 받았다. 소설집으로 『네바 강가에서 우
리는』, 『관계의 온도』가 있으며, 기획 출간한 테마 소설로 『여행 시절』, 『소방관을 부탁해』를 함께
썼다.

걸음

박지음

꼬꼬 노파가 오두막의 문을 열었다. 기철 옆에 있던 로자가 이불을 뒤집어썼다. 꼬꼬 노파라면 자다가도 벌떡 일어나 나가던 로자였다. 자기 나라에 두고 온 할머니가 생각난다면서. 기철이 로자의 옆구리를 쿡쿡 찔렀다. 동네 사람들이 문을 발딱 열어젖힐 때마다 로자는 진저리를 쳤지만 꼬꼬 노파만은 기다렸었다.

　─로자야, 로자야. 큰일이 났당께. 양식장 주인이 전복 양식장 속에 빠져서 죽었당께.

　무릎걸음으로 꼬꼬 노파한테 간 로자가 물었다.

　─죽었어?

꼬꼬 노파가 수선을 떨며 말했다.

―경찰이 조사 나온다고 하드라. 여그도 와서 물어볼 것잉께. 그리 알라고 말해주러 왔당께.

로자가 고개를 끄덕였다. 로자의 브라운색 머리칼이 찰랑였다. 로자는 잠시 기철을 바라보았는데 푸른 눈동자가 흔들렸다. 꼬꼬 노파가 돌아가고 나서 로자는 후, 하고 입김을 불었다. 하얀 입김이 잠시 머물렀다가 유리창에 가서 달라붙었다. 기철은 두툼한 솜이불을 끌어다가 로자를 덮어주었다. 로자는 창밖의 산을 바라보았다. 이 집에서 살기 시작하면서부터 비보다 눈이 더 자주 내렸다. 눈이 쌓이지는 않았지만 마치 뺨을 후려갈기듯 센 바람에 섞여서 휘날리곤 했다. 바닷가라 바람이 맵고 찼다. 다행히 바닷가 쪽에는 창이 없어서 찬바람이 들이치지 않았다. 바람은 낡은 벽돌에 부딪혀 물러간 듯 보였으나 소금기를 머금고 습기를 머금은 냉기가 벽돌 틈으로 들어왔다. 로자의 뼈를 시리게 하는 냉기였다.

바닷가에 지어진 이 오두막은 방 한 칸에 불을 지피는 부엌이 딸려있었는데 내내 비어있었다고 했다. 한때는 가축을 기르려고 했으나 동네 사람들의 반대에 부딪혔단다. 파리가 들끓을 것이기에. 빈집은 바람이 불 때마다 휘웡휘웡 귀신 우는 소리가 났다고. 기철이 로자와 이 집에서 살겠다고 하자 이장은 달에 십만

원을 내라고 했다.

−나는 바닷가 옆이라 좋아. 내가 살던 나라에서는 바다를 볼 수 없었거든. 파도 소리를 들으면서 잠들 수 있다니 꿈만 같아.

로자가 천사처럼 푸른 눈을 깜빡이며 말했고 둘은 이 오두막에서 살기 시작했다.

눈이 오면 기철도 로자도 일이 없어졌다. 이 오두막에서 눈이 그치고 해가 나오길 기다렸다. 기철은 멸치잡이 배를 타고 새벽부터 밤까지 일하고 일당을 받았다. 멸치잡이가 없는 날에는 전복 양식장에서 전복에게 다시마를 주는 일도 했다. 일당은 한국 사람의 절반으로 후려쳐서 받았지만, 인력이 없는 어촌에서는 그 돈도 벌이가 좋았다. 기철은 그 돈으로 한국에 오기 위해 진 빚을 갚고 가족들 생활비를 보냈다. 그러고나면 겨우 먹고살 돈이 남았다. 로자는? 로자는 한국에 온 지 십 년째였다. 로자는 매일 돈을 벌어도 빚만 늘었다. 로자는 브라운색 머리칼과 푸른 눈 때문이라고 생각했다. 로자는 새벽부터 밤까지 대파를 뽑거나 배추를 뽑아서 상자를 가득 채우는 일을 했다. 로자는 그 일이 남자들에게 술을 따라주는 일보다는 의미 있다고 생각했다. 경찰차의 사이렌 소리가 들렸다.

−방금 들었어?

기철이 물었다. 로자는 코를 훌쩍이고 고개를 저었다.

-기철아, 너 저 산 이름이 왜 여귀산인 줄 알아? 여자 귀신들이 운다고 여귀산이래.

로자가 말을 돌리자 기철은 경찰차 이야기를 더 하려다가 고개를 저었다.

-어디서 들었어?

기철이 묻자 로자가 창밖을 보면서 말했다.

-꼬꼬 할머니한테. 꼬꼬 할머니가 봄동 작업하면서 이야기해줬어. 옛날 옛날 고려 시절에 이 섬에 왕이 있었대.

-거짓말. 이 작은 섬에 무슨 왕이야? 고려 시절이라고 하니까, 로자 네가 어디서 왔는지 다시 생각난다. 사막은 덥지?

로자는 기철을 바라보았다. 기철은 로자의 브라운색 머리칼과 푸른 눈, 모델 같은 긴 다리를 보는 게 경이로웠다. 텔레비전 속 모델을 보는 느낌이었다. 로자가 살던 나라는 바다가 없는 이중 내륙의 나라였다. 사막이 얼마나 넓은지. 가도 가도 끝이 없어서 왕이 되지 못한 왕자들을 그곳에 보냈다지. 그 도시를 나오면 죽였다고. 영원히 사막의 한가운데에서 살라고.

-스탈린이 고려인들을 그곳에 강제 이주시켰다고 들었어.

기철의 말에 로자가 대답했다.

-이주는 무슨. 그냥 버린 거야. 그 나라까지 가는 동안 기차에서 버린 거야. 버려진 사람들이 땅굴을 파고 살아남았다고 했

어. 할머니한테 들었어.

로자는 아버지가 누군지 몰랐다. 로자의 엄마가 로자를 낳다가 죽었기 때문이다. 로자는 외할머니의 손에 자랐다. 브라운색 머리칼에 푸른 눈의 손녀를 안은 외할머니는 1937년을 떠올렸다고 한다. 외할머니는 고려인들이 강제로 이주당하던 기차 안에서 생겼다. 화물칸에 다섯 가족씩 집어넣었다고 했다. 먹을 것이 부족해서 굶어 죽고, 얼어 죽으며, 매일 싸웠다는 그 기차에서 어쩌면 빵 한 조각에 생겼을지도 모른다고. 배고프니까, 죽기 전이니까, 어디에 도착할지 모르고, 가다가 죽을지도 모르니까. 배고픔에 몸을 내줬을 것이라고 했다.

　-증조할머니의 아버지는 독립운동을 하셨던 분이래. 근데 소련 시대에는 독립운동 했던 사람들을 일본인 스파이로 몰아서 처형했대. 스파이의 딸이니까, 반동분자의 자식이니까, 증조할머니가 기차에서 그런 일을 당하고도 입을 다물 수밖에 없었대. 할머니를 키우면서 이야기해줬대. 그러니까, 기회가 되면 한국으로 돌아가서 말하라고. 우린 독립군의 후손이라고. 할머니가 자랄 동안은 반동분자 취급을 당하고 아비 없는 자식 취급을 당했지만.

기철은 로자의 손을 잡았다.

　-로자, 나는 너를 믿어. 그런데, 너무 옛날이야기야. 지금은

그런 게 중요하지 않잖아. 더구나 너는 고려인의 특징보다 러시아인의 특징을 보이잖아.

로자가 한숨을 휴, 내쉬었다.

—할머니 손에 자라서 맨날 그때 이야기만 들었어. 나만 과거를 기억하고 사는 것 같아. 나는 고려인이고 독립군의 뿌리를 갖고 사는데, 한국 사람들은 나를 다르게 대해.

로자가 한국에 와서 들은 말은 한국은 단일민족이라는 것이었다. 그러나 단일한 것은 도시에 사는 한국인이 그랬다. 도시의 변두리로 나가면 골고루 섞여있었고 언어조차도 섞여있었다. 로자가 한국인과 구분되는 건, 동양인보다 서양인의 특징이 있어서였다. 호기심에 찬 눈으로 로자를 바라볼 때, 로자는 사람들의 눈빛도 폭력이 될 수 있다는 것을 새삼 깨달았다. 어쩌면 스탈린 시대에 차별당하던 고려인이 더 낫지 않았을까, 로자는 종종 생각했다. 로자는 이미 열세 살 때 성폭행을 당했고 기철과 살기 전까지 수많은 남자가 로자와 잠을 잤다. 그러나 로자와 잤던 어떤 남자도 로자의 푸른 눈을 부담스러워했다. 로자는 까만 눈의 동양인들이 싫었다. 기철을 만나기 전까지.

—우즈베키스탄에는 미녀가 밭을 맨다고 들었어. 여기서 봄동 작업하는 너처럼.

기철이 위로랍시고 한마디했다. 로자는 그 말이 싫었다. 그 말에 깔려있는 의미. 미녀가 흔한 나라이니까, 못난 한국 남자들이 가서 손만 내밀면 어리고 예쁜 미녀들과 마음껏 잘 수 있을 거라는 의미.

　-기철아, 재수 없다 너.

　기철이 사과했다.

　-그래, 그럼 여자들이 우는 이야기나 계속해봐. 이 섬에 왕이 살았다는 거.

　로자는 다시 창밖으로 고개를 돌렸다.

　-삼별초라고. 원나라에 반대하던 왕씨들이 이 섬으로 도망 왔대. 여자들을 아주 많이 데리고. 저기 너머에는 왕무덤재라는 곳이 있대. 그 사람이 죽어서 묻힌 곳. 거기 무슨 저수지에 빠져 죽었나 봐. 원나라 군대가 몰려오자 여자들은 다 뛰어내려 죽고, 이 섬사람들은 노예로 끌려갔대. 원나라가 망할 때까지.

　로자의 말을 듣고 기철은 한숨을 쉬었다.

　-그래서 우는구나. 여자들이. 시간이 이렇게 많이 지났는데도 말이야.

　로자가 고개를 끄덕였다. 로자의 몸에는 흉터가 많았다. 기철은 로자가 추워서 옷을 두껍게 입는 것이 좋았다. 그러면 로자의 흉터들이 가려지고 자신이 로자의 흉터를 보면서 마음 아파하지 않아도 되니까. 또 로자의 흉터를 보면서 짓는 기철의 표정을 보며 로자가 상처받지 않아도 되니까. 추운 집이 도움이 되는 부분도 있었다.

–기철아, 능욕이 뭐냐? 그게 그렇게 큰일이냐?

기철은 로자에게 어떻게 설명을 해야 하나 고민했다. 기철은 한문을 잘 알았다. 기철이 조선족 마을에서 익힌 중국어는 한나라의 문자였다. 기철은 능욕이라는 한자를 생각했다. 로자가 이 남자 저 남자에게 당하다가 술집에서 일하게 되었을 때, 술집에 와서 로자를 만지던 남자들이 하던 게 능욕이라고. 이 설명은 아픈 말들이었다. 기철은 로자가 마음이 상하지 않았으면 했다.

–옛날에는 원나라 남자랑 한 번 자고 나면 화냥년이라고 불렸다고 해.

로자는 한 번 잔다는 의미는 뭔지 잘 알고 있었다. 로자한테 남자와 한 번 잔다는 것은 그다지 중요하지 않았다. 로자는 남자와 한 번 자는 게 싫어도 매일 밤 여러 명과 자야만 했다. 그렇게 하지 않으면 빚이 더 늘었다. 원나라 남자랑 한 번 자는 게 벼랑에서 집단으로 뛰어내릴 일이냐고. 로자는 묻지 않고 기철을 보았다.

–화냥년은 또 뭐야? 아, 꼬꼬 할머니가 화냥년이라는 말을 한 적이 있는 것도 같아. 그럼, 그 말 듣기 싫어서 벼랑에서 뛰어내렸다는 거야?

기철은 자기도 모르게 고개를 끄덕이려다가 멈추었다. 멀리 보이던 산이 가까이 다가오는 것처럼 보였다. 여자 귀신들이 집단으로 우는 소리가 들리는 것 같아 몸을 움츠렸다. 눈보라가 다가와 유리창을 철썩 때렸다.

　-원래 환향녀還鄕女야. 고향으로 돌아온 여자.

　기철이 곰곰이 생각하다가 말했다.

　-그럼 나구나. 내가 한국에 올 때 할머니가 그랬어. 너는 원래의 고향으로 돌아가는 거라고. 기철, 내가 너한테 반해서 여기까지 온 이유가 뭔 줄 알아?

　기철은 부엌으로 가서 아궁이에 불을 지피기 시작했다. 며칠 동안 불을 지펴도 구들장은 따뜻해지지 않았다. 열기는 다 어디로 빠져나가는지 기철은 구들장의 속을 알 수 없었으나 30년간 비워진 집이니 구들장이 망가져 버렸을 수도 있겠다는 생각이 들었다. 기철은 연기 때문에 캑캑거리다가 로자가 자신을 보고 있자 말했다.

　-왜? 잘생겨서?

　로자가 웃었다. 로자의 브라운색 머리카락은 감지 못해서 머릿기름이 눅져있었다. 가마솥에 물을 데워서 로자를 씻게 해주고 싶었다. 이곳 바닷가 마을은 뭔가를 사려면 차를 타고 한 시간을 나가야 했다. 버스는 하루에 세 번 들어왔다. 저번에 나갔을 때 기철은 쌀을 사왔고 작은 냄비를 사왔다. 창문으로 들어오는 냉기를 막을 문풍지와 솜이불도 샀다. 라면도 몇 개 사왔다. 수저와 젓가락, 그릇은 전에 쓰던 것을 쓰기로 했다. 동네 사람들이 버린 것을 주워 온 것이었다.

—네가 책을 가지고 있어서였어. 여자가 나오는 노래방에 오면서 책을 옆구리에 낀 남자라니. 너무 낭만적이지 않아? 같이 온 양식장 주인이 책을 든 너를 되레 무시했지. 돈 벌겠다고 일하러 온 녀석이 책이나 읽느냐고. 정신 차리라고. 그래도 너는 책을 가슴에 끌어안으면서 웃었어. 진짜 소중한 보물을 품듯이 말이야. 그 양식장 주인은 죽어도 그 책을 읽을 사람이 아니었어. 그러니까, 그 책의 내용은 기철밖에 모르는 거지. 기철은 양식장 주인이 침범하지 못할 것을 가지고 있는 남자였어. 내가 상대했던 어떤 남자들과도 달랐어. 그래서 나는 너였어. 나는 너 이전에는 남자를 믿지 않았어.

기철은 불을 피우던 것을 잊고 로자를 보았다.

—나는 노래방에 가고 싶지 않았거든. 양식장 주인의 알리바이를 위해 끌려갔던 거야. 양식장 주인의 아내가 나를 믿었거든. 자기 남편이 여자를 만나러 가지 않고 나와 일을 하러 간 줄 알았어. 나는 노래방에서는 노래만 하는 줄 알았지.

불은 다 꺼져가고 있었다. 이장이 나무는 주인 없는 산에서만

하라고 했다. 기철은 주인 없는 산이 어떤 건지 몰랐다. 불쏘시개는 헌 책들이었다. 어부의 자식들이 공부하던 교과서나 책을 어부들이 버려놓으면, 기철과 로자가 주워 왔다. 기철은 아까워서 태우지 못한 책들이 더러 있었다. 로자를 만났던 날은 기철이 모처럼 소도시로 나간 날이었다. 이 어촌 마을에서 한 시간 나가면 있는 항구도시였다. 그 도시에는 서점이 있었다. 기철은 양식장 주인이 애인을 만나러 간 틈에 서점에 갔다. 그곳에 그 작가의 책이 있다는 것이 신기했다. 기철은 주머니에 있는 돈을 다 털어 그 책을 샀고 집에 가서 읽을 생각에 설레었다. 이미 책 내용은 여러 번 읽어 다 알고 있었다. 기철은 그 책을 좋아하니까, 곁에 두고 또 읽고 싶었다. 멸치잡이 그물을 종일 잡아당겨 손가락이 덜덜 떨리는 날, 멸치 그물이 찢어져서 멸치를 뒤집어 쓴 날, 그물을 찢어 먹었다고 어부에게 뺨을 맞은 날. 그런 날 밤에 읽으면, 다시 살고 싶어졌다.

　―양식장 주인이 사고로 죽을 사람이 아닌데. 좀 안타깝네.

　기철은 이제 양식장에서 일할 수 없다는 생각이 들어 한숨을 쉬며 말했다.

　―아내를 속이고 너를 끌고 다닌 사람이야. 개새끼에 쓰레기를 왜 편들어. 너를 자주 때리기도 했잖아. 그리고 또.

　로자가 양식장 주인을 떠올리며 바르르 떨다가 입을 다물었다. 기철은 아궁이에 불 피우는 것을 포기했다. 기철은 방의 한 구석 창가에 불을 피우기로 했다. 기철이 살던 연변의 시골 마을에서는 그렇게 사니까. 부엌의 온기가 가족들 전체를 살리기도 하니까. 기철은 어릴 때 그렇게 자랐으니까.

—할머니는 내가 자라는 동안 최고의 사랑을 주셨어. 할머니는 죽은 엄마의 몫까지 나한테 사랑을 주느라 뼈만 남은 채로 아리랑 요양원에 들어가 계셔. 보고 싶은데, 가족이 있으면 요양원에 들어가지 못하거든. 십 년 전에 보고 못 봤어. 가끔 살아계신 아리랑 요양원 노인들의 명단을 확인해. 그것만으로도 마음이 놓여.

기철은 장판을 뜯어내고 그곳에 불쏘시개를 놓았다. 종이에 불이 붙었다. 방 안으로 온기가 퍼졌다. 코를 훌쩍이던 로자의 손과 볼이 녹는 것이 보였다. 기철은 로자의 안에 있는 저 많은 이야기와 로자가 가지고 있는 생각이 좋았다.

—나는 한국에 돌아오면 내가 꿈꾸는 것을 할 수 있을 줄 알았어. 나는 이 작가처럼 나와 우리 조선족들이 겪어낸 일을 글로 쓰는 사람이 되고 싶었어. 우리가 중국에서 겪는 겹겹의 서러움을 말이야. 나는 대학에서 공부했지. 이 사람의 책도 많이 읽었어. 이 사람은 중국에 노벨문학상을 안겨준 사람이야. 중국의 문화혁명을 다 겪어내고, 서로가 서로를 죽이던 참극의 역사까

지 다 겪어내고 글을 쓴 거야. 자기 고향과 중국에 대해서. 그런데 나와 이 작가가 뭐가 다른지 알게 되었어.

기철은 불쏘시개였던 종이를 태우고 나자 더 태울 것이 필요했다. 기철은 주워다 둔 책을 한 권씩 태우기 시작했다. 한 장씩 태울 때보다 온기가 더해졌다. 기철은 중학교 영어 교과서를 통째로 던져 넣었다. 로자가 이불을 걷어냈다.

–뭐가 달랐어? 너도 작가가 되면 되잖아.

기철은 국어사전을 부욱 뜯어서 불에 집어넣었다.

–나는 진짜 중국인이 아니라는 것. 그 나라 역사를 말하더라도 소수민족인 나는 자기들의 세계에 끼워주지 않는다는 거야. 나는 조선족이었으니까. 너는 조선에 가서 네 이야기를 하라는 것이겠지. 나는 내 진짜 고향에 돌아오려고 이곳에 온 거야. 내 이야기를 하려고.

기철의 말이 끝나자 로자도 기철도 한동안 말이 없어졌다. 기철은 남은 국어사전 반절을 불 속에 또 넣었다. 국어사전 껍질은 고무여서 타면서 냄새가 났다. 고구마는 못 구워 먹겠구나, 기철은 집 옆에 묻어두었던 고구마를 로자에게 구워주려던 것을 떠올렸다. 아궁이에 나무로 불을 지피면 가능하겠지만, 따뜻해지지는 않고 좁은 집안에 연기가 가득 찰 게 뻔했다. 로자는 눈물 콧물 흘리면서도 괜찮다고 말할 것이다.

─왜 조선인은 안 되고, 고려인은 될까. 고려인은 1992년부터 돌아올 수 있었다는데, 다 돌아오진 않아. 노인들은 살던 곳이 익숙해서 오지 않고, 3세대 4세대나 돈 벌러 오지.

로자가 말했다. 로자는 오두막 밖에서 인기척이 들릴 때마다 몸을 움츠렸다. 로자의 배에서 꼬르륵 소리가 났다. 기철은 고민하다가 부탄가스를 꺼냈다. 부탄가스가 터질까 봐 위험해서 음식을 해 먹을 때 외에는 사용하지 않는 것이었다. 이 오두막에는 수도도 들어오지 않았다. 물은 양해를 구하고 꼬꼬 노파네 집에서 한 통씩 길어왔다. 돈을 내지 않으면 동네에서 공동으로 사용하는 수도를 끌어다가 쓸 수 없다고 했다. 길어온 물을 냄비에 붓고 부탄가스를 당겼다. 라면을 두 개 꺼내서 바닥에 놓자 로자가 다가와서 라면 봉지를 뜯었다. 로자는 조금 흥분한 상태로 보였다. 특히 배가 고플 때 로자는 부산해지고 흥분돼 보였다. 기철은 로자의 어린아이 같은 모습이 좋았다. 달콤하고 맛있는 것으로, 아니 따뜻하고 포근한 음식으로 배를 채워주고 싶었다. 로자는 라면을 반으로 쪼개고 한 조각을 깨서 입에 집어넣었다. 라면을 오도독 씹어 먹으면서 라면수프를 하나씩 흔들어 찢어서 냄비에 넣었다. 분말수프의 조각이 물에 떠다녔다. 부엌으로 나간 로자가 봄동 배추를 들고 왔다. 대파도 가져왔다. 물에 씻어서 급히 뛰어오느라 봄동과 대파에서 물이 뚝뚝 떨어졌다. 찬물이 닿은 로자의 손은 금세 붉어졌지만, 로자의 얼굴은 파티라도 준비하는 것처럼 들떠있었다.

　–달걀이 있으면 딱 좋을 텐데. 꼬꼬 할머니처럼 닭을 키울까.

　로자는 봄동을 손으로 뜯어서 라면 국물에 넣고 대파를 똑똑 분질러서 냄비에 넣었다. 기철은 로자가 멀고 먼 중앙아시아 같은 곳에서 왔다는 것이 믿기지 않았다. 기철은 종이컵과 나무젓가락을 가져왔다. 설거지를 끼니때마다 하기에는 물이 부족했다.

　–로자, 네가 한국 남자와 살면 라면 따위는 지겨워서 안 먹어도 될 텐데.

　로자가 기철을 향해 눈을 흘겼다. 로자는 주머니를 뒤지더니 휴대폰을 꺼냈다. 로자는 냄비에 라면을 집어넣고 휴대폰으로 사진을 찍기 시작했다.

　–어디서 났어? 도망 오느라 휴대폰도 다 놓고 왔다고 했잖아. 빚쟁이한테 추적당한다며.

　기철이 묻자 로자가 기철의 얼굴을 사진 찍었다. 로자는 휴대폰을 높이 치켜들더니 둘의 사진을 찍었다. 로자가 휴대폰을 기철의 얼굴 앞으로 내밀었다. 사진으로 보자 기철과 로자가 있는 오두막이 따뜻하고 아늑한 집으로 보였다. 로자가 환하게 웃고 있어서였다. 사진을 넘기자 동영상이 나왔다. 기철은 사진이 찍히는 줄 알고 경직돼 있었고 로자는 장난스러운 표정을 짓고 있었다.

-꼬꼬 할머니가 빌려주셨어. 자식들이 스마트폰으로 바꿔줬
는데 어떻게 하는지 모르겠다고. 게다가 자식들이 전화 한 번을
안 한다고. 가지고 있다가 혹시 자식들한테 전화 오면 돌려달라
고 하셨어. 나는 꼬꼬 할머니 이야기를 잘 들어주거든. 내가 인
스타 계정도 하나 만들었놨어. 거기다가 너랑 내 얼굴은 못 올
려도 라면 사진은 올릴 거야. 괜찮지?

기철이 안도의 한숨을 길게 내쉬었다. 기철은 나무젓가락을
로자의 손에 쥐어주었다. 로자는 손에 들고 있던 휴대폰을 던지
듯 바닥에 내려놓았다. 로자는 부탄가스 불을 끄기도 전에 라면
면발을 집어서 종이컵에 넣었다. 종이컵에 라면을 덜 필요도 없
이 로자의 입으로 면발이 빨려 들어갔다. 기철은 그 모습이 신
기하고 재미있어서 라면을 먹지 않고 로자를 보았다. 기철은 로
자가 먹는 것만 봐도 배가 불렀다. 로자는 라면을 한 컵 두 컵
세 컵째 흡입하고 나서야 눈앞에 있는 기철이 보이는 것처럼 새
삼스럽게 바라보았다.

-왜 안 먹어? 따뜻하고 맛있다. 최고의 라면이야. 이 봄동이
내가 밭에서 뜯어온 거잖아. 대파도 작업하다가 흘린 거 가져온
거야. 싱싱해서 그런지 국물에서 단맛이 나. 매콤하고 달콤해서
환상이야. 기철아, 너 쓰고 싶은 글 써. 내가 봄동이랑 대파 넣

어 라면 끓여서 팔아야겠다. 그럼 우리 둘 못 먹고 살겠어?

　로자는 말을 하면서 컵으로 라면 국물을 떴다. 로자는 국물을 마시면서 코를 훌쩍였다. 기철은 불을 피웠던 자리를 봤다. 책이 다 타고 불은 꺼져있었다. 라면을 먹어서 당분간 몸에 온기는 돌겠지만, 곧 또 불을 피워야 할 것이다. 책을 태운 자리에 검은 재가 남아있었다. 기철에게 남은 책은 기철이 로자를 만났던 날 산 책이었다. 기철은 그 책을 태우는 것이 아깝지 않았다. 책 내용은 이미 다 알고 있었다. 기철을 버티게 해주던 책이지만, 이제 기철을 버티게 해주는 것은 로자였다. 따뜻한 웃음과 이야기와 위로를 주는 로자.

　기철은 책의 첫 페이지를 열었다. 기철이 이 책을 사서 집에 가져온 후, 한 번 읽고 써놓은 메모가 보였다.

　작가는 고향의 전설을 이용하는 동시에 고향의 전설에 이용당한다.[*]

　이 작가는 고향에서 겪은 많은 일을 썼고, 고향에 있는 전설을 썼다. 작가는 고향을 넘어서는 작가가 되라고, 철학적인 사유가 그를 어떤 작가가 될지 결정하게 할 것이라고 말했다. 그 말에 기철은 다시 용기를 냈다. 기철에게는 증조부 때부터 내려오는 이야기가 많았다. 증조부의 고향인 한국에 돌아온 기철은 자

---

[*] 중국의 대문호, 모옌의 말을 인용했다.

신의 이야기를 쓰고 싶었다. 그러나 기철의 글은 돌아온 고국에서 이방인의 글이었다. 기철은 생각하고 또 생각했다.

내 고향은 연변일까, 한국일까. 내 이야기는 중국 소수민족의 이야기인가, 한국인의 이야기인가. 나한테 돌아갈 고향이 있기는 한 걸까. 나는 입이 없는 자인가.

로자가 기철의 책을 덮었다. 로자는 기철의 컵에 라면을 덜어서 푸른 봄동과 대파를 얹은 후 내밀었다. 기철은 봄동을 먼저 입에 넣었다. 살짝 익은 봄동은 신선하고 달콤하게 혀를 자극했다. 기철은 면을 빨아들여 속을 채웠다. 냄비에 떠있는 봄동을 건져서 씹어 먹으면서 로자를 보았다. 로자는 맛있지, 죽이지? 라고 말하면서 기철의 먹는 모습을 또 찍었다. 기철은 라면 국물도 떠먹었다. 로자의 푸른 눈을 보자 기분이 달뜨고 행복해졌다. 기철은 로자만 보면서 살고 싶었다. 기철의 가족들은 기철이 잘 먹고 잘살면서 글을 쓰는 줄 안다. 기철이 보내주는 돈을 받아서 동생들 학교도 보내고, 노모의 병원비도 하면서 노모는 기철에게 말했다. 동생들도 한국에 가서 살면 안 되겠니.

ㅡ나는 우즈베키스탄으로 돌아갈 거야.

기철이 젓가락을 내려놓았다. 기철은 가슴에서 뭔가가 무너져 내리는 기분이었다. 기철은 연변에 있는 가족을 생각만 했을 뿐인데, 로자는 기철의 마음을 눈치채고 있는 것 같았다.

－여기서는 살수록 빚만 늘어.

로자는 창밖의 산으로 고개를 돌렸다. 산봉우리에 눈이 제법 쌓이고 있었다. 초봄인 1월에도 배추가 자란다고 해서 봄동이라고 했다. 올해는 날씨가 추워서 봄동도 다 얼어버렸다고 투덜거리던 양식장 주인의 말이 떠올랐다. 시베리아보다 한국이 더 춥다더라. 그때 기철은 무의식적으로 로자를 떠올리고 있었다. 종일 쪼그리고 앉아서 봄동을 잡아 뜯고 있을 로자. 로자에게 이 섬과 이 겨울은 얼마나 추울까. 그런 생각을 했다.

－로자가, 밭매는 김태희지.

양식장 주인이 음흉하게 웃으며 하던 말이 떠올랐다. 그때 기철은 화가 치밀어 주먹을 말아 쥐었다.

－같이 가자, 로자. 너와 나에게는 고국 따위 필요 없어. 우리를 기른 것은 이방의 나라야.

로자가 기철이 좋아하는 작가의 책을 손으로 가리켰다. 기철은 고개를 저었다. 자신에게 이미 고향이 사라졌으니, 입이 없는 사람이 되기로 했다. 기철에게는 고향, 고국, 글을 쓰는 사람이 된다는 것은 다 하나의 의미였다. 기철은 고국에 돌아와서 불법체류자로 신분을 잃고, 노동을 하면서 의미를 잃었다. 이 나라의 누구도 불법체류자이면서 이방인인 기철의 글을 읽으려 하지 않을 것이기에. 기철은 다 무너지고 사라져도 로자만 남아

있으면 상관없었다.

냄비의 국물은 말라붙어 있었다. 둘 사이의 공기처럼 방 안이 얼어붙기 시작했다. 기철은 냄비와 부탄가스를 치웠다. 기철은 중국 작가의 책을 태우려고 불 피웠던 자리로 갔다. 기철은 이 책을 태우고, 로자가 가려는 나라로 갈 방법을 찾으려고 했다. 기철은 꿈을 접는 게 아니었다. 꿈이 로자로 바뀐 것이었다. 기철이 라이터를 딸깍거리고 있자 로자가 기철의 손에서 책을 뺏었다. 로자는 고개를 저었다. 로자는 그 책을 자신이 깔고 있는 이불 밑에 넣었다. 로자가 받은 일당이라든가 로자 할머니의 사진처럼 소중한 것을 숨기는 장소였다. 로자가 방구석으로 가더니 부석거렸다. 로자는 번개탄을 꺼냈다.

ㅡ꼬꼬 할머니가 줬어. 자식들이 여름에 왔을 때 고기 구워 먹을 불을 피우려고 사다 둔 거래. 아깝다고 주더라고. 창고에 연탄 있으니까, 추워서 연탄 피울 거면 이걸로 불을 붙이라고 말이야. 생각해보니까 이걸 먼저 피우고 거기에 연탄을 올리면 방이 따뜻해지지 않을까. 오랫동안.

기철은 창고에서 연탄을 가져왔다. 로자가 번개탄에 불을 붙였다. 번개탄은 세 개였다. 연기가 나긴 했지만 피우자마자 방 안이 훈훈해졌다. 번개탄 위에 연탄을 올렸다. 방 안에 연기가 퍼졌다. 연탄에 불이 옮겨붙자 방 안에 온기가 돌았다. 기철은 로자의 옆으로 갔다. 배가 부르고 몸이 따뜻해지면 로자가 떠나고 싶은 생각이 사라질 것만 같았다. 로자가 물었다.

-근데, 이 책 제목이 왜 '열세 걸음'이야?

기철은 로자의 푸른 눈을 보면서 대답했다.

-러시아에서는 참새가 한 걸음 걸을 때마다 행운이 온다고 하거든. 그런데 열두 걸음까지가 행운이고, 열세 걸음이 되면 그 모든 행운이 불행으로 바뀐다고 해.

로자는 고개를 끄덕였다. 기철은 로자가 뭔가 깨달은 듯한 표정으로 쓰디쓴 웃음을 흘리는 것을 놓치지 않고 보았다. 로자가 기철에게 온 것은 참새가 걷는 걸음의 첫 번째 행운이었다. 기철에게는 사는 동안 행운이라고 할 만한 것이 없었다. 기철이 글을 쓰려고, 자기 목소리를 들어달라고, 목숨 걸고 찾아온 고국도 마찬가지였다. 뺨을 맞지 않으면 쫓겨 다녔다. 기철의 글은커녕 기철의 생각조차 묻지 않고 알고 싶어 하지 않았다.

기철은 불안한 마음과 슬픔이 밀려오자 로자의 눈을 오래 들여다봤다. 로자가 기철에게 입을 맞추었다. 멀리서 파도 소리가 들리는 것 같았다. 그보다 먼저 창을 때리던 바람이 오두막을 흔들었다. 경찰차의 사이렌이 동네를 울렸다. 로자가 기철을 껴안았다. 기철은 로자의 옷을 하나씩 벗겼다. 로자는 내복을 껴입고 있었고 내복 안에도 다른 옷을 껴입고 있었다. 기철도 옷을 벗었는데 벗어도 또 옷이 있고 또 옷이 있어서 기철은 조급해졌다.

이 나라는 왜 이다지도 추워서 겹겹이 가리고 숨게 만드는 것일까.

로자가 기철을 도와주었다. 기철은 로자의 벗은 몸을 보았다. 매일 로자를 안을 때는 볼 겨를이 없었다. 둘 다 추워서 서둘러 일을 끝내고 옷을 주워 입곤 했다. 오늘은 방이 따듯했다. 로자의 늘씬한 몸과 잘록한 허리, 솜털로 가려진 그곳. 기철은 로자의 몸을 보다가 울었다. 로자의 아름다움은 로자의 엄마가 능욕 당했기 때문에 생긴 상처였다는 사실을 깨달아서였다. 로자의 할머니가 입에 담지 못하는 말이 그것이었으리라. 기철은 로자의 몸을 보았다. 로자의 몸에는 흉터가 있었다. 칼에 찔리고 불에 덴 흉터가 로자가 이 나라에서 얻은 것이었다. 로자는 기철의 표정을 보더니 기철을 끌어당겨 안았다.

－증조할머니도 외할머니도 엄마도 자신에게 무슨 일이 일어나도 계속 살아냈어. 검은 눈의 아이가 생기면 낳아 기르고, 푸른 눈의 아이가 생겨도 낳아 기르면서. 할머니와 엄마는 세상이 바뀌고 나라가 변해도 어디에서나 살아냈어. 아마도 여귀산의 여자들도 그랬을 거야. 다 죽지는 않았을 거야. 여귀산의 여자가 계속 걸어가는 모습이 그려져. 걸어서 중국 장안에 갔다가

천산을 넘어, 타클라마칸사막을 걸었겠지. 할머니를 닮은 여자가 거기서 딸을 낳고 또 딸이…… 그런데 기철아, 여기 돌아온 나는 지쳤어. 이 나라 남쪽 끝 바다까지 와서 생각했어. 괜히 왔다고.

기철은 울었다. 기철은 가끔 생각했다. 내가 꿈꾸는 것이 그렇게 높고 고매한 것인가. 글을 쓰는 일이 뺨을 맞아야 할 만큼 못난 짓인가. 내가 책을 끼고 다니는 것은 왜 비웃음거리가 되어야 하는가.

글을 버리고 로자를 얻자.

기철은 로자의 몸이 따뜻하고 부드러워 정신이 몽롱해졌다. 창밖의 싸라기눈이 함박눈으로 바뀌어 소복소복 내리기 시작했다. 로자의 몸처럼 이 나라의 이 섬이 기철이 꿈꾸던 고향 같았다. 기철과 로자가 겪은 억울하고 슬픈 사연도 흰 눈 속에 다 덮일 수 있을 것 같았다.

―내가 저 산이 여귀산이라고 했잖아.

기철이 잠들기 전에 로자가 속삭였다. 기철은 고개를 돌리고 로자의 귀에 대고 다시 말했다. 능욕이 뭐냐고 물었지. 로자가 천장을 올려다보며 말했다. 로자의 눈꼬리 끝으로 눈물이 흘러내리는 것을 기철은 보았다.

―그래. 너는 내가 그 단어의 뜻을 몰라서 물었을 거라고 생각

하니?

로자는 여귀산을 한참 바라보았다. 비가 오지 않고 눈이 내리는데 여자 귀신이 우는 소리가 들렸다. 무서워서 우는 것일까, 살고 싶어서 우는 것일까. 기철은 여자 귀신들이 우는 소리를 들으며 생각했다. 기철은 가물거리는 정신으로 로자의 다음 말을 기다렸다. 기철은 로자의 속에서 로자를 괴롭히고 있는 내막이 있다는 사실을 알았다. 그러나 곧 잊혀질 거라고, 로자를 괴롭히는 것이 기철을 떠나고 싶은 마음이든, 어떤 두려움이든 지나갈 것이라고, 기철은 모른 척했다. 눈이 오고 쉬는 동안, 기철은 중국 작가의 책을 읽으며 방 안에서 로자와 있었다. 다시 기철이 진짜 하고 싶은 일이 무엇이었는지, 이곳까지 왜 왔는지 떠올랐고 괴로웠다. 어제부터 로자가 불안해하는 것이 느껴졌다. 기철은 로자가 입을 열지 않길 바랐다.

—기철아, 네가 일하는 양식장의 주인이면서, 멸치잡이 배 어부가 말이야. 그 사람이 나한테 말했어. 같이 자지 않으면 나를 찾는 빚쟁이한테 내가 있는 곳을 말해버리겠다고. 기철이 너도 잡혀가면 강제 출국당할 거라고. 그냥, 자기가 입을 다물 거니까 내가 같이 자면 된다고.

기철은 양식장 주인이 잘 죽었다고 생각했다.

—기철아, 어제는 내가 전복 먹이를 대신 주었지. 양식장 주인

이 나를 따로 불렀어. 어제 전복은 다시마만 먹지 않았어. 내가 다른 걸 먹었거든. 우즈베키스탄에는 바다가 없어. 나는 전복도 여기 이 나라에서 처음 봤어. 마치 바닷속에 핀 꽃 같았어. 내가 살던 나라의 꽃이 떠올랐어. 우즈베키스탄에 봄이 오고, 여름이 오면 들판의 풀꽃들이 얼마나 아름답게 일어나는지 몰라. 나는 그 나라에 가서 살 거야. 어릴 때 할머니가 말했지. 너는 원래 귀한 집안의 귀한 자손이라고. 너는 세상에서 제일 귀한 여자가 될 거라고. 그곳이 나한테는 고향이야. 이방인이더라도 여기보다는 나을 거야. 그러니까, 내가……

기철은 따뜻한 열기에 취해 스르륵 잠이 들며 말했다.

－알아, 다 알고 있었어. 내가 같이 갈게.

기철은 로자의 대답을 듣지 못하고 잠이 들었다.

기철은 로자와 손을 잡고 로자를 기른 나라의 들판을 뛰었다. 저 앞에 두 명의 할머니가 보였다. 기철과 로자의 증조모들이었다. 그녀들은 나란히 서서 말하는 것이었다. 너는 연변으로 가. 나는 연해주로 갈게. 그 둘은 손을 흔들고 다른 방향으로 걸어 갔다.

기철은 그러지 말라고 안 된다고 소리쳤다. 로자가 기철의 손을 잡았다. 괜찮아. 그래서 우리 둘이 만난 거야. 기철아, 너 여기 와보고 싶어 했잖아. 내가 자란 곳이야. 아름답지.

기철의 눈앞에서 들판의 꽃들이 흔들리다가 아득하게 한꺼번에 솟아올랐다. 팝콘처럼. 눈송이처럼. 로자가 말했다. 기철아, 뭔가를 쓰기 시작하면 이미 작가인 거잖아. 너처럼.

기철과 로자의 앞에 참새가 나타났다.

한 걸음. 두 걸음.

행운이야.

기철이 로자에게 말했다.

세 걸음. 네 걸음……

열두 번째 걸음에서 참새는 돌아보았다.

그만.

기철이 외쳤다.

참새는 열세 번째 걸음을 걸어가 버렸다.

*

꼬꼬 노파는 닭에게 모이를 주다가 고개를 들고 여귀산을 보았다. 경찰이 꼬꼬 노파에게 다가왔다. 경찰이 휴대폰으로 폐쇄회로 영상을 보여주었다. 꼬꼬 노파가 화면을 들여다보았다. 꼬꼬 노파는 바닷가에 있는 오두막을 손으로 가리켰다. 꼬꼬 노파가 오두막의 문을 열었을 때, 기철과 로자는 잠이 든 듯 기척이 없었다.

—이게 무슨 냄새야.

경찰이 코를 막았다. 꼬꼬 노파는 불안한 마음에 방문을 열었다. 번개탄과 연탄이 탄 자리가 보였다. 꼬꼬 노파는 연탄이 타면서 일산화탄소가 일어날 것이니 조심하라고 경고하는 것을 잊었다는 생각이 들었다. 그런데 젊은이들은 늙은이보다 더 잘 알지 않는가. 창문에는 방한용 문풍지가 꼼꼼하게 붙어있었다. 경찰이 문풍지를 뜯고 창문을 열어젖혔다. 꼬꼬 노파는 로자에게 다가갔다. 꼬꼬 노파의 발에 뭔가가 걸렸다.

『열세 걸음』*

책이었다. 꼬꼬 노파는 책을 물끄러미 쳐다보았다. 꼬꼬 노파는 책을 집었다가 던져두었다. 꼬꼬 노파는 추운 방에서 벌거벗고 누워있는 두 사람의 코에 손을 대 보았다. 두 사람의 옆에 꼬꼬 노파의 휴대폰이 보였다. 꼬꼬 노파는 휴대폰을 집으려고 이불을 더듬었다. 꼬꼬 노파의 손에 로자의 맨발이 잡혔다. 냉골이었다. 꼬꼬 노파는 백지장처럼 변한 로자의 얼굴에 손을 대고 코에서 숨이 나오는가, 다시 확인했다. 꼬꼬 노파는 기철의 얼굴과 코도 만져보았다. 차디찼다.

---

* 모옌, 『열세 걸음』(1989)

—죽은 아그들 얼굴이 환하고 곱기도 하네. 젊어 그렁가. 좋은 디로 가서 그렁가.

꼬꼬 노파는 이불을 끌어당겨 로자와 기철의 얼굴을 가려주었다. 꼬꼬 노파는 경찰 몰래 휴대폰을 챙겼다. 나가세요. 사건 현장이 훼손되면 안 됩니다. 경찰이 꼬꼬 노파를 방에서 내보냈다. 비척비척 걸으며 꼬꼬 노파는 눈에서 흐르는 물을 훔쳐냈다. 어디선가 웃음소리가 들려와 꼬꼬 노파가 멈칫했다. 꼬꼬 노파의 주머니 안에 있던 휴대폰에서 들리는 소리였다. 꼬꼬 노파는 휴대폰 속 로자를 보았다.

기철아, 내가 잘못 생각했어. 우리 더 걷자. 열세 걸음에서 멈추면 불행이지만, 더 걸으면 모든 게 나아질 거야. 너도. 나도.

말을 마친 로자는 연기 때문에 기침을 했다. 몸을 일으키려던 로자는 휴대폰을 놓치고 쓰러졌다. 꼬꼬 노파는 눈물을 닦으며 로자의 오두막을 돌아보았다. 때마침 마당을 거닐던 참새가 포르르 날아갔다.

작가의 말

불행에서 한 걸음 더 나아가길

거의 십 년 전에 모옌의 『열세 걸음』을 읽었다. 그 안의 인간 군상은 읽는 내내 내 꿈속에 찾아와 나를 휘저었다. 나는 모옌으로 인해 중국이라는 나라를 다시 보았다. 중국인의 속성이 두렵기까지 했는데, 그래서 여행을 좋아하는 내가 지금까지 한 번도 중국에 가지 않았는지 모른다. 나는 '위화'의 작품과 다른 느낌으로 '모옌'이 묘사해놓은 중국을 읽었다. 그 살 떨리는 생생함은 언젠가 꼭 이 작가를 만나보고 싶다는 경이로운 마음마저 갖게 했다. 지난겨울에 계간 「아시아」에 나는 단편소설을 발표했다. 그 책이 내게 왔을 때, 내 소설과 함께 모옌의 권두 에세이가 실려있었다.

작가는 고향의 전설을 이용하는 동시에 고향의 전설에 이용당한다

중국의 대문호 모옌의 글이 나와 같이 실리다니. 가슴이 떨렸다. 나는 모옌의 에세이를 읽었고, 그가 작가의 고향에 가진 의식을 이해하게 되었다. 모옌에게 고향은 큰 주머니였다. 작은 것 하나를 꺼내면 단편소설이 되었고, 깊숙이 집어넣어 커다란 글감을 꺼내면 장편소설이 되어주었다. 전라남도 진도가 고향인 나는 언제나 고향에 관한 글을 써야지, 마음먹고 살았다. 특히 진도가 품고 있는 오래된 전설들에 관해서 말이다.

어릴 때 삼별초의 항쟁터인 '용장산성'에 소풍을 가면 가슴이 뜨거웠다. 그곳에서 죽어간 사람들에 관해, 몰랐음에도 내 피에는 그들이 흘린 피의 한이 흐르고 있었던 것이다. 나는 '왕무덤재'를 넘어서 자주 소풍을 갔는데, 그곳이 왜 왕무덤재인지 전혀 몰랐다. '여귀산'의 여자 귀신들은 비가 오면 왜 우는지 누구도 말해주지 않았다. 그저 여자들이 우는 산이기 때문에 여귀산이라고 했다. 내가 걷는 길마다 슬픔과 한이 흘렀다. 시간이 지나 내가 소설 쓰는 사람이 되었을 때, 용장산성에 다시 가서 그곳을 손끝으로 더듬었고, 여귀산에서 억울하게 죽은 여자들까지 들여다보았다. 나는 도무지 고향에서 놓여날 수 없었고, 그것이 그 지역에서 자란 나의 한계가 아닌가도 생각하게 되었다. 그러다가 모옌의 에세이를 읽었고, 작가의 고향과 전설에 관해 생각하며 『열세 걸음』까지 다시 떠올렸다. 모옌은 고향의 이야기에 작가의 의식을 담아 고향을 넘어서는 작가가 되라고 말했다. 작가의 의식이 작은가 큰가에 따라 그가 그 지역을 넘어서고 그 나라를 넘어서서 마침내 세계적인 작가가 될 거라고 했다.

나는 이 소설을 쓰는 내내 우리 가족이 몰락해서 고향으로 돌아갔을 때를 떠올렸다. 그때 우리 가족에게 주어진 것은 바닷가의 오두막이었다. 얼마나 추웠는지, 그 집이. 그곳에서 서로를 껴안고 보냈던 날들이 내 피부에 새겨져 한기가 돌았다. 나는 이십 년을 넘게 도시 생활을 했지만, 고향 섬과 오두막에서 한 치도 벗어나지 못하고 있었던 것이다. 나한테 고향은 그런 것이었다. 나는 이 소설을 쓰면서 고향의 전설을 이용하고 내가 고향의 전설에 이용당하고 싶었다. 소설의 초고를 써놓고 우즈베키스탄의 아리랑 요양원과 고려인들의 무덤에 갔다. 아리랑 요양원의 할머니들은 아리랑을 부르며 우리를 환영했다. 나는 화장실에 갔다가 빼꼼히 열린 방문으로 잠든 할머니를 발견했다. 아기처럼 조그맣게 쪼그라들어 죽음 같은 잠에 편안히 빠진 할머니. 강제 이주 1세대인 할머니. 머리카락도 눈썹도 얼굴도 하얗게 늙은 모습에서 강제 이주로 옮겨진 여성의 삶을 보았다. 고려인 무덤에서는 그분들의 생존 모습이 새겨진 비석도 보았다. 나는 줄곧 일찍 죽은 여자들의 비석을 찾았다. 집에 돌아와서 다시 이 소설을 펼쳤을 때, 능욕당하기 싫어서 집단으로 뛰어내렸다는 여귀산의 여자들을 떠올렸다. 또 아리랑 요양원의 할머니도. 이 소설의 초고에는 여귀산의 여자들이 다 죽어서 귀신이 되었을 거라고 결말을 맺었다. 고려의 여자들이 모두 다 죽어서 지금까지 울고 있다고. 그러나 우즈베키스탄에 다녀온

나는 그들이 죽지 않았을 거라고 결론을 바꾸었다. 삼별초 항쟁 후 진도 사람들은 원나라가 망할 때까지 노예로 끌려갔다고 한다. 남쪽 끝에서 잡혀서 한반도를 걸어, 북경까지.

나는 여귀산의 여자들도 강제로 이주된 고려인 여자들도 죽지 않고 살았을 거라고 결론 내렸다. 그것은 아리랑 요양원에서 죽어가던 할머니의 모습으로도 알 수 있었다. 고려시대에도 조선시대에도 일제강점기에도 지금도. 여자들은 다 살아냈다고. 세상이 바뀌고 국가나 아버지들이나 남편들이 아내이거나 딸들을 다른 나라로 옮겨놓아도 살아냈다고. 그곳에서 검은 눈동자의 아이가 생기면 낳아 기르고, 갈색 눈동자의 아이가 생기면 낳아 기르고, 또 간혹 푸른 눈동자의 아이들이 생겨도 낳아 기르면서 끝까지 살아냈다고. 그것이 내 피에 새겨진 또 하나의 고향의 전설이며, 여자들의 전설이라고 생각했다. 나는 소설 쓰는 내내 로자가 되었다.

이제 전 지구적으로 가난이 여자들을 옮겨놓는 시대이다. 가난한 나라의 여자들은 결혼 이주를 하거나 가족들을 부양하기 위해 이 나라에 오곤 한다. 내가 로자라면 궁금했을 것 같다. 자신의 조모가 말했던 고국이나 고향이 어떤 곳인지, 자신을 환영할지, 배척할지. 로자가 돌아와서 듣는 여귀산 여자들의 울음은 슬프지만 나는 로자도 나처럼 알길 바랐다. 더는 갈 곳이 없더라도 여귀산의 여자들도 자신의 할머니들도 끝까지 살아냈음을. 그것이 여자들이 걸은 걸음이었음을.

모옌의 소설 『열세 걸음』의 뜻을 다시 상기하자면, 러시아 민담에서는 참새가 걷는 걸음이 행운을 준다고 한다. 열두 걸음까지가 행운이고 열세 번째 걸음을 걸으면 그 모든 행운을 뒤집는 불행이 온다고 한다.

나는 로자가 걸어온 걸음이 열세 번째 걸음이라도 한 걸음 더 나아가길 바랐다. 죽은 로자가, 열세 번째 걸음을 걷는 참새까지 쫓아버릴 만큼 환하게 웃길 바랐다.

내가 아는 모든 여자들이 그랬던 것처럼 한 걸음 더 나아가길.

2013년 세계일보 신춘문예에 단편소설 「유품」이 당선되어 작품 활동을 시작했다. 2014년에는 대산창작기금을 받았다. 소설집으로 『사진을 남기는 사람』, 장편소설 『감동적인 말로 나를 깨워』 가 있으며 앤솔러지 『소방관을 부탁해』를 함께 썼다.

사소한 일

유희란

벤틀리. 로베르토 카발리. 벤틀리. 로베르토 카발리. 상미가 중얼거렸다. 처음 듣는 단어였는데 어색함 없이 입에 감겼다. 초밥 위에 얹혀있는 생선 살을 떼어내어 국을 끓이는 중이었다. 고추냉이가 묻은 채 딱딱하게 굳은 손마디만 한 크기의 밥은 지퍼백에 넣어 냉동실에 넣었다. 벤틀리. 로베르토 카발리. 다시 중얼거렸다. 물을 얼마나 많이 부었는지 연어, 우럭, 광어와 생새우 조각들이 잔물결을 만들며 냄비 안에서 둥둥 떠다녔다. 소금과 멸치액젓으로 간을 맞추고 고춧가루도 약간 풀었다. 다른 해물이나 별다른 재료는 없었지만, 열심히 씻은 미나리까지 넣은 후라 물을 덜어내지는 않았다. 한소끔 끓이고 나자 얇은 생선 살은 그나마 익기 전보다 더 작아져 있었다.

이게 뭐야? 식탁에 앉은 중구가 국을 내려다보며 숟가락으로 휘휘 저었다. 물이 좀 많네. 우물거렸을 뿐, 어제 모임에서 가져온 초밥의 생선 살로 끓인 거라고 상미는 말하지 않았다. 일인당 25만 원 하는 일식집에서 식사했고, 먹고 먹다 남긴 초밥을 다 싸들고 왔다고도 말하지 않았다. 남겨, 너무 배부르다. 말하는 친구들 틈에서 태연하게 미소 짓고 있다가 모두 일어서려는 순간, 아깝다 내가 싸갈게, 적절한 어조로 나서던 것을 말하지 않은 건 물론이었다. 맛이 이상해. 중구는 이런 국은 처음 맛본다는 표정이었다. 상미도 맛이 이상했지만 생선 살을 건져 먹은 후 국그릇을 들어 마셨다. 중구가 안 보는 척하며 눈길을 두는 게 느껴졌으나 머뭇거리지 않았다.

어제는 상미의 중학교 동창 모임이 있었다. 오래간만에 보는 친구들과 반가운 얼굴로 인사를 나누며 일식집에서 식사하고 카페로 자리를 옮겨 차를 마셨다. 들뜬 목소리로 대화를 나누고 천진난만하게 여러 번 웃어 젖혔다. 중학생으로 다시 돌아간 기분이었다. 누가 먼저랄 것도 없이 이야기는 끊임없이 이어지고 있었는데 대화는 그때와 사뭇 달랐고 내용은 포괄적이었으나 개개인의 현실 상황과 그에 따르는 생각이 이야기의 범위가 되었다.

경제는 물론 정치 현안에 관해서도 가볍게 대화를 주고받은 후 주식과 코인 등의 재테크 정보도 공유했다. 그러다 SNS를 하는 시어머니 이야기에 목소리 높여 찬반을 논하다가 유튜브로 떼돈을 벌고 있다는 동창생에게도 연락한 것인지를 확인했다. 누군가의 연애담에 다들 가까이서 잘 듣기 위해 의자를 바짝 당겨 앉아 귀를 기울이다가 그 상대가 유부남이라는 소문에 분위기가 한껏 고조되었다. 문득 떠오른 듯 새벽에 아이 맡겨놓고 나이트를 전전했다던, 아무도 연락처를 모르는 한 친구의 소식을 상미가 묻자 그 친구 우울증이 심했다는, 어디선가 들은 이야기를 누군가 전했다. 어떻게 살고 있을까. 잘 지내려나. 이내 격앙되었던 분위기가 조금 수그러들었다. 곧이어 이혼이나 별거와는 다르게 부부관계는 유지하면서 각자의 삶을 자유롭게 사는 졸혼에 관한 이야기가 나왔는데, 언제 적 풍속이냐며 요즘은 깔끔하게 이혼한 독신들의 연애나 동거 얘기가 더 흥미롭다고 누군가 말했다. 그 의견에 다들 동의한다는 듯 고개를 끄덕이기도 했다. 한집에 살면서 자유가 가능하겠냐는 말이 나왔고 서로 간섭을 하지 않는다는데 그것의 경계가 너무 모호하지 않냐며 아마도 개인차가 클 거라는 말들이 오갔다. 아이가 있는 친구들은 대부분 집 붙박이가 되어 나오지 않았으므로 어린 자식들 이야기는 흐지부지 건너뛰었고 어느새 모두의 귀가 솔깃해지는 이야기로 화제가 바뀌었다. 유행하는 패션과 피부 관리에 대한 유용한 정보였다. 상미가 주기적으로 레이저 시술을 받고 있다는 친구의 피부를 물끄러미 바라보며 모공이 보이는지 살피는데 써마지와 울쎄라로 작은 얼굴을 만들었다는 다른 친구의 말에 수긍할 수 없는 몇몇이 반기를 들었다. 그 탓에 잠시 침묵이 흐르기도 했지만 결국, 모두가 인정할 만큼 맑은 동안 피부를 가진 친구에게 질문이 쏟아졌다.

나 그거 했어. 그 와중에 상미가 최근 레이저로 겨드랑이를 제모했다고 말하자 세 명이나 깜짝 놀라며 그걸 이제야 했느냐고 물었다. 더럭 무안해져 의기소침해진 상미는 문득 18년 전 중학교 시절의 분위기를, 그 당시 친구들 각자의 상태를 좀처럼 기억할 수 없다는 안타까움을 느끼면서 그녀들의 수다를 가만히 듣고만 있었다. 시간이 흐를수록, 이야기가 길어질수록 친구들의 요모조모가 눈에 들어왔다. 옷차림이 수수한 주영은 어디선가 기사가 대기하고 있을 것 같은 세단 수입차를 타고 왔고 지하철로 왔다는 희주는 대기업에 다니는 남편의 승진 기념으로 그날 열두 명의 식사비를 냈다. 호주에서 놀러 온 아영은 딱 봐도 태가 나는 명품 티를 입고 있었는데 아침에 골프를 치고 스파에 들러 경락마사지를 받고 오는 길이라고 했다. 벤틀리. 주영이 타고 온 차는 요즘은 어디서나 볼 수 있는, 어떤 동네에선 흔한 차라는 말들이 나왔고 아영의 로베르토 카발리 셔츠는 색상이 화려해서 아무에게나 어울리기가 어렵다는 품평이 한참 오갔다.

당신 벤틀리 알아? 상미가 국그릇을 바라보며 중구에게 물었다. 벤 뭐? 흔한 차라는데. 아, 벤츠? 중구는 국을 한 숟가락 떠먹고는 아예 수저를 내려놓았다. 젓가락으로만 밥을 먹고 있었다. 아니, 벤틀리라니까. 그럼 마이바흐는 알아? 자꾸 묻는 통에 입맛을 잃었는지 젓가락도 내려놓으며 중구는 시큰둥하게 대꾸한다. 아, 그 차? 알아? 매끄럽게 빠졌지. 그 차도 꽤 흔해. 중구가 아는 척했다. 흔하긴. 상미는 내친김에 로베르토 카발리도 물어볼까 하다가 중구를 너무 궁지에 몰아넣는 것 같아 그만두었다.

친구 중 누군가는 모 기업 회장이 탄다는 마이바흐를, 국내에 몇 대 되지 않는 희귀한 차임에도 오는 길에 보았다며 선택받은 사람처럼 목소리를 높이기도 했다. 상미는 한 번도 본 적이 없으므로 아는 척할 수 없었고 그런 자신이 선택받지 못한 사람이라는 데 생각이 미치자 자신의 목에 감겨있는 스카프가 자꾸 눈에 거슬렸다. 전날 백화점에서 운이 좋아 살 수 있었던, 반짝 할인가 오만 원에 구매한 스카프였다. 외출 준비를 할 땐 옷과 어울리던 패턴과 색상이 유난하게 두드러져 보였다. 화장실에 수시로 드나들며 상미는 거울 속 자신의 모습을 여러 각도로 바라봤다. 스카프는 실크가 아닌 나일론 섞인 원단과 패턴의 배색이 딱 그냥 오만 원짜리였다. 신경 쓰지 않으려 친구들의 대화에 귀를 기울였지만 지속해서 시선을 붙들었다. 뭘 짊어진 것처럼 어깨가 무겁고 목까지 뻣뻣했다. 이걸 풀어버려. 스카프는 한 올 흐트러짐 없이 목에 칭칭 감겨있었다. 스카프를 두를 요량으로 하필이면 얼룩이 묻은 옷을 입었기 때문에 쉽게 풀어버릴 수도 없었다. 주황빛 나는 것으로 봐서 김치 얼룩이 틀림없다고 생각하다가 남들은 모르지 않을까 살짝 들춰보기도 했지만, 주황빛은 선연했다. 이른 봄인데도 식당 안의 기온은 초여름이나 다름없이 후덥지근했고 분위기는 좋은 말로 표현해 훈훈했으므로 상미의 몸에서는 땀이 흐르고 있었다.

이천만 원만 빌려줄 수 있는 사람?

청담동에서 의류 숍을 하는 인희가 물었고 돈 빌려달라는 얘기를 아무런 표정 변화 없이 말하고 있는 모습을 상미는 의아하게 바라보았다. 눈썹을 올린 채 살짝 내린 인희의 눈매는 오히려 거만한 인상마저 주었다.

내가 빌려줄게.

상미가 대답했다. 수건으로 이마의 땀을 찍던 중이었다. 누군가 부탁이라도 한다면 그게 어떤 부탁이건 흔쾌히 들어줘야겠다고 작정한 사람 같았다. 모두의 시선이 상미에게 쏠리고 잠시 쥐 죽은 듯 조용하다가 선뜻 호의를 베푸는 것에 대한 찬사처럼 미소를 보이는 친구들 가운데서 상미는 침착하게 우쭐해졌다. 오만 원짜리 스카프가 당당하게 느껴졌으며 배색도 이만하면 괜찮다는 생각이 들었다. 먹다 남은 초밥을 싸들고 올 수 있었던 것도 돈을 빌려줄 수 있는 사람이 바로 자신이었기 때문이었다. 그런데 중구 몰래 만든 적금을 깨야 한다고 생각하니 상미는 곧 후회가 밀려들었다.

중구가 남긴 국을 바라보며 마저 마실까 생각하다 상미는 자신이 비운 국그릇을 개수대에 넣으려고 일어났다. 두 달만 있으면 만기인데. 지금 깨면 이자가 거의 없을 텐데. 배는 부른 데다가 해약해야 할 적금을 생각하니 속에서 신물이 넘어왔지만, 손가락으로 입가를 문지를 뿐이었다. 그때 현관문의 벨이 울렸다.

웬일이야. 전화라도 하고 오지.

두루마리 휴지 한 롤을 들고 문밖에 서있는 아영에게 어서 들어오라고 손짓하며 상미가 말했다.

여기 지나가는 길인데 네 생각이 나서. 이거 천연펄프야.

아영이 현관으로 들어와 휴지를 내려놓고는 한 손에 쥐고 있던 휴대전화를 흔들었다.

배터리가 없어서 전화를 못 했어. 식사하는 중이었나 봐?

중구 앞에 있는 국그릇 속에 떠있던 생선 살점들은 다행히 가라앉아 정체를 알 수 없는 국물이 되어있었다.

어머, 중구도 있었구나.

아영이 환하게 웃으며 인사했다.

잘 지냈어? 이게 얼마 만이야.

중구와 아영은 초등학교 동창이었다. 육 년 전 상미가 중구와 결혼할 즈음 아영은 이혼하고 호주로 떠났다. 연애할 때 두어 번 함께 밥을 먹기도 하고 술을 마시기도 했지만, 아영이 이혼을 하고 난 이후엔 셋이 함께 본 적이 없었다.

야, 반갑다. 어서 와. 잘 지내지? 더 예뻐진 거야?

중구는 희색이 만연한 얼굴로 아영을 보며 정말 반가운 말투로 인사했다. 아영은 그런 중구에게 손을 뻗어 악수했다.

돈이 좋긴 좋아. 그치? 밥은 먹었어?

스파와 경락마사지를 떠올리던 상미는 그렇게 물으며 식탁 위의 국그릇을 얼른 들어 냄비에 쏟아부었다. 아영은 무슨 소린지 귀담아듣지 않은 모양이었고 중구는 이 사람이 갑자기 웬 돈타

령인가, 하는 표정으로 상미를 쳐다봤다. 괜찮아. 배 안 고파. 아영은 손사래를 쳤다. 그러나 상미는 서둘러 김치를 썰고 양파를 썰었다. 속도감 있는 칼질로 도마에서는 전문가다운 경쾌한 소리가 났다. 우리 집엔 무슨 일이 있어서 온 거냐고 다시금 물으려다 그만두었다. 아영이 먼저 말하지 않는 걸 물어본다는 게 어지간히 미안했다. 친구 집에 놀러 오는 데 꼭 이유가 있어야 하는 건 아니니까. 상미는 준비한 재료들을 달달 볶다가 깨소금도 넉넉히 뿌렸다.

배부르다. 김치볶음밥을 먹던 아영이 수저를 내려놓았다. 남겨. 남겨. 어제의 친구들처럼 상미가 말했다. 더 먹지 그래. 식탁에 다가와 앉으며 중구가 물었고 다시 한번 배가 부르다는 아영의 대답에 중구는 김치볶음밥을 그릇째 자기 앞으로 가져갔다. 상미는 이 남자가 뭘 하려나 싶었다. 못마땅한 국 때문에 식사를 제대로 하지 못했다는 건 알고 있었다. 그래도 설마 했는데 중구는 아영이 먹다 남긴 김치볶음밥을 자신이 쳐다보고 있는 앞에서 거리낌 없이 먹고 있었다. 상미는 중구에게서 눈길을 돌렸다. 사람이 워낙 털털해서 그래. 성격이 좋으니까. 긍정적으로 생각하려 애를 썼지만, 점점 얼굴이 뜨거워졌다. 심지어 초밥을 괜히 들고 와서 이상한 국을 끓인 탓이라는 자책마저 들었다. 중구가 아직 수저를 들고 있거나 말거나 식탁 위의 반찬들을 치우기 시작했다.

  소파로 자리를 옮겨 앉아 중구는 아영에게 안부를 묻고 건강
정보와 같은 이런저런 이야기를 했고 비가 오지 않는 요즘 날씨
를 우려하면서 서울의 한여름 날씨와 비슷한 호주 케언스의 계
절에 관해 물었다. 그러고는 자신의 버킷 리스트에 있다는 세계
최대의 산호초인 그레이트배리어리프가 어디서부터 어디까지 이
어져 있는지 호기심 어린 눈빛으로 대화를 이끌었다. 일을 대충
정리한 상미도 앞치마를 풀고 소파에 앉았다. 텔레비전에서는
평소 중구와 즐겨보던 개그 프로가 나오고 있었다. 한 개그우먼
이 옷을 입었다기보다는 뒤집어썼다는 표현이 어울릴 정도로 커
다란 옷을 입고 천천히 걸어 나오고 있었고 두 개그맨이 그 뒤
를 따랐다. 개그우먼의 귀염성 있는 얼굴은 옷에 파묻혀 아기
같은 모습이었다. 너무 웃긴 장면이어서 상미는 평소처럼 깔깔
거리며 웃다가 진정했다. 아영이 먹다 남긴 밥을 스스럼없이 먹
던 중구의 얼굴이 떠올라 가자미눈을 하고 쳐다보니 텔레비전에
서 눈길을 돌린 중구가 바닥을 물끄러미 응시하고 있었다. 그
시선을 쫓아가자 거기에 아영의 작고 하얀 맨발이 있었다. 빨간
페디큐어를 한 예쁜 발이었다.

  저거 보니까 옛날 너 기억난다.

  나?

중구의 말에 아영이 중구 쪽으로 몸을 기울이며 물었다.

한겨울이었을 거야. 네가 코트를 입고 왔는데 얼마나 큰지 소매 아래로 손가락만 겨우 보이는 거야. 코트 단 아래로는 발목만 보이고.

내가 그런 옷을 입고 다녔어? 너 정말 기억력 좋다야.

아영이 웃으며 대꾸했다.

커다란 옷 어깨 위로 양 갈래로 묶은 머리가 내려오고 소매 양쪽에 작은 손가락만 겨우 보였는데 그 모습이 뭐랄까.

귀여웠어?

상미가 물었다. 눈동자를 오른쪽으로 올려 천장을 응시하며 회상하는 중구의 표정을 물끄러미 쳐다보던 중이었다.

맞아. 나도 어렸을 텐데 그 모습이 참 귀엽다고 생각했던 거 같아. 너 그러고 다녔어. 기억나냐?

상미는 소파 팔걸이에 비스듬히 놓인 리모컨을 들어 채널을 돌렸다. 커트 머리에 중성적인 음성이 매력적인 여자 앵커가 진행하는 뉴스가 나왔다.

기억은 안 나. 근데 내가 어릴 때 체구가 너무 작긴 했어. 맞는 옷이 없을 정도였으니까.

어깨를 움츠리며 말하곤 아영이 살짝 웃었다. 텔레비전에서는 재래시장과 백화점 등을 배경으로 위축된 소비심리에 관한 뉴스가 나왔다. 저소득층은 소득이 줄고 고소득층은 세금 부담이 커져서 점점 소비가 줄어 전반적인 물가하락이 이어진다는 내용이었다.

소비가 주는데 왜 물가가 내려?

뜬금없이 궁금하다는 듯 상미가 물었다.

수요가 없으면 물건이 팔리지 않잖아. 그러니까 가격이 내리는 거지.

중구가 대꾸했다.

요즘 홧김 비용이라는 말이 있대. 혹시 알아? 홧김에 소비하는 거라는데.

아영이 말했다.

나도 들어본 적 있는 것 같아. 충동구매라고도 할 수 있지.

다들 그럴 때 있지 않나? 화나면 계획에 없던 쇼핑도 하고 막 먹기도 하잖아. 근데 그렇게 하면 스트레스가 풀릴까? 나는 스트레스가 더 쌓일 것 같아.

상미는 아영이 말하는 모습을 보면서 검은색 라운드 티에 베이지색 카디건이 참 잘 어울린다는 생각을 했다. 카디건의 단추에는 로고만 봐도 알 수 있는 값비싼 브랜드의 로고가 새겨있었다.

그러게. 또 이런 말도 있더라. 멍청 비용.

아영이 멍청이란 단어를 천천히 발음하며 웃었다.

그건 또 뭐야. 멍청하게 돈을 쓴다는 거야?

쓰지 않아도 될 돈을 쓴다는 거 같은데? 잊어버리고 있다 늦게 내서 붙는 연체료나 수수료. 그런 것도 포함하는 거겠지. 낼 때 꼭 후회하잖아. 자책하면서.

이름도 절묘하게 짓는다. 멍청 비용이 뭐니.

맘에 들지 않는 소리라도 들은 것처럼 인상을 쓰던 상미가 고개를 돌렸는데 주방 선반에 아침나절 자신이 빨아놓은 행주가 보였다. 얼룩이 남은 채로 길게 널려있었다. 해약해야 할 적금이 떠올랐고 몇 달 차이로 받지 못하는 이자는 생각 없이 써버린 멍청 비용처럼 생각되었다.

아영은 중학교 때 같은 반 친구였다. 또 한집 친구이기도 했다. 옆집도 아니고 앞집도 아닌 대문이 하나이고 건물도 하나인 그곳에 아영의 집은 1층에 있었고 상미의 집은 2층에 있었다. 골목 막다른 곳에 있는 집은 제법 큰 대문을 자랑하고 있었는데 그 대문을 열면 1층 현관에 다다르기 전, 그러니까 마당에 들어서자마자 오른편에 가파른 계단이 있었다. 아홉 계단을 올라가 문을 열면 초록 파이프가 달린 수도꼭지가 보였고 중앙에 야트막한 싱크대가 있었다. 상미가 살게 될 2층에 있는 집이었다.

왼쪽으로 몸을 틀면 방문이 보였다. 방은 방바닥이 경사가 져 있어 서있으면 한쪽 다리로 체중이 실렸으므로 수평을 맞추기 위해 장이건 책상이건 한쪽 다리 아래에 신문을 접어 고여야 했다. 상미는 그때까지만 해도 대지면적 넓은 1층이 아영이 사는 집인 줄 몰랐다. 이사 들어오는 살림과 할머니를 안쓰럽게 쳐다보던 집주인은 아영의 엄마였다.

할머니는 아픈 다리를 잠시도 쉬지 않았고 한숨 소리 한 번 내지 않았다. 한 계단 한 계단 오를 적마다 남몰래 무릎을 두드릴 뿐이었다. 뭐 하냐? 상미에게 여러 번 소리를 지르다가, 아범이 미국에 있어요, 며느리도 같이요, 했다. 누가 묻지도 듣지도 않는 말을 큰소리로 해댔다. 큰 슈퍼를 하고 있으니까 워낙 바빠서 못 나왔지 뭐예요. 아영의 엄마는 듣고 있는 듯도 했지만, 대꾸라도 했다가는 말이 길어질 것을 염려하는 얼굴이었다.

상미는 할머니가 그럴 때마다 목이 간지러웠다. 거짓말도 자꾸 하면 신뢰가 생길 만도 한데 할머니의 거짓말은 하도 뜬금없어서 터져 나오는 재채기 같았다. 아영의 엄마도 이삿짐을 나르는 인부 그 누구도 할머니에게 그러냐고 되묻지 않았다. 그렇게 이야기가 멈춰버리면 집 나간 아들과 며느리의 소식을 알지 못하는 할머니는 상미를 향해 측은한 눈빛을 하고서는 소리를 질렀다. 뭐 하냐? 여기 좀 닦아라. 물기를 꾹 짠 비틀어진 걸레를 상미에게 던졌다. 그때였다. 누군가 발랄하게 집으로 들어오고 있었다.

너?

아영이었다.

이제 가야겠다.

아영이 시계에 눈길을 두며 말했다.

가려고?

늦은 저녁 시간에 아영이 왜 왔을까, 골똘히 생각하고 있던 상미가 엉거주춤 일어났다. 밤 열 시 반이 넘어가고 있었다,

늦었는데 자고 가지 그래.

중구가 염려스러운 얼굴로 말했다.

그래. 여기까지 왔는데 자고 가.

상미가 아영의 팔을 잡아끌었다. 셋은 다시 텔레비전을 보았다.

중구가 일어나 저벅거리며 화장실로 들어갔다. 상미는 그 뒷모습을 바라보며 볼일 보는 중구의 자세를 언뜻 상상했다. 중구는 좌변기에 깊숙이 앉아 소변을 보고는 했으므로 상상이 어렵지 않았다.

호주는 언제 갈 거야?

상미가 소파에 기대며 아영에게 물었다.

다음 주에 가야지.

아영이 고개를 돌려 집 구석구석을 바라봤다.

여기 몇 평이야? 25평. 아영은 미닫이가 달린 거실을 나가 두 칸 있는 방을 둘러봤다. 그 발걸음에 벨벳처럼 부드러워 보이는 꽃무늬 치마가 하느작거렸다. 지은 지 오래돼서 구조가 안 좋아. 화장실도 하나야. 상미가 아영을 뒤따르며 말했다. 처음 이사 올 때 방 하나는 야심 차게 옷방으로 활용하려 했는데, 프라이팬에 신발, 심지어 화분에 돌덩어리까지 들어가 있어 창고나 다름없었다. 이게, 언제, 여기에. 그동안 보이지 않던 것들이 이 순간 적나라하게 상미의 눈에 들어왔다. 자신의 살림이 분명했지만 이렇게 아무렇게나 넣어둔 기억이 없었다. 우선 여기에. 일단 보이는 곳에. 필요할 때까지. 하나둘 기억이 떠오르기 시작했고 나름대로 구실은 있었네, 하고 생각했다. 아무리 친구 집이라고 해도 전화라도 하고 오지. 그게 예의지. 상미는 속으로 중얼거리며 깨끗하게 정리할 수 있는 시간이 없었다는 것에 약간의 짜증이 났다. 허둥대며 옷장을 열고 몇 번을 버리려다 언젠가 입겠지 싶어 넣어둔, 커다란 체크무늬 바지를 아영에게 건넸다. 편하게 갈아입어.

모처럼 친구 왔는데 같이 자. 난 텔레비전 보다가 저 방에서 잘게.

화장실에서 나온 중구가 옷방을 가리켰다.

야, 뭐야. 술이라도 한잔해야지. 너 내일 휴일 아니야?

아영의 말에 중구가 눈을 동그랗게 뜨며 웃는 것으로 오케이 사인을 했다.

이 사람 내일도 출근이야.

상미의 말에 중구가 괜찮다는 표정을 지어 보이며 냉장고를 열어 확인하고는 술을 사러 나갔다. 바지를 갈아입은 아영이 의자를 끌어당겨 식탁에 앉으며 말했다.

상미야, 너 참 잘했어. 인희가 얼마나 고맙겠니. 어려울 때 그렇게라도 융통해주면 도움이 되잖아.

상미는 민망한 말이라도 들은 양 얼굴을 붉혔으나 마음은 뿌듯했다.

친군데, 할 수 있으면 도와줘야지.

식탁에 둘러앉아 막걸리를 마셨다. 상미는 시들해진 부추를 꺼내 부추전을 만들었다. 양파도 잘게 썰어 넣었다. 그동안 아스파탐 없는 막걸리 얘기가 나왔고 무슨 마을을 검색하기도 하며 서로의 잔에 막걸리를 채우고 비웠다. 중구가 아영에게 본다이비치에 가본 적이 있느냐고 물었고 높은 파도로 서핑하기에 꽤 좋은 곳이라는 대답을 들었다. 언젠가 호주에 오게 된다면

페리 선착장인 서큘러 키에 데리고 가겠다고 아영이 말하며 시드니만이 펼쳐진 그곳에서는 호주의 랜드마크인 오페라하우스와 아름다운 하버브리지를 한눈에 전망할 수 있다고 했다. 대화하는 내내 상미는 체크무늬 바지를 입고 있는 아영이 고단하고 더 말라 보인다고 느꼈다.

너, 살 좀 쩌야겠다.

지금이 좋아. 살찌면 무거워.

바지의 허리춤에 있는 고무줄을 끌어 올리며 아영이 대꾸하고는 무표정한 얼굴로 막걸리를 비웠다. 중구는 비워진 술잔에 막걸리를 가득 채웠다.

얘 옛날에도 말랐었어.

중구가 아는 척을 했다.

그랬니? 너, 중학교 땐 통통했잖아?

상미가 의아한 듯 아영을 바라보며 물었다.

그랬나? 중학교 땐 키가 좀 컸지.

너, 옛날 사진 보면 볼살이 많아. 앨범 있는데 보여줄까?

일어서려는 상미를 아영이 붙들어 앉혔다.

아니야. 됐어.

거리 예술가들의 버스킹을 흔하게 볼 수 있는 선착장 거리를 얘기하다 문득 아영이 초등학교를 떠올린 듯 말했다.

난 어릴 때 생각하면 중구 엄마가 생각나. 언젠가 학교에 오셨어. 그치? 정말 미인이셨는데. 이미지가 마치 뮤지션 같았어. 아이들 사이에서 영화배우라는 소문이 돌만큼 유명했는데. 너 기억나? 지금 애들 말로 하면 여신이었지.

중구는 자신의 엄마가 친구들에게 영화배우 소리를 들었고 배우 아들로 잠깐 소문이 났었다고 말하며 추억이라도 되는 양 입을 쫙 벌리고 활짝 웃었다.

어머니가 여신이었다고?

엄마 그 후에는 눈치가 보여서 학교에 못 왔어. 애들이 실망할까 봐. 예쁜 줄 알았는데 다시 보니 아니구나. 애들이 틀림없이 그럴 거라고 걱정하면서.

중구가 키득거리며 말했다. 그러셨구나. 귀여우시다. 아영의 말이 끝나기도 전에 상미가 말을 이었다.

하여간 어머님은 걱정이 많아. 한 소심하시거든.

막걸리를 마시고는 입가를 문지르던 상미가 뭔가 떠오른 얼굴로 입을 열었다.

그렇게 소심하면서도 어머니는 사람 진심을 몰라. 저번 명절에 무슨 일이 있었는지 알아?

상미가 어렵사리 무슨 이야기인가를 시작하려고 하는데 아영이 다른 얘기를 꺼냈다.

애 인기 많았어. 어릴 땐 중구가 정말 잘생겼었거든. 쌍꺼풀은 없는데 큰 눈이 매력이었지. 지금은 좀 상했지만.

하려던 얘기를 상미는 이어서 하고 싶었지만, 잘생겼다는 말에 고개를 젓다가 상했다는 말에 수긍하는 듯 목을 긁적이는 중구를 보면서 입을 다물었다.

너, 참 남자 친구는?

문득 생각났다는 투로 아영에게 물었다.

같이 나오려고 했는데 일이 바빠서.

그 남자는 싱글이야?

계획적인 건 아니었는데 아영이 언젠가 유부남이라도 만났던 것처럼 물었다. 그러고는 대뜸 일어나 주방으로 갔다. 말소리만 날 뿐, 아영의 대답은 상미가 냉동고에서 얼음을 꺼내는 소리 때문에 잘 들리지 않았다. 얼음을 컵에 담아왔다. 친구들을 통해 아영이 요즘 만나는 남자가 재력가라는 소문을 들었지만, 그 부분은 아는 체하지 않았다.

결혼해야지?

결혼? 한 번 해봤으면 됐지. 뭘 또 해.

그래도 그게 아니지.

상미는 아영에게 묻고 싶었다. 이혼하고 얼마나 힘들었는지를, 그전에 이혼은 도대체 왜 한 거냐고, 참을 만큼 참아보지 그랬냐고. 그런 대화여야 친구 사이가 온전해지는 기분이었고 아영의 솔직한 대답에 자신의 마음도 진솔할 수 있을 거라는 생각이 들었다. 말을 고르고 있는 사이 아영이 막걸리잔을 들어 중구와 건배했다.

옛날얘기 하니까 재밌다. 중구야 너, 나 때문에 선생님한테 혼났던 거 기억나? 나 대신 말이야.

그런 일이 있었나? 아, 어렴풋이 기억나는 것 같다.

중구 참 용감했어. 내가 잘못한 걸 자기가 그랬다고 말했거든. 그때 얼마나 고마웠는지.

둘만의 은밀한 비밀이라도 되는 양 아영이 아련한 표정으로 중구를 바라봤다. 상미는 막걸리를 꿀꺽꿀꺽 마셨다. 열린 창밖으로 앞 동 아파트의 불빛이 카드 섹션처럼 나타났다, 사라지고 다시 나타났다. 그 너머 펼쳐져 있는 잡초 무성한 맹지는 깜깜했다. 상미가 고개를 돌렸다.

아영아, 나 있지. 네가 중구, 중구, 남편 이름을 대놓고 자꾸 부르니까 기분이 별로 좋지 않아.

시선을 막걸리잔에 둔 채 상미가 말했다.

어머 내가 그랬구나. 미안해. 오래간만에 보니 반가워서 그랬어. 사과할게.

얼굴은 물론 귀까지 붉어진 아영이 말했다.

중구야, 우리 이혼할까? 유행은 지났지만, 졸혼은 어때? 젊은 부부도 졸혼할 수 있잖아.

막걸리를 연거푸 두 잔 비우고 상미가 중구의 어깨에 머리를 기대며 물었다.

뭐라고? 당신 취했어?

중구가 당황스러운 얼굴로 어깨를 움직여 상미의 얼굴을 떼어냈다.

이혼하고 동거는 어때?

상미야 왜 그래? 그러지 마. 내가 미안하잖아.

아영이 중구와 상미를 번갈아 바라보며 물었다.

너희 무슨 문제 있어?

난 당신에 대해 아는 게 없잖아. 추억도 없고. 지금까지 살아오면서 당신 나 때문에 용감해본 적 있어? 나 대신 혼나본 적 있냐고. 말해봐.

상미가 중구의 얼굴 가까이 다가갔다. 아영이 바라보자 중구가 난감한 얼굴로 어깨를 으쓱해 보였다.

당신 나 어릴 적 모습 알아? 모르지? 나도 당신에 대해 모르는 게 너무 많네.

상미가 자세를 고쳐 앉으며 아영을 바라봤다. 손등으로 턱을 괴고 있다가 테이블에 머리를 기대며 나지막이 중얼거렸다.

나는 이 사람 좆밖에 몰라. 그리고 이 남자 앉아서 소변본다. 아영아 너 그건 모르지?

술이 덜 깬 상미가 일어나 보니 중구는 출근한 모양인지 보이지 않았다. 주방으로 나가 물을 한 잔 마셨다. 밤새 열려있던 창문 앞에 얼룩덜룩한 행주가 바람에 너울거리고 있었다. 어느 날 아영이 상미가 사는 2층에 찾아왔다. 중학교 2학년이 되면서 아영과 반이 달라져 함께 등교하는 날이 드물었다. 한집에 살면서도 얼굴을 보지 못하는 날이 점점 많아졌는데 그날 상미는 주방 겸 마당으로 쓰고 있는 수돗가에 앉아 속옷을 빨고 있었다. 아영이 문을 벌컥 열고는 한동안 상미를 바라보았다. 비누통에는 쓰던 비누 조각을 모아 넣어둔 살색 스타킹이 수세미처럼 들어있고 수도꼭지에는 초록색 고무파이프가 물을 뿜는 코끼리 코처럼 들려있었다. 그러고 보니 아영이 상미의 집에 올라온 건 처음이었다. 아영아, 웬일이야? 무슨 일 있어? 어, 이거. 필독도서. 한 권 빌려달라고 했잖아. 난 알 수 없는 내 영혼을 위해서 닭고기 수프를 읽고 있어. 그리고 이거. 아영이 책과 같이 건넨 건 치킨 쿠폰과 피자 쿠폰이었다. 아영은 이쁜 표정으로 해맑게 웃고 있었다. 상미는 받아 들긴 했지만 고맙다는 말을 할 수 없었다. 아영이 집으로 돌아간 후, 상미는 쪽문으로 들어온 햇살에 더 도드라져 보이는 행주의 얼룩을 바라보고 있다가 싱크대 위에 놓인 『작은 날개 달린 새』라는 책 제목을 읽었다.

원두커피 없어?

세수를 말끔하게 하고 식탁에 앉은 아영에게 믹스커피를 들어 보였다.

이거밖에 없는데.

그럼, 그냥 물 줘.

간밤에 아영은 상미와 달리 깨지 않고 잔 모양이었다.

속 괜찮아? 어젯밤에 너 많이 취했었어.

너무 많이 마셨나 봐. 기억이 하나도 안 나. 속은 괜찮은데.

상미는 어렴풋이 떠오르는 장면을 머릿속에서 밀어내며 컵에 보리차를 따랐다. 가방을 가져와 주섬주섬 뭔가를 찾던 아영이 식탁 위에 비로드 주머니를 꺼냈다. 리본 매듭을 풀어 안에 든 비닐을 꺼내고 그 안에 있는 주머니를 조심스럽게 들었다. 무슨 의식을 행하는 것처럼 돌돌 말려있는 것을 천천히 풀었다. 그리고 무언가를 꺼내 비로드 주머니 위에 올려놓았다.

흑진주야.

흑진주?

아는 사람이 호주에서 취급하는 건데 내가 좀 갖고 왔어.

상미는 손바닥을 쓸어 식탁보의 주름을 펴며 신기한 물건을 보듯 바라봤다.

애들 다 몇 개씩 샀거든. 너한테만 안 보여준 것 같아서 마음에 걸리더라. 요즘 흑진주 사기 어려워.

자신의 집에 온 이유가 미안함이었을까. 궁금해하며 상미는 가만히 흑진주를 바라보았다.

흑진주는 알 크기하고 색깔이 중요해. 나비 조개에서 채취한 진주야. 검은 조개여야 이렇게 일곱 가지의 아름다운 무지갯빛이 날 수 있어. 이 색깔 좀 봐봐. 예쁘지.

예쁘네.

근데 참 신기하지. 천연 산물로 이런 게 만들어진다는 게 말이야.

분비물이지 뭐.

그렇게 표현하니까 이상하다야. 아무튼, 흑진주는 보통 진주보다 가격이 높아. 나도 사실 물건이 많지 않아서 친한 사람한테만 보여주는 거야.

진주로 재테크도 할 수 있나?

상미의 말에 아영이 조금 웃었다.

너답다. 물론 재산이 될 수는 있지만 무슨 진주 몇 개로 재테크를 하니? 하지만 이건 인공적으로 착색한 게 아니라서 수량이 적으니까 희소성이 있어. 가치가 있을 거야.

상미가 한참 동안 진주알을 만지작거렸다.

이거 하나 줘.

할머니 건강은 어떠셔? 여전하시지?

전용 수건으로 진주를 정성스레 닦으며 아영이 물었다.

건강하신 편이야. 노인네 엄청 바빠.

진주의 의미는 부와 건강을 뜻해. 하나 사드려.

이게 어울리겠니?

아영이 갑자기 소리 내어 웃었다. 어울리겠냐고 물은 건 상미
였지만, 웃는 아영에게 서운한 마음이 들었다. 뼈대만 남은 유
모차를 끌고 다니는 할머니의 마디 굵은 손가락이 떠올랐다.

진주는 조개의 암 덩어리야. 조개는 살기 위해 조개 패로 암
덩어리를 감싸는데 그게 진주가 되는 거래, 건강한 조개에서 부
가 생기는 거라고 할 수 있어. 그러니까 부와 건강을 상징하는
거지.

이건 얼마야?

상미는 알이 제법 큰 진주를 들었다.

좀 비싼데.

이거까지 두 개 줘.

이만한 가격에 살 수 없는 물건이야. 진짜 잘 사는 거야.

아영은 전용 수건을 뒤집어 흑진주를 감싸더니 부드럽게 닦았
다. 이런 물건 사게 해줘서 고맙다는 말이라도 하려다 상미는

조용히 있었다.

근데 너, 어제 술 취해서 옛날 무슨 쿠폰 얘기하던데. 우리 싸웠었어? 너, 그때 너무 슬펐다고 하더라. 나 때문이야?

네가 준 쿠폰 있지. 치킨 한 마리를 주는 게 아니라 웨지감자를 서비스로 주는 쿠폰이었어. 다른 건 피자를 반값에 주는 쿠폰이었고. 이렇게 말하려다 상미는 책 이야기를 꺼냈다. 네가 치킨 쿠폰이랑 같이 준 책 있잖아. 『작은 날개 달린 새』 네가 내게 빌려준 필독 도서, 그 책 이야기를 하려고 했나 보다. 재밌게 읽었거든.

그랬구나. 기억나지는 않지만 재밌게 읽었다니 좋다.

아영이 예의 그 이쁜 표정으로 해맑게 웃었다. 어떤 이야기를 빠뜨린 게 아닐까. 너무 감동적인 책이라 너에게 빌려준 거야. 그 새는 작은 날개로도 힘차게 창공을 날았어. 뭉클했어. 상미는 이런 말들을 기다렸던 것 같다. 그 새는 날았을까. 작은 날개라서 더 빨리 더 세차게 움직여야 했던 그 새는 날아올랐을까. 상미도 웃어 보이다가 이제 그 이야기는 그만하자는 식으로 손목을 손등 쪽으로 꺾으며 날파리를 쫓듯이 흔들었다.

아영아, 우리 여신 시어머니도 드리게 이 진주 하나 더 포장해 줘. 보증서도 들어있지?

상미는 진주 하나를 손바닥에 올렸다. 못난 것. 쓸모없는 것.

그 당시 상미는 자신이 가진 못난 것들만 생각했다. 작은 날개가 달린 새는 날 수가 없었다. 커다란 몸에 달린 작은 날개는 불필요한 것으로 보일 뿐이었는데도 그 새는 날갯죽지에서 피가 나도록 나는 연습을 했다. 어미 새를 원망하거나 큰 날개 달린 새를 향해 분노하지 않았다. 책장을 덮어버린 까닭에 그 새가 날게 되었는지 상미는 알 수 없었다. 날지 못하는 이유가 작은 날개 때문인지 커다란 몸 때문인지를 생각하다가 하필 그런 내용의 책을 빌려준 아영에게 서운함을 느꼈고 마음이 뾰족해진 채 상미는 영혼을 위해 따뜻한 글을 읽고 있는 아영을 부러워했다.

흑진주가 담긴 자주색의 비로드 주머니 세 개가 화장대 위에 생뚱맞게 놓여있었다. 아영이 가고 난 후 상미의 기분은 곤죽이 되었다. 통장에 있는 돈과 적금을 깨서 인희 빌려주고 남은 돈과 약간의 카드 현금 서비스를 해서 아영에게 진주 값으로 줘야 했다. 사고 싶지 않다고, 필요 없다고 말할걸. 실컷 망설이고 고민해볼걸. 상미는 자신의 머리를 쥐어박았다. 충동구매와 마찬가지라는 생각이 들자 아영이 멍청 비용이란 단어를 발음할 때의 표정이 생각났다. 상미의 생각엔 누군가의 앞에서 고민하는 모습을 보여줄 수 있는 것도 삶의 여유였다. 바람에 이삿짐 먼지가 일어나던 그날의 아영의 모습이 떠올랐다. 뭐 해? 벌컥 문을 열고 눈을 동그랗게 뜨던 아영이의 표정. 아주 오래전에 있었던 지난 일 정도 재미있게 말하며 웃어넘길걸. 사소한 일일 뿐인데. 이런저런 기억을 떠올리던 상미에게 중구의 귀가를 알리는 벨 소리가 들렸다.

아영이는?

갔어.

고생이 심했나 봐. 얼굴이 안돼 보이던데.

중구의 말에 상미는 대꾸하지 않고 식사를 서둘렀다. 문구점 그만해야겠어. 언젠가 말하고 중구는 공인중개사 사무소에 다녔다. 자격증을 소지한 선배가 차린 그곳의 간판은 투자 컨설팅이었다. 전문 지식은 별로 없었지만 남을 위하는 마음은 각별했으므로 중구는 이따금 집 매매를 성사시켰다. 상미는 오징어와 조갯살을 넣고 순두부찌개를 팔팔 끓였다.

밤 11시가 넘은 시각 아영에게서 전화가 왔다.

괜찮아? 다친 데는 없어?

상미가 큰 소리로 물었다.

나 어떡해. 아영의 울먹이는 목소리가 수화기 너머에서 들렸다. 진주를 잃어버렸어. 그거 팔아야 하는데. 아영이 소리 내어 울기 시작했다.

지금 너 어디야? 택시 타고 우리 집으로 얼른 와. 올 수 있겠어? 아님, 내가 갈까?

상미가 수화기에 대고 소리를 질렀다.

누가 가방을 훔쳐 갔나 봐. 경찰서에 사건 접수는 한 모양이야.

곁에 다가와 걱정스러운 눈길로 바라보는 중구에게 말했다. 주섬주섬 옷을 입으며 상미는 묘한 죄책감을 느꼈다. 자존심 상하기 싫어 선심 쓰듯 진주를 펼쳐 보이던 고단한 아영의 모습이 아른거렸다. 중구와 택시비를 챙겨 들고 아파트 주차장으로 내려갔다. 사거리에서 우회전한 택시 한 대가 아파트로 들어오고 있었다. 문이 열리고 매가리 하나 없이 하얘진 아영이 택시에서 내리려다 휘청거렸다.

괜찮아? 어디 다친 데는 없어?

상미가 기사에게 택시비를 건네는 사이, 중구가 먼저 아영에게 다가갔다. 그러고는 두 손을 뻗어 아영의 어깨를 감싸 잡았다.

좀 힘들어.

아영이 고개를 끄덕이며 기운 없이 대답했다. 중구는 아영의 등을 몇 차례 토닥거리더니 환자를 부축할 때처럼 아영의 한쪽 겨드랑이에 손을 끼고 마치 길 안내를 하듯 집으로 데려가고 있었다. 얼마나 놀랐을까 염려하는 중구의 행동은 감동적이긴 했으나 상미는 저녁에 먹은 순두부가 몽글몽글 올라오는 듯 갑갑한 느낌이었다. 어려움에 처한 친구잖아. 상미가 중얼거리며 택시 기사에게서 받은 거스름돈을 손에 들고 아영과 중구의 뒷모습을 바라봤다. 남편의 머리가 저렇게 컸던가. 중구의 뒤통수를 물끄러미 쳐다보았다. 그때 옆으로 차 한 대가 빠르게 지나갔다. 벤. 차의 뒤꽁무니를 바라보며 떠올리려 했으나 기억할 수 없었다. 벤, 뭐였지. 그 옷 브랜드는 또 뭐였지. 로베까발리. 아니 좀 더 길었고 입에 착 감겼었는데. 로또까발리니. 아닌데. 벤타리. 로베또꼴리니. 이상한데. 상미가 중얼거렸다.

여보 뭐해? 중구가 뒤를 돌아보며 물었다. 상미는 아영과 중구에게 달려갔다.* 인생은 묘한 거야. 한 치 앞의 일도 알 수 없으니 말이야. 그런 생각을 하면서.

---

* 기 드 모파상, 「목걸이」(1884)의 문장을 인용했다.

작가의 말

사람 살아가는 이야기

『사소한 일』을 쓰면서 사소한 일에 관해 생각했다. 가벼운 일. 시들해진 일. 보잘것없는 일. 자질구레한 일들. 소설을 쓰는 내 내 그러한 일을 염두에 두었다. 퇴고 후 읽어보니 막상 소설 속에서는 그런 일이 없었다. 말 한마디, 행동 하나, 마음가짐이나 눈에 보이는 것마저도 사소하지 않았다. 아귀가 맞게 모든 것에 영향을 주고 있었으므로 사소하다고 말할 수 없었다.

얼굴도 예뻐. 얼굴은 예뻐. 아직도 사랑해. 아직은 사랑해. 잘 못 쓴 조사 하나가 사소할 수 있을까. 잘 지내냐고 일상적으로 건네는 안부 인사가 아픈 환자거나 외로운 사람에게는 사소한 인사라고 말할 수 있을지. 아주 오랜만에 따뜻한 날을 보내게 될지도 모르겠다. 누군가는 사소한 일 때문에 용감하게 나서기도 하고 열 받아서 욕지거리하기도 하고 불평불만에 심지어 인신공격까지 한다. 주변에서도 심심치 않게 보아왔다. 어쩌면 우리가 사소한 일이라고 말하는 건 그렇게 여기자고 결심하거나 그 정도의 일에 흔들리지 않겠다고 마음먹은 일이었는지도 모른다.

상미가 동창 모임에 나가 친구들의 면모를 보며 느끼는 감정과 누군가 돈을 빌려달라는 말에 자신이 빌려주겠다고 선뜻 나선 일은 어디에서 비롯된 것일까. 어린 시절 친구로부터 받은, 치킨이 아니라 웨지감자를 서비스로 주는 쿠폰 때문이었을까. 하필이면 코끼리 코처럼 들려있는 초록 파이프 아래서 속옷을 빨고 있을 때 친구가 찾아왔기 때문일까. 책을 건네는 친구의 예쁜 미소와 그 친구가 빌려준 책의 제목도 무관하지 않을 것이다.

기 드 모파상의 『목걸이』는 인간의 욕망을 이야기한다고 설명한다. 하지만 나는 욕망으로 읽히지 않았다. 루아젤 부인은 목걸이를 잃어버렸다고 왜 말하지 못했을까. 재산을 저당 잡히고 고리대금에 사채까지 거래하면서 같은 목걸이를 사서 주려고만 했지 포레스티에 부인에게 솔직하게 말하려고는 하지 않았다. 작가의 의도를 떠나 사실을 고백하는 일이 왜 그렇게도 어려운 일이었는지 나는 의아하게 생각되었다. 잃어버렸다고 말하고 그 후 열심히 일해서 갚을 수도 있었을 텐데. 그건 자신이 어떻게든 해보려는, 마땅히 그래야 한다는 정직성 때문일 수도 있지만, 사실은 겹겹이 쌓인 수많은 경험에서 비롯되었을 거라는 생각이 들었다. 자신의 부주의를 시인하고 털어놓을 수 없는 것. 자신의 잘못을 말할 때 머리를 조아리고 말투에 신경 쓰며 상대의 마음을 헤아리는 일이 무엇보다 우선시되어야 하는데 그 공손함이 어려운 일은 아니었을까. 그건 큰 용기가 필요한 일일 테니까.

『사소한 일』에서 선심 쓰듯 흑진주를 파는 아영도 없는 형편에 흑진주를 세 개나 사는 상미도 자신의 고단함을 말하지 않는다. 그들은 어떤 일이 벌어질지 한 치 앞을 알지 못했다. 자신을 내보이며 진솔하게 말할 수 없는 것. 그 마음의 실마리가 되어줄 '그것'에 관해 써보고 싶었다. 사실 '그것'의 꼬투리를 잡는 일은 정말 사소한 일처럼 느껴졌으나 결국 사람 살아가는 이야기를 담은 듯하여 나는 『사소한 일』이 조금은 마음에 들었다.

2015년 제15회 평사리문학상에서 단편 「마스카라」로 대상을, 2016년 경북일보 문학대전에서 단편 「남태평양에는 쿠로마구로가 산다」로 대상을 받았다. 박경리 작가를 기리기 위한 '평사리문학상' 대상을 수상한 소설가 9명의 단편소설 9편을 담은 소설집 「카페인 랩소디」를 함께 썼다.

선을 지키는 일

조미해

드물게 자신감으로 충만할 때가 있다. 잘 아는 분야에 대한 질문을 받게 되거나 평소 장점이라고 여기는 부분을 발휘할 기회를 얻었을 때, 혹은 결점이라고 생각했던 부분을 완벽하게 지웠다고 느꼈을 때가 그렇다.

그날 역시 뜸하게 찾아오는 그런 날 중의 하나였다. 나는 검정 블라우스 위에 푸른색 실크 스카프를 두르고 거울을 봤다. 어깨까지 오는 블루블랙 염색모와 잘 어울렸다. 퇴근하고 집으로 온 진규가 누나 머리 잘랐어? 하고 다그치듯 물었다.

—여보, 오늘은 크리스마스이브예요. 제게 다정하게 대해주세

요. 머리카락은 당신을 위해 팔았어요.

내가 눈을 찡긋해 보이자 진규가 머리카락을 잘라 마련한 선물을 달라고 졸랐다. 나는 잠깐 망설이다 방으로 가서 상자를 들고나와 진규 손 위에 올려주었다.

—서, 설마, 시곗줄은 아니겠지요?

상자를 풀며 진규가 과장되게 말을 더듬었다. 그는 상자에서 버건디색 머플러를 꺼내 목에 둘렀다. 잘 어울렸다. 나는 검정색 롱 코트를 걸치고 검정색 롱부츠까지 갖춰 신고 다시 현관 거울을 봤다. 머리를 잘라서인지 내 나이보다 다섯 살 이상은 어려 보였다.

—유라 씨네도 가는 거지?

현관문을 나서며 내가 물었다.

—한 차로 가면 좋은데, 조금 늦는다네.

진규의 목소리에서 아쉬움이 묻어났다. 진규는 오래전부터 고등학교 친구 몇몇과 모임을 하고 있었다. 이번 크리스마스 파티에 유라 씨네도 초대받았다. 유라 씨 남편 정민은 진규의 고등학교 친구이다. 친한 사이가 아니어서 고등학교를 졸업한 뒤 따로 연락한 적이 없던 진규와 정민은 유라 씨네가 이사 오고 거의 한 달이나 지나서야 인사를 나누게 되었다. 우리가 1002호 유라 씨네가 1003호. 고등학교 동창과 옆집에 살게 되는 경우는 흔한 일이 아니다. 진규는 정민과 마음을 터놓고 지내는 것 같지는 않았으나 유라 씨에게는 퍽 좋은 인상을 받은 듯했다.

송이 씨네로 향하는 내내 짓다 만 아파트 건물들 위로 서있는 크레인이 눈에 띄었다. 목적지가 가까워오자 알록달록 반짝이는 불빛들이 눈길을 사로잡기 시작했다. 나는 창틈으로 새어드는 캐럴을 따라 흥얼거렸다. 주말 저녁이었다. 정확히 말하면 크리스마스이브였고, 크리스마스 파티를 하자는 것이어서 살짝 흥분이 되기도 했다.

—누나 오늘 기분 아주 좋아 보이는데?

진규는 자주 누나라는 호칭으로 나를 불렀다.

—말조심해. 친구들 앞에서 그렇게 부르지 말고.

진규를 흘겨봤다. 결혼 전 연애할 때부터 누나, 라고 부르지 말라고 했는데도 진규는 좀처럼 호칭을 바꾸지 못했다. 몇 번 주의를 듣고서 많이 줄긴 했으나 어느 순간에는 불쑥 누나라고 불러 나를 당황하게 했다.

시어른들은 진규가 내게 누나라고 호칭하는 것을 좋아하지 않았다. 진규와 결혼 얘기가 오갈 때도 내 나이가 진규보다 많은 것을 문제 삼았다. 게다가 진규 친구들의 와이프인 유라 씨나 송이 씨 그리고 이준의 여자 친구인 지유 씨까지 모두 진규보다 어렸다. 나는 그들 틈에서 가장 나이가 많은 사람이었고 그것이

나를 주눅 들게 했다.

—누나가 머리카락을 잘랐다 해도 당신을 향한 내 마음을 바꿀 수는 없을 거요. 자, 이 상자를 풀어봐요.

차가 신호를 받고 멈춘 틈을 타 진규가 리본이 달린 상자를 내밀며 장난스럽게 말했다. 상자에는 명품 로고가 박힌 은색의 스카프 링이 들어있었다.

—머리를 잘랐으니 보석이 달린 머리핀 세트는 필요치 않을 것 같아서 스카프 링으로 준비했어. 지금 매고 있는 스카프에 하면 예쁠 거야.

진규는 머리칼을 자른 것을 두고 짓궂게 놀리고 있었다. 나는 목에 두르고 있던 스카프를 링에 끼웠다. 같은 브랜드의 스카프와 링은 처음부터 한 쌍이었던 것처럼 조화로웠다. 마음에 들었다. 콧노래가 절로 나왔다.

송이 씨가 살고 있다는 노을마을이 보이기 시작했을 때는 이름 그대로 노을이 지고 있는 광경을 고스란히 볼 수 있었다. 호수와 맞닿은 하늘은 주홍빛으로 물들었으나 아직 입주하지 않은 집들이 많아 아파트는 군데군데 검은 구멍이 난 것처럼 보였다. 인터폰을 누르며 복도 창밖을 내다보았다. 그새 내려앉은 어둠으로 창밖 풍경은 거무스름한 덩어리로 다가왔다. 거울이 되어버린 창에 내 모습이 비쳤다. 집을 나설 때의 자신감이 고스란히 되살아났다. 그때였다. 오셨어요? 하는 목소리에 돌아보니 송이 씨가 아니라 유라 씨가 주인장처럼 현관문 앞에 서서 우리를 반겼다. 예의 그 애교가 섞인 밝은 목소리로 환하게 웃고 있는 유라 씨는 검정 블라우스에 푸른 빛깔의 실크 스카프를 하고 있었다. 내 목에 두른 것과 같은 브랜드의 똑같은 제품이었다.

―늦는다고 안 했어?

나는 날 선 목소리로 물었다. 진규가 나를 쳐다보며 손을 잡아 끄는 사이 어쩌다 보니 일찍 오게 되었어요, 하고 유라 씨가 대수롭지 않게 대답했다. 기분이 순식간에 나빠졌다. 나는 감정을 티내지 않으려고 억지로 입꼬리를 살짝 올리고 현관에 발을 들여놓았다. 송이 씨가 인사를 하고는 나와 유라 씨를 훑어 내렸다.

―언니랑 유라 씨랑 똑같은 스카프에 똑같은 블라우스를 입고. 저만 빼고 두 사람이 맞춰 입고 온 거는 아니죠? 언니와 유라 씨가 한 아파트 산다는 건 알았는데 취향까지 똑같은 줄은 몰랐어요.

송이 씨가 장난스럽게 말했으나 자신감은 유라 씨를 보는 순간 이미 사라졌다. 나는 흘끔흘끔 다른 사람들을 곁눈질하며 자리에 앉았다.

배달 음식이 한 상 가득 차려져 있었다. 양장피 해물누룽지 고추잡채 족발과 쟁반국수 치킨 피자 샐러드. 여덟 명이 먹기에는 많은 양이었다. 뭘 좋아할지 모르겠어서요. 송이 씨는 교자상에 음식들을 늘어놓으며 말했다.

—이준 씨는요?

가져온 요리오 세 병을 송이 씨에게 건네며 물었다. 송이 씨가 쭈뼛거리더니 작은 목소리로 이준 씨는 오늘 오지 못한다고 했다.

—글쎄, 오늘 인사시키기로 한 그 여친께서 갑자기 아프시다네요. 언니 오시기 바로 전에 연락을 했더라니까요.

미리 연락을 하지 않아 음식이 남게 생겼다며 송이 씨는 볼멘소리를 했다. 조금 김이 새긴 했지만 유라 씨를 보니 다행이라는 마음도 없지 않았다. 처음 소개받는 사람 앞에서 같은 옷차림을 한 유라 씨와 비교당할 것을 생각하니 아찔했다.

송이 씨 남편 주완이 와인을 내왔다. 내가 준비해온 것과 같은 것이었다.

—요리오네요.

뭔가 일이 꼬이는 느낌이었다.

*

나는 지금 이웃의 그녀와 마주 앉아있다. 그러니까 그녀는 유라 씨네가 이사 가고 새로 온 이웃이다. 동갑인 이웃의 그녀와 나는 똑같은 옷을 입고 마주 앉아 오디오에서 흘러나오는 캐럴을 들으며 만찬을 즐기고 있다.

눈이라도 내릴 것 같은 흐릿한 날이다. 식탁에는 미리 세팅해 놓은 양초 캔들의 불꽃 심지가 일렁이며 옅은 그림자를 만들어 낸다. 오늘의 주요리는 스테이크가 들어간 카르보나라다. 곁들임 음식으로는 연어샐러드가 있고 비트로 물들인 무피클과 초록색의 오이피클이 크리스마스 장식품처럼 세팅되어 있다.

그녀는 잔을 흔들어 와인 향을 음미한다. 파스타를 한 입 먹고 와인으로 조금 입을 축인다. 그녀에게 '요리오'를 좋아한다고 말한 적이 있다. 무심코 던진 말이었으나 그녀는 흘려듣지 않고 병에 빨간색 리본을 단 요리오를 들고 와 오늘은 크리스마스이브니까 트리가 콘셉트야, 했다. 올리브색 원피스를 입고 생기발랄하게 웃고 있는 그녀는 상큼한 라임 같다.

"자기는 영양사라 그런지 요리를 잘해."

그녀는 스테이크가 들어간 카르보나라를 포크로 돌돌 말아 입에 넣는다.

"이거, 출생지가 어딘지 알아?"

나는 요리오를 가리키며 묻는다. 그녀는 대답 대신 요리오를 마시며 내가 만든 파스타와 연어샐러드를 연신 집어 먹는다. 파스타를 한 입 먹고 요리오를 한 모금 홀짝거리고 샐러드를 한 입 먹고 요리오를 한 모금 마시는 식이다. 자연스럽게 흘러내리는 물결 펌 단발머리를 한 그녀의 입술은 적갈색으로 물들어있다.

"이탈리아 아부르초 지방에서 생산된 거래."

나는 스스로 묻고 답한다.

"학교 다닐 때 장화 모양의 지도라고 배웠잖아. 발목 위, 장딴지 근육 바로 아래쯤이 아부르초 지방이야."

내 말에 그녀가 키득거린다.

"장딴지 근육이라니. 이거 너무 디테일한 거 아냐."

그녀가 손까지 내젓는다. 나도 그녀를 따라 웃는다.

"근데 어딜 봐서 장화 모양이지? 이렇게 굽이 높은 장화가 있나? 내 눈에는 중세 귀족들이 신고 다니던 부츠 같은데 말이야."

그런 거 같다며 그녀가 맞장구친다.

"그러니까 자기는 작년 크리스마스이브에도 요리오를 마셨다는 말이네. 그 얘기 계속해봐. 근데 어느 지점에서 화가 났나? 유라 씨가 자기보다 먼저 송이 씨네 가 있던 거? 똑같은 스카프를 매고 있던 거? 그것도 아니라면 자기랑 같이 요리오를 선물로 사 들고 간 거?"

그녀는 정말로 궁금하다는 듯 고개를 갸우뚱거린다. 의문을 풀려면 그 이전의 일들부터 이야기해야 할 것 같다.

"작년 시아버님 생신날 유라 씨가 우리 집 초인종을 눌렀어."

특별한 일은 아니었으나 뜬금없는 방문이었다. 유라 씨는 시간이 날 때마다 우리 집 초인종을 눌렀고 나는 유라 씨와 시시콜콜한 이야기를 나누고는 했다. 옆집에 사는 유라 씨는 나와 친해지고 싶어 했고 나도 그런 유라 씨를 밀어낼 이유가 없었다. 하지만 그날은 달랐다. 시부모님이 오신다는 걸 알고 있을 텐데 불쑥 방문한 유라 씨가 불편했다.

내가 근무하는 초등학교 점심 급식이 끝나고 뒷정리를 하고 있을 때 유라 씨로부터 오후에 집으로 놀러 오겠다는 카톡 메시지가 왔다. 시부 생신이라 외식을 하고 나서 시어른이 우리 집에 방문할 예정이라고 했다. 아쉬워하는 이모티콘과 함께 어젯밤 미리 케이크까지 사다 냉장고에 넣어뒀다는 카톡을 보냈다. 그랬기에 나는 현관문 앞에 서 있는 유라 씨를 보며 대뜸 무슨 일이냐고 물었다.

—어른들께 인사드리고 싶어서요.

유라 씨는 생글생글 웃는 얼굴로 집 안에 발을 들여놓았다. 유라 씨를 본 진규가 반색하며 고등학교 동창 정민의 아내라고 소개했다. 시부모의 시선이 유라 씨에게 쏠렸다. 유라 씨는 톤이 높은 목소리로 아버님 생신 축하드려요, 말하고는 케이크 상자를 내밀었다. 특유의 상냥함과 붙임성이 느껴졌다. 시어머니가 자리를 마련해주었고 진규도 기분이 좋은지 유라 씨를 보며 크게 고개를 끄덕였다. 유라 씨는 자신이 사온 고구마케이크에 초를 꽂으며 아직 촛불 안 끄셨죠? 하고 물었다. 몇 살인데 이렇게 앳되고 예쁘냐며 시어머니가 사랑스러워 죽겠다는 표정으로 유라 씨를 보았다. 초에 불이 붙자 유라 씨가 생일 축하합니다, 하고 선창을 했다. 나는 그 틈에 끼어 앉아 어색하게 손뼉을 치며 노래를 따라 불렀다. 내가 아니라 유라 씨가 집주인 같았다. 노래가 끝나자 시아버지가 촛불을 껐다. 이상하게 그 촛불과 함께 내 기분도 확 꺼져버린 것 같았다. 뭔가 깜깜했고 그래서 답답했다.

시부모와 유라 씨가 가고 진규만 남게 되었을 때 유라 씨의 오늘 행동은 좀 지나쳤다며 불평을 늘어놓았다. 진규는 귀찮다는 표정으로 뭐가 문젠데? 했다. 마치 예민하게 굴지 마, 하고 말하는 것 같았다. 이런 날 집에 불쑥 찾아오는 것이 문제라는 내 말에 그럴 수도 있지 않느냐고, 부모님이 좋아하시지 않았느냐고 진규가 대꾸했다.

—내가 사다 놓았다고 했는데도 굳이 케이크를 사 들고 오는 그 심보는?

나는 날카로워지고 있는 감정을 감추기라도 하려는 듯 얼른 냉장고로 가 케이크를 꺼내 진규에게 보여주었다. 더 말하지 않아도 내가 얼마나 당황스러웠을지 충분히 짐작할 수 있을 것이라고 생각했다.

─그게 뭐? 그리고 누나가 뭘 잘 모르는 것 같아서 하는 말인데 우리 엄마 아빠는 생크림케이크보다 유라 씨가 사온 고구마 케이크를 더 좋아해.

진규는 내 눈치를 슬쩍 살피기는 했지만 나를 이해하기는커녕 비난하고 있다는 느낌을 지울 수 없었다. 그래서 유라 씨와 주고받은 카톡 문자를 진규에게 보여주었다.

─깜빡했을 수도 있잖아. 그런 것도 이해 못 해? 얼추 열 살이나 많으면 왕언니뻘인데.

그런 거였니? 엉망이 된 내 기분 따위는 무시하고, 어른이니까 나이가 많으니까 참으라고? 그게 어디 깜빡할 일인가. 작정한 거지. 내가 예민하고 까칠하다고? 이게 네 일이라고 생각해 봐. 정말 그렇게 말할 수 있는지. 누르려고 애쓰는 데도 자꾸 감정이 삐져나왔다.

그때부터였을 것이다. 유라 씨를 다른 사람과 함께 있는 자리에서 만나는 게 꺼려졌다.

*

"이상하게 자기를 보고 있으면 유라 씨가 생각나."

그녀는 이해한다는 표정으로 고개를 끄덕인다.

"그럴 테지. 그이가 살던 집에 내가 살고 있으니까."

지난 월요일은 결혼 후 두 번째로 맞는 시아버지 생신이었다. 쇼핑을 가자는 그녀에게 시부 생신임을 알렸다. 다음 날 그녀는 혼자서 쇼핑을 다녀왔다며 내게 선물 상자를 내밀었다. 상자에는 올리브색 니트 원피스가 얌전하게 개켜있었다. 어제 수고했어. 이건 내가 자기에게 주는 크리스마스 선물. 내 거랑 같은 걸로 샀으니까 크리스마스이브에 우리 이거 입고 파티해. 그녀가 다정한 목소리로 말했다. 진규도 알아주지 않는 노고를 그녀가 치하하니 조금 쑥스러우면서도 기뻤다. 나는 그녀의 그런 세심한 배려를 좋아한다. 친밀하되 적당한 거리감을 유지하는 그녀에게 믿음이 생긴다.

나는 와인을 한 모금 삼킨다. 술기운이 돈다. 그래서인지 평소에는 별로 하지 않던 얘기를 술술 풀어놓고 있다. 어쩌면 그녀에 대한 믿음이 입을 열게 하는지도 모르겠다.

"유라 씨가 말백 한 병을 들고 집으로 찾아온 적이 있어."

시아버지 생일 다음 날 나는 전화를 걸어 유라 씨 때문에 망쳐

버린 기분에 대해 말했다. 케이크 사다 놓았다는 내 말을 깜빡했다고 유라 씨는 변명했다. 나한테 잘 보이고 싶은 마음이 커서 그만 실수를 하였노라고. 말의 앞뒤가 맞지 않음은 차치하고서라도 유라 씨 말을 곧이곧대로 믿는다고 해도 문제였다. 자신의 기분이 우선인 사람, 남의 입장 같은 건 안중에도 없는 사람이라는 뜻이었으니까. 나는 여전히 유라 씨 보기가 껄끄러웠고 유라 씨 역시 마찬가지일 것이라고 여겼다. 그러니 이렇게 찾아온 유라 씨가 이해되지 않았다. 나는 시큰둥하게 유라 씨를 맞았다. 언니 와인 좋아하시잖아요. 충분히 친절하고 다정한, 유라 씨 특유의 애교 섞인 어투를 듣고서도 경계심은 쉽게 풀리지 않았다. 유라 씨는 턱밑까지 얼굴을 들이대며 언니 제가 잘못했어요, 하고 장난스럽게 말했다. 나는 그만 풋, 하고 웃었다. 어, 웃었다. 언니 용서해주는 거예요? 보조개가 들어가도록 환하게 웃으며 내 팔짱을 끼는 유라 씨를 보니 언제 그랬냐 싶게 경계했던 마음이 스르르 녹아버렸다.

유라 씨가 사온 와인을 나눠 마셨다. 한 병을 다 마시고 났을 때 유라 씨 옷에 얼룩덜룩한 와인 자국이 나 있는 걸 발견했다.

—우리 한 병 더 할까? 송이 씨네 집들이 선물 준비하면서 몇 병 더 사다 놓은 거 있는데.

고까웠던 마음이 풀렸다. 나는 선심을 쓰듯 보관해둔 요리오한 병을 꺼내 와 따라주었다. 요리오를 마신 유라 씨는 자신의 입맛에는 말백이 더 낫다고 했다.

─근데 언니 이번 결혼기념일 선물로 뭘 받았어요?

유라 씨가 물었다. 나는 잠깐 망설였다. 하지만 생글생글 웃고 있는 유라 씨의 얼굴을 보고는 스카프를 꺼내 보여주었다. 예쁘다. 유라 씨는 스카프를 목에 두르고는 거울 앞에 섰다. 볼이 통통하고 하얀 피부의 유라 씨를 돋보이게 했다. 그것을 아는지 유라 씨는 거울을 보며 흐뭇한 표정을 짓고 있었다. 송이 씨네 갈 때 하려고. 내 말에 유라 씨는 어떤 옷을 입고 갈 것이냐고 물었고 나는 작년에 장만한 검정 블라우스를 꺼내와 스카프와 함께 코디해서 보여주었다. 유라 씨는 내 안목을 칭찬했고 나는 괜히 으쓱해졌다.

"왜 그랬는지는 생각해본 적 있어?"

내 눈을 똑바로 주시하며 묻는 그녀의 볼이 발그레하다.

"글쎄? 나를 좋아해서 따라 했다고 고백한 적은 있지만……."

내 말에 그녀가 빙그레 웃는다. 상대에 대한 배려가 깃든 웃음이다.

"예전에 나도 그런 적이 있었어."

그녀가 말한다. 그런 적? 나는 그녀가 하는 말의 의미를 알아채지 못해 물끄러미 쳐다본다.

"결혼 전이었어. 아마도 유라 씨와 비슷한 나이였을 거야."

그녀는 전문대학을 졸업하고 여행사에 취직했다. 첫 직장 생활이라 힘은 들어도 일은 재미있었다. 그녀의 업무는 주로 대마도 여행 상품을 개발하는 일이었다. 그때가 막 대마도 붐이 일기 시작하던 때였다. 여행지에 가서 사람들이 좋아할 만한 데를 찾고 숙소를 잡고 동선을 체크하고 시간을 재어보는 일이었다. 그녀는 함께 일하는 동료들이 좋았다. 말이 동료지 사실은 그녀보다 먼저 입사한 선배들이었다. 그녀는 선배가 봤다는 영화를 보고 선배가 먹었다는 음식을 먹었고 선배가 다닌다는 미용실을 다녔다. 그날은 점심을 함께 먹고 퇴근을 하고는 다시 뭉쳐서 술을 마셨다. 그날 술자리에서 선배는 자신이 만나고 있는 애인과 헤어져야 할지 말지를 고민했다. 부쩍 감정이 어긋나는 것 같다고 선배는 말했다. 그녀는 안타까움을 금치 못했다. 언젠가 동료들과 함께 모인 술자리에 선배는 애인을 불러냈고 다들 그의 훈훈한 외모뿐 아니라 선배를 챙기는 다정다감한 면모를 무척 부러워했던 터여서 더욱 그랬다.

술에 취한 선배가 화장실에 간 사이 동료들은 선배의 애인을 흉보기 시작했다. 나쁜 새끼니 변심을 했느니 마느니 하면서. 그러다 결국에는 선배의 흉까지 보았다. 남자 하나 제대로 간수

하지 못해서 저런다고. 더 듣고 있을 수가 없어 그녀가 불쑥 말했다. 선배의 애인은 좋은 사람 같더라고. 사람들이 동그랗게 눈을 뜨고 어떻게 아느냐고 물었고 그녀는 얼마 전 선배를 찾아온 그를 우연히 만났다고 말했다. 그는 선배가 출장 간 줄 모르고 회사로 찾아왔다가 허탕을 치고 돌아가는 길이었다. 그녀가 보기에 그는 선배와의 사이에 생긴 틈을 메꾸기 위해 몹시 애쓰는 것처럼 보였다. 선한 사람이었고 얼마나 선배를 생각하는지 느껴졌다.

"그런데 그게 문제가 된 거야. 내 의도와 상관없이 나는 선배의 애인을 몰래 만난 나쁜 사람이 되어있었어. 그래서 따돌림을 당했고."

그녀가 선배를 따라 하더니 결국에는 애인을 빼앗으려는 계획이었다고 사람들이 수군거렸다. 그녀는 회사를 그만두었다. 한참 시간이 지난 뒤에 그녀를 따돌렸던 동료에게서 잘 지내냐고 묻는 문자가 왔다.

"왜, 그때는 막 카톡이 나오기 시작했을 때라 주로 문자로 연락 주고받았잖아. 잘못 연락하셨다고 나는 그런 사람이 아니라고 했어."

그녀의 표정은 한마디로 정의하기 어렵다.

"그때는 정말 그 선배를 좋아했거든. 잘 지내고 싶었고 그래서 뭐든 따라 하고 싶기도 했어."

그녀의 말이 귀에 와서 박힌다. 좋아해서 뭐든 따라 하고 싶었다는 그 말. 변명이나 빈말이 아닐 수도 있는 그 말. 그래서 그녀는 내게 똑같은 옷을 선물하고, 데칼코마니처럼 마주 앉아있고 싶은 것인지도.

*

"그래서 그 파티는 어떻게 됐어?"

그녀의 물음에 나는 요리오를 입에 넣고 굴리다가 삼킨다. 입안 가득 와인의 풍미가 느껴진다.

"그날 바닥이 불편하다는 이유로 여자들은 식탁으로 자리를 옮겼어."

그녀는 진지한 표정으로 내 말을 듣고 있다. 이쯤에서 이야기를 그만두고 싶지만 자꾸 다음 말을 잇게 된다.

"검정 블라우스를 입고 해맑은 얼굴로 웃고 있는 유라 씨 옆에 앉을 수가 없어서 나는 송이 씨 옆으로 가서 앉았어."

코트 안 벗어요? 송이 씨가 물었다. 나는 코트를 벗어야 할지 말아야 할지 몇 번이나 망설였다. 입고 있는 것도 벗고 있는 것도 우스울 게 뻔했다. 결국 나는 송이 씨의 부추김에 코트를 벗었는데 검정 블라우스를 입고 유라 씨와 마주 앉은 꼴이 되었다.

　―우와, 같은 옷 다른 느낌!

　거실에 있던 주완이 이쪽을 보며 장난스럽게 말했다. 빛이 나는 유라 씨와 비교되는 것 같아 부끄러웠다. 아니에요. 색깔만 비슷하지 디자인은 달라요. 유라 씨가 내 눈치를 보며 대답했다.

　나는 말없이 와인 잔을 기울였다. 진규는 지금 어떤 일이 벌어지고 있는지 전혀 이해하지 못한 듯했다. 분양가가 얼마인지를 궁금해했고 어떻게 이런 좋은 집을 장만했느냐고 대체 비결이 뭐냐고 물으며 집 구석구석을 돌아다녔다. 나 역시 이곳에 오기 전까지는 그런 것들이 궁금했다. 올해 갓 초임 교사가 된 주완이나 송이 씨의 힘만으로 이런 집에 신혼살림을 꾸린다는 것은 불가능해 보였다. 하지만 지금 나의 관심을 끄는 것은 오직 유라 씨뿐이었다. 똑같은 스카프를 매고 비슷한 블라우스를 입고 와서 내 앞에 앉아있는 유라 씨.

　―송이 씨 부모님이 송이 씨에게 준 선물.

　자랑스러움으로 번들거리는 주완의 목소리가 내 생각을 뚫고 들어왔다. 몹시 부럽다는 듯 진규는 콜라가 담긴 잔을 주완과 정민의 술잔에 부딪치며 입맛을 다셨다.

　그때 유라 씨가 우리도 건배하자며 잔을 부딪쳐왔다. 눈이 마주쳤다. 나는 얼른 거실 쪽으로 고개를 돌렸다. 남자들은 자신들이 지나왔던 과거 어느 한때를 공유하며 웃었다. 유라 씨 남편 정민은 썩 어울리지 못하고 조용히 와인이 아닌 맥주를 들이켰다.

—같은 교사지, 나이는 어리지, 처가는 능력 있지.

이번에도 눈치 없이 진규가 목소리를 높였다.

—에이, 어리기로 따지면 유라 씨지.

주완이 대꾸했다. 그러니까 정확히 말하면 그때의 나는 유라 씨보다 여덟 살이 많았고 송이 씨보다는 여섯 살 그리고 서른인 진규와 그의 친구들보다 세 살이 많았다.

진규가 은밀한 목소리로 어린 신부랑 사는 느낌이 어떠냐고 묻자 정민은 쑥스러운 듯 고개를 저었다. 좋다는 것인지 싫다는 것인지 알 수 없는 몸짓이었다. 거실 창 너머에는 대형 트리가 뿜어내는 빛이 쏟아져 들어왔다. 나는 머금고 있던 요리오를 천천히 삼켰다.

잔뜩 기대한 크리스마스 파티였다. 기분을 내고 싶었다. 준비해온 와인을 나누어 마시며, 자신이 골라온 와인에 대한 이야기를 나누기로 했었다. 기분 좋게 와인에 취할 수 있을 거라는 기대가 있었다. 하지만 뭔가 꼬일 대로 꼬여 엉망이 되고 있다는 느낌을 지울 수 없었다.

그날, 송이 씨네 집들이에서 와인을 세 잔이나 마시면서도 맛을 전혀 느끼지 못했다. 처음 입 안에 들어왔을 때의 들척지근한 맛을, 삼킬 때의 아릿한 떨림을. 내가 요리오를 좋아하는 까닭은 그런 느낌 때문이었다. 한마디로 그것은 기분 좋은 무게감이다. 그날은 무슨 맛인지도 모르면서 그냥 마셨다. 그래서 되도록 천천히 마시려고 애썼고 남들 앞에서 내 기분을 드러내지 않으려고 버둥댔다.

　―유라 씨 이거 좋아해요?

　평소답지 않게 나는 존대까지 하며 예의 바르게 물었다. 유라 씨가 고개를 끄덕였다.

　―이름이 마음에 들어요.

　유라 씨는 내가 따라준 와인을 한 모금 마셨다.

　―저번에도 말했지만 한국인들이 가장 사랑하는 와인이래요. 당도는 낮지만 다소 높은 산도를 지닌 와인으로 깊은 맛을 느낄 수 있어요. 어때요? 입맛에 맞아요?

　내 물음에 유라 씨는 다시 고개를 끄덕였다. '거짓말을 하는구나.' 그런 생각이 들자 가슴에서 뜨거운 불덩이 하나가 불끈 치밀어 올랐다. 나는 침을 삼키듯 불덩이를 꾹꾹 눌러 삼켰다.

　―아니지. 유라 씨는 말백 좋아하잖아. 지난번에 내가 SNS에 말백 사진 올렸을 때 유라 씨가 그랬잖아요. 심플한 디자인에 길고 갸름한 병 모양이 마음에 든다고. 달콤한 과일 향과 조화를

이룬다는 설명에 자신이 딱 좋아하는 맛이라는 글도 남겼잖아요. '좋아요'도 누르고. 그 뒤 우리 집 올 때 말백 사와서 마셨잖아. 요리오보다 유라 씨 입맛엔 말백이 더 낫다면서 말이야. 맞다, 이 스카프도 아주 마음에 든다고 우리 집에서 목에 두르기도 했잖아요. 근데 암만 봐도 유라 씨한테 잘 어울리긴 하네.

입술을 물들이며 목울대를 타고 넘어가던 그 붉은 액체 때문이었을까. 긴장이 풀어지는 게 느껴졌고 어른이고 나발이고 그딴 게 무슨 소용인가, 싶었다. 유라 씨 앞에 아슬아슬하게 놓인 와인 잔이 보였다. 나는 음식을 집는 척하며 그것을 슬쩍 밀었다. 와인이 쏟아지며 유라 씨 블라우스를 적셨다. 콧소리 섞인 목소리로 종알대며 환하게 웃던 유라 씨가 꽉 다문 입술을 씰룩이고 있었다.

—어머 미안해요, 유라 씨.

나는 흘린 와인을 닦으며 말했다. 유라 씨의 얼굴이 점점 붉어지고 있었다. 그 모습이 우스꽝스러웠고 나는 그 시간을 좀 더 즐기고 싶었다. 그래서 와인이 묻은 휴지로 유라 씨의 스카프를 닦았다. 물기를 머금은 실크 스카프가 우글쭈글해졌다.

—아이씨, 지금 뭐 하는 거예요?

유라 씨가 얼굴을 험악하게 일그러뜨리며 내 손을 세게 쳐냈다. 송이 씨네에 있던 사람들이 나와 유라 씨를 보고 있었다. 손이 엇나가 와인을 쏟았다며 나는 거듭 사과했다. 이게 뭐냐고, 오늘 처음 입은 블라우스와 스카프 못 쓰게 생겼다고 유라 씨는 짜증 가득한 목소리로 징징거리며 마른 휴지로 와인을 벅벅 닦아냈다. 신경질적인 손놀림이었다. 망가진 블라우스와 스카프 외에는 아무것도 보이지 않는 것처럼. 진규가 달려와 자신의 머플러를 유라 씨 목에 둘러줬다. 검정 블라우스와 버건디색 머플러가 멋스럽게 어우러졌다.

　—누나, 왜 그래? 좋은 날 왜 분위기 망치고 그러냐고!

　진규가 씩씩대며 내 손목을 잡아끌었다.

　—그렇게 부르지 말랬잖아!

　나는 유라 씨 목에 있는 머플러에서 눈을 떼지 않으며 아랫입술을 꽉 깨물고는 진규만 들을 수 있게 조용히 말했다.

　그날 나는 진규의 손에 끌려 송이 씨의 집을 나왔다. 바깥바람이 찼다. 지하 주차장을 빠져나오니 송이 씨네 아파트 정문이었다. 헤드라이트 불빛 위로 소용돌이치고 있는 진눈깨비가 대형 트리 언저리를 어지러이 맴돌고 있었다.

　—정말 이러기야?

　운전석에 앉은 진규가 버럭 화를 냈다.

　—너야말로 어떻게 그럴 수 있어?

　진규가 무슨 말을 하는지 이해할 수 없다는 얼굴로 나를 쳐다봤다. 자신의 잘못을 전혀 알아채지 못하는 진규의 모습을 보니 더 화가 났다.

―머플러.

그제야 진규가 알겠다는 듯한 표정을 지었다.

―누나 때문이잖아. 그럼 어떡해?

―나 때문이라고?

―친구들 앞에서 유치하게 꼭 그렇게 했어야 했냐고, 창피하게.

내 말에 진규가 길게 한숨을 내쉬더니 일부러 유라 씨 옷에 와인 쏟고 스카프 망쳐놓은 거잖아, 그러니 내 머플러라도 줄 수밖에, 라고 했다. 그렇지 않다고 항변하면서도 마음이 개운하지 않았다. 후회가 되었다. 결혼 후 처음으로 맞이한 크리스마스를 기념해 준비한 선물을 유라 씨에게 빼앗겨버린 기분이었다.

한 번도 아니고, 유라 씨가 여러 번 나를 골탕 먹이는 걸 진규는 목격했다. 다른 사람은 몰라도 적어도 진규만은 내 편이어야 했다. 하지만 나는 입을 다물었다. 너무 피곤했다. 다른 사람들 눈에 똑같은 옷으로 보이는 비슷한 모양의 검정 블라우스를 입고 마주 앉아있는 일은 고된 일이었다. 의자에 몸을 기대니 정신이 가물가물해지면서 자꾸 눈이 감겼다. 휘황찬란한 불빛 속으로 진눈깨비는 여전히 흩날리고 있었고 나의 크리스마스이브는 그렇게 저물고 있었다.

*

짧은 시간을 함께 보낸 유라 씨는 많은 흔적을 남겼다. 그 후 약간의 변화가 내게 있었다. 나는 더 이상 검정 블라우스를 입지 않으며 진규가 결혼기념일 선물로 준 스카프를 매지 않는다. 그러니 스카프 링을 할 일도 없다. 와인 코너 앞에서 '말백'을 지나쳐 가고 SNS에 소소한 일상을 올리지도 않는다. 마구잡이로 초인종을 누르는 사람을 경계하고 일정한 선을 지키려고 노력한다. 그로 인해 진규와 내가 서로에게 준 크리스마스 선물은 쓸모를 잃어버렸다.

*

휴대폰 벨이 울린다. 그리고 곧 여보세요, 하고 그녀가 혀 꼬부라진 소리로 말한다. 그녀의 남편인 모양이다. 잔이 비어있다. 나는 잠깐 망설이다 와인을 따른다. 어느새 통화를 끝낸 그녀가 잔을 흔든다. 유리잔에 적갈색의 무늬가 나타났다가 사라진다.

"괜찮겠어?"

내가 묻고 그녀는 끄떡없다고 대답한다.

"벌써 남편 퇴근했다는 건 아니지?"

"한 시간 후에 도착한대."

그녀는 와인 향을 음미한다.

"와인 맛 어때?" 하는 내 물음에 그녀는 "달지는 않지만 시큼한 것이 아주 깊은 맛이 느껴져." 하고 대답한다. 그녀는 요리오를 홀짝이다 올리브색 니트 원피스에 흘린다. 물티슈로 닦아내 보지만 자국이 그대로 남는다. 평소에 알던 그녀 같지 않다. 순간 내 앞에 앉아있는 그녀가 유라 씨와 겹쳐 보인다. 나는 그녀에게 주방 세제를 내민다. 식탁 의자에서 일어서는 그녀가 비틀거린다. 취한 것 같은데 괜찮은 거냐고 내가 묻고 그녀는 손을 저으며 싱크대 앞에 서서 얼룩을 지워낸다.

"이렇게 묵직하고 우아한 와인이 말이야."

식탁에 앉아 냅킨을 두른 그녀가 자신의 원피스에 희미하게 남아있는 적갈색 얼룩을 가리킨다.

"목으로 넘어갈 때 우아한 맛을 내는 이것이 목이 아닌 다른 곳에 자리 잡으면 이렇게 보기 흉한 얼룩이 되네."

오늘 보니 스물다섯이던 지난해의 유라 씨가 서른넷 지금의 그녀가 된 것 같다.

"지금부터가 진짜야."

가볍게 시작한 이야기였다. 적당한 선을 유지할 줄 아는 그녀가 유라 씨와는 다르다고, 그래서 내가 그녀를 좋아한다고 말하고 싶었을 뿐이다. 배려는 그런 것이라고. 상대가 불편하게 생각하지 않을 선을 지키는 것이라고 말이다.

"크리스마스 파티가 있던 며칠 뒤 유라 씨 부부와 해맞이 여행 계획이 있었어."

두어 달 전에 어렵게 예약한 곳이었다. 아침 7시에 지하 주차장에서 만나 함께 출발하기로 한 유라 씨네가 나타나지 않았다. 대신 유라 씨한테서 카톡 메시지가 왔다. 감기가 심해서 가지 못할 것 같다고, 잘 다녀오라는 문자였다. 진규와 나는 예정대로 출발했다. 펜션에 짐을 풀고 바닷가를 거닐고 회를 먹었다. 그날 밤 유라 씨한테서 카톡 메시지가 왔다.

'그날, 제게 왜 그러셨어요?'

그 짧은 문장으로 내 기분은 완전히 망가졌다. 왜 그랬냐고? 정말 몰라서 묻는 것일까. 아니면 모든 잘못이 나에게 있다고 믿는 것일까. 무례했다. 갑작스럽게 약속을 취소한 것으로도 모자라 새해맞이 여행을 온 사람에게 그날을 상기시키는 이런 카톡을 보내다니.

다음 날 새벽에 일어나 바닷가에 진을 치고 있는 사람들 사이에 끼어 앉아 해가 떠오르는 걸 보자마자 집으로 돌아왔다. 지루하고 피곤한 데다 한없이 찜찜한 여행이었다.

집에 와 한숨 낮잠을 자고 일어났을 때는 저녁 무렵이었다. 슈퍼에 들러 반찬거리나 사올까 하고 엘리베이터 앞에 섰을 때 유라 씨 집 현관문 열리는 소리가 났다. 유라 씨를 만나면 어떻게 처신해야 할까, 잠시 고민이 되었다. 발걸음 소리가 등 뒤에 와서 멈추었다. 뒤돌아보았을 때 트레이닝복을 입은 여자가 나를 보고 웃었다. 처음 보는 얼굴이었다. 어제 1003호로 이사를 왔다며 여자가 인사를 했다. 나는 믿기지 않아 여자에게 호수를 다시 물었다. 1003호. 여자가 말했다. 머리끝이 찌릿찌릿했다. 나는 슈퍼에 가려던 발걸음을 돌려 집으로 들어와 유라 씨에게 전화를 걸었다. 받지 않았다. 문자를 남기려고 유라 씨 계정으로 들어갔다. 버건디색의 머플러를 두르고 거울 앞에 앉아 셀카를 찍는 모습의 유라 씨가 프로필사진으로 올라와 있었다. 나는 스멀스멀 끓어오르는 감정을 꾹 누르고 메시지를 남겼다. '몸 아픈 건 괜찮은 거야?' 유라 씨는 카톡을 읽지 않았다. '유라 씨 주려고 마카롱 사왔는데.' 역시 읽지 않았다. 가슴이 두근거렸고 머리카락이 쭈뼛 섰다. 나는 다시 카톡에 문자를 남겼다.

'유라 씨는 자기가 아주 이기적이고 무례한 사람이라는 거 알고 있어?'

마지막 카톡을 보내놓고 나는 내내 들여다보고 있었다. 삼십 분 아니 한 시간쯤 흘렀나? 말풍선 옆의 숫자 1이 사라졌다. 유라 씨가 카톡을 읽었구나. 답 문자가 오기를 기다렸다. 유라 씨는 나에게 어떤 변명이라도 해야 한다고 생각했다. 나는 유라 씨의 카톡 계정을 한참이나 들여다보았다. 어느 순간 머플러를 두르고 있는 프로필사진이 사라지고, 돌려놓은 반달 모양 위에 작은 동그라미가 얹힌 사람 형상의 도형이 그림자처럼 남아있었다. 말로 표현하기에는 모호한 무언가가 가슴속을 둥둥 떠다녔다. 그것은 조미료처럼 들큼하고 밍밍하고 구역질이 나기도 하는 그런 것이었는데 어떻게 보면 미열로 들떠있는 기분 같기도 했다.

"유라 씨가 말도 없이 이사 가고 내가 바로 이사 온 거네. 그래서 그날 나를 보는 표정이 그랬던 거구나."

그녀는 눈을 게슴츠레하게 뜨고서 계속 얘기해보라는 듯 쳐다본다.

"유라 씨와의 관계는 이제 영영 풀 수 없는 숙제가 되어버린 거지. 연락조차 되지 않으니. 볼일 보고 뒤처리 안 하고 나온 것처럼 찜찜해."

내 말에 그녀의 얼굴이 짓궂게 씰룩거리더니 정말 찜찜하냐고 묻고 나서 도저히 참을 수 없다는 듯 큰 소리를 내며 웃는다. 뭐가 그렇게 좋은지 그녀는 여전히 싱글벙글한다.

"내가 그때 문자 잘못 보냈다고 답한 것도 그런 마음에서였어.

그렇게 다 털어버리게 하고 싶지는 않았거든."

이상하게 기분이…… 점점, 나빠진다.

"내가 말했나, 내 잘난 남편이 그때 그 선배의 애인이었다고?"

그녀는 선물 꾸러미를 펼쳐 보이듯 말하고는 내 반응을 살핀다. 놀란 나는 뒷말을 잇지 못한다. 그런 나를 보며 그녀는 손뼉까지 쳐가며 웃는다.

"결국은 그렇게 되어버렸어."

결국 웃음을 진정시킨 그녀는 자신의 원피스 얼룩을 손으로 매만진다.

"남들은 그게 얼룩이라고 말하지만 나는 그렇게 생각하지 않아. 설령 얼룩이면 또 어때. 남의 목으로 넘어가는 훌륭한 와인보다는 얼룩이라도 내 것이니까 괜찮아."

얼굴이 화끈 달아오른다. 처음 목격하게 되는 그녀의 모습 때문인지 술기운 탓인지 모르겠다. 나는 얼굴을 쓸어내리며 내가 우마니 론끼 요리오를 왜 좋아하는 줄 아느냐고 그녀에게 묻는다. 아니 나 스스로에게 묻는 말이다. 그녀가 와인 잔을 입으로 가져가다 말고 나를 멀뚱히 쳐다본다.

"선을 넘지 않는 적당한 거리감 때문이야. 이 요리오가 딱 그 정도의 거리감이지. 내가 작년 크리스마스 선물로 요리오를 고른 것도 그래서야. 선물로서 과하지도 부족하지도 않은, 즉 내

생활에 무리가 갈 정도여서도 안 되지만 남들에게 우습게 보여
도 안 되는 범위."

내가 생각하는 사람 사이의 거리감도 다르지 않다. 친밀하게
잘 지낼 필요는 있지만 지나쳐서 사생활을 침범할 정도면 곤란
하다. 하지만 오늘 나는 그 거리감을 또 한 번 유지하지 못했다
는 것을 알고 있다. 크리스마스 캐럴이 귓속을 파고든다. 결혼
후 맞는 두 번째 크리스마스까지 망쳐버렸다는 기분이 든다.

오 헨리 단편 「크리스마스 선물」 속 델라와 짐은 서로에게 최고의 선물을 주기 위해 자신의 소중한 머리칼과 시계를 판다. 하지만 그렇게 마련한 시곗줄과 머리핀은 안타깝게도 그들에겐 소용이 없는 물건이 되었다.

관계에 대한 생각.

사회성이라는 말로 규정지어지는 그것이 버거울 때가 있다. 나의 최선이 상대에게 가 닿지 못할 때의 서운함, 상대의 진심이 좀처럼 읽히지 않을 때의 조바심, 서로 다른 방향을 보고 있었다는 것을 깨달았을 때의 허탈함. 그런 것들이 관계에 대한 두려움으로 차곡차곡 쌓인다.

좋은 상대로 남을 수 있는 거리는 얼마 만큼일까? 과연 그런 거리는 존재하는 걸까?

이 소설은 그런 간격에 대한 이야기이다.

한 울타리 안에 가두어 '우리'를 만들어내기도 하지만 너와 나를, 우리와 그들을 나누고 경계짓기도 하는 선. 적당한 선이란 어떤 것인지, 어느 정도의 거리를 두어야 모두에게 선(善)이 되는 선(線)이 되는 것인지 나는 알지 못한다. 그럼에도 와인 '요리오' 처럼 적당한 거리감을 가지라고 말할 수밖에 없다.

해설

프랙탈적 서사, 변이의 기쁨

황유지(문학평론가)

    우리가 서로의 말을 귀담아듣지 않을 때가 있다면 그건 셰익스피어의 인물들이 상대방의 말을 흘려들었기 때문일지도 모른다. 이 말은 셰익스피어가 우리를 발명했다는[1] '진지한 농담'이다. 때로 문학은 문학 이상의 것임을 함축하며 한 작가를 '선배' 자리에 반복적으로 소환하는 일 그 영향력을 상기하는 이 말은 문학이 인간이라는 하나의 세계를 창조했음을 뜻한다. 이때 누구보다 셰익스피어의 영향 아래 놓인 이는 쓰는 인간, 작가라 할 수 있겠다. 자, 이제 셰익스피어에 괄호를 치고 저마다 마음에 품은 이름을 불러 앉혀보자. 우리의 작가들이 인간을 발명했다. 사람과 사람 사이의 관계, 그에 따른 응대와 표현, 의례와 의식에서부터 사랑과 분노 그리고 세계라는 타자의 존재에 이르기까지. 이는 재현이라는 문학적 수행이면서도 보여주기를 통해 일종의 미러링을 달성하는, 저변과 본질의 응시를 가능케 하는 효과적 전시이기도 하다. 휘슬러가 안개를 그리기 전에는 런던에 안개가 없었다는 오스카 와일드의 말도 이와 유사한 맥락에서 예술을 고지에 비끄러매 두지 않았나. 작가는 무엇을 쓰는가? 그 작품은 어떤 세계 속에서 탄생하고 말해지는가?

신비평이 그러하듯 작품과 작가의 천재성을 그 자체로만 읽어낼 수도 있겠으나 이는 이론의 가진 맹점이기도 한 바, 작가와 작품이 맥락과 관계 속에서 탄생함을 인정할 때 더군다나 '오마주'와 같은 작법은 의미를 확보한다. 오마주hommage, 이 존경의 포즈는 한국문학에서는 그 예가 흔치 않은데 이는 우리 근대 문학의 짧다면 짧을 수 있는 역사 속에서 직면하게 되는 개인의 윤리, 작품과 역사의 관계, 이때 작가에게 요청되곤 했던 정치적 올바름 등의 육중함과 그 앞에서 결코 자유롭지 못했던 우리 문학의 운명을 되짚어보게 한다. 제대로 된 정치, 역사적 반민족 행위에 대한 검열은 부재의 상태로 문학의 윤리와 결부되어 그 짐을 오롯이 문학계가 짊어지고 있는 것 또한 부정할 수는 없다. (친일문학과 그 작가에 관련한 논의와 같은 것이 무겁거나 부당하다는 의미가 아니다. 오히려 문학계의 자성적 반성과 움직임으로써 행해지는 청산의 과제에 정치·경제 등의 단죄는 묻어가는 형국이라는 점에서 문학계가 이 부분을 과잉 대표하는 것으로 문제가 갈음되어서는 안 된다는 것이다). 이런 과거사의 문제가 언제고 아퀴지어지지 못한 상태로 이른바 '선배 작가'를 오마주하기란 그 대상을 찾는 일조차 요원한 우리 문학 생태계를 괜스레 반성적으로 만들고 만다는 아쉬움을 짚기 위해 서두가 길어졌다.

그렇다면 이런 '영향'에 대해 작가는 어떤 태도를 취할 수 있을까? 작가가 한 작가 혹은 선배 작가들에게 영향을 받았음은 해석에 따라 다를 수 있겠지만 이 책에서는 오마주를 그 작법으로 삼는 만큼 이를 수용, 인정하는 경우로 한정해서 말하기로 하자. 이때 오마주가 존경 혹은 존중을 전제하고 있는 것처럼 그러한 태도, 즉 영향의 문제에 대한 검토가 선행되어야 할 것 같다.

해럴드 블룸은 선취한 선배들의 시에 대해 후속 세대가 짊어져야 할 필연적인 운명이 바로 영향에 대한 불안이며 그것의 극복을 통해 시는 갱신, 초월하며 또한 맥락 속에 놓인다는 관점에서 문학의 '관계'에 대한 시론을 쓴다.[2] 그에 따르면 영향을

---

1) 해럴드 블룸, 『영향에 대한 불안』, 양석원 옮김, 문학과지성사, 2012.
2) 같은 책. 여기서 '시'는 문학, 소설로 치환 가능하다.

받은 후배 작가의 창작은 몇 단계의 과정을 통과하거나 오간다. 그가 말한 '수정률'을 이 글에서 필요한 대로 가져와 개략하면 이렇다. 먼저 오독의 과정을 통해 선배의 시를 이탈하는 것이 시작점이다(이 단계가 가장 중요하다고 생각한다). 강한 오독일수록 좋다. 이탈로 비어있는 그 자리가 새로운 문학이 들어앉을 자리이기 때문이다. 다음은 테세라의 단계. 이 아름다운 단어는 인식의 표지로 사용하던 '도자기 파편'으로부터 흘러나왔다. 도자기의 파편들을 맞추어 하나의 전체 상을 맞추듯 선배의 시와 새로운 시는 대조적으로 놓임으로써 하나라는 전체를 전혀 새롭게 완성한다. 절단된 상태로 남아있던 선배의 시는 이제야 비로소 완성되는데, 이를 문학적 수사로 바꾸어 말하면 '제유'라 할 수 있다. 부분과 전체의 관계를 나타내는 제유에 영향의 관계를 겹쳐놓으면 미완성인 선배의 시가 부분, 새로운 결합으로 완성되는 시가 전체를 가리킨다. 그럴 때 테세라는 복원이고 재현으로 완성되는 것이다. 이후 선구자와의 단절과 악마화의 과정이 온다. 신에게 근접한 위대한 마음을 지닌 자로 거듭나는 일을 뜻하는 악마화란 선의 대립 개념으로 성립하지 않는다. 사람을 시인으로 만드는 힘을 가리켜 '악마적'이라 표현하지 않던가. 이제 은유의 단계를 거쳐 선구자를 필연적으로 왜소해지도록 밀어붙이며 지우는 일이 최후에 이루어진다. 영향을 받는 일은 종국에는 그를 극복하는 일이기도 한 것이다.

　이런 영향의 과정은 분할되거나 대단원을 향해서 달려가지 않고 순환하며 내재화하고 극복하고 딛고 서기를 반복한다. 나는 이 이론을 복제하여 우리의 오마주들을 분석할 생각은 없다. 이는 단지 영향에 대한 불안과 초월에 대한 부담, 막연함, 그 불편함과 오독에 대한 두려움을 마땅히 즐기며 저 과정을 넘나들었을 여섯 명의 작가들을 헤아리기 위한 작은 도구로써만 호출된다. 오마주의 시도는 창작자가 필연적으로 마주하게 되는 '영향'에 대한 당당한 맞부딪힘 그 긍정의 작법과 다양한 변이의 발생을 부추기는 실험이면서도 결코 기껍지만은 않을 도전이었을 것이다. 셰익스피어가 우리를 발명했다는 말에 뒤따르는 문장의 비밀은 섬뜩하게도, '그가 계속 우리를 구속하고 있다'이기 때문이다.

*

　레이먼드 카버의 소설 「별것 아닌 것 같지만, 도움이 되는 A Small, Good Thing」에서 계피 롤빵은 아이를 잃은 부부에게 빵집 남자가 내미는 위로의 한 조각이면서도 맹목적 슬픔에 갇힌 부부의 '귀를 열게' 하는 전환의 기술이기도 하다. 타인의 사정을 듣는 일, 그것이야말로 작지만^{a small}, 도움이 되는^{good thing} 일의 시작이면서 견딜 수 없는 아픔의 고립 상태로부터 잠시 이탈하는 마술적 시간이 열리는 순간이다. 여기서 기억할 것은, '귀를 연다'는 것과 '뭔가' 오간다는 것.

이를 쫓아가듯 작가는 술상을 차린다. 술은 낮술이고 날은 궂다. 마른 멸치에 김 등속을 놓고서 되는대로 에스프레소 잔에 부어 마시는 소주가 뭐 그리 특별하겠냐마는 이 소박한 술상은 사람들을 둘러앉게 하고 이야기를 풀게 하는 너른 테이블이 된다. 레이먼드 카버와 레이먼드 챈들러라는 두 작가를 보증인 삼고 있는 「레이먼드 레이먼드」에서 강이라는 대가의 강점을 적절하게 숨어 쓴다. 쇠락한 어촌 마을에 잠시 머무는 외지인인 입주 작가들과 폐쇄된 냉동창고의 음산함은 '냉동창고 위에서 떨어진 사람은 어디로 갔는가?'라는 심상찮은 수수께끼와 함께 소설의 분위기를 단박에 꾸려낸다. 뛰어내린 사람에 대한 후사 혹은 사인은 그리 중요치 않다. 결코 서사에 대한 실패를 뜻하지 않는 이 방식은 소설이 빚지고 있는 다른 레이먼드, 즉 챈들러에서 카버로 능숙하게 옮겨갈 뿐이다.

작가는 오마주 작업을 통하여 (이렇게 말할 수 있다면) '로컬'적인 것을 만들어낸다. 그것이야말로 이 소설이 '흉내 내기'를 벗어나는 지점이기도 한데, 「레이먼드 레이먼드」를 읽으며 우리는 저마다 여행에서 경유했던 해안가의 마을이나 흑백필름으로 찍은 영화의 배경을 떠올렸을 것이고, 빵집으로부터 흘러나오는 빵냄새며 조도마저 그려냈을 것이다. 그러니까 이 소설은 카버의 중핵이기도 한 '뭔가^{something}'를 만들어내고 있다. 하마터면 뒤따라 들어가 건너편 자리에 뭉개고 앉아서는 뒷이야기에 귀를 열 뻔했다. 속편을 듣지 않을 이유가 없지 않은가?

「사방」은 삶의 유리한 조건인 줄 알았던 것들이 사실은 죽음의 조건이었다는 서늘한 아이러니를 그저 허세로 삶을 일관하는 인물 삼대에 드리워놓는다. 사대부 출신도 사대문 안에서 떵떵거리고 산 것도 아닌 그저 그 근방에서 근근이 살다 촌으로 흘러들어온 조부는 근거 없는 허영심에 도취돼 안하무인으로 일관한다. 서류 위조로 아버지를 기어이 서기보의 자리에 앉히더니만 그것이 화근이 되어 아버지는 비참한 죽음을 맞는다. 그리고 마지막 삼대, 김개동은 세대의 악습을 유전으로 물려받기라도 한 듯 무능과 허영심, 출세욕까지 고루 갖추었다. 그러니까 이들은 대를 이어가며 자신들의 오마주를 생산하기도 한 셈. 그렇게 이들이 쌓아 올리는 '사방'은 그들의 '자리'에 대한 욕망의 울타리이기도 하다. 그러니 김개동의 불운은 사실 세대가 마련하고 이룩한 것이랄 수 있다. 허영과 허울로 쌓고 지킨 이들의 자리는 결국 허물어진다. 이 작품으로 바라보는 삶이란 우연보단 필연이고 그것은 저 무덤이 가문의 영채가 아닌 죽음의 원전임을, 이 또한 욕심이 '무리하게' 쌓아 올린 봉분임을 보여준다.

이 소설이 달성하고 있는 성취는 얼핏 작품 자체가 단말마와 같은 한 줄의 문장을 향해 달리다 내리꽂히는 「운수 좋은 날」의 서사 작법으로 보이면서도, 그 내부에 흐르는 선배 작가에 대항하는 '대조적' 줄기 그러니까 인물의 불운은 '어쩐지'에 담긴 운수라는 우연의 산물이 아니라 사실은 온갖 개연성의 연합으로 이룩되고 있다는 차별성의 구축에 있다. 그것은 한국사의 질곡 그 역사적 맥락을 비루하기 짝이 없는 인물 삼대에 겹쳐놓음으로써 역사의 권위가 결코 제출하지 않는 보통 사람들 때론 구지레한 인물들을 불러오는 일, 역사를 뒤밟으며 소란이 쓸고 간 자리를 챙겨 줍는 일 그것이야말로 소설이 역사와 구별되는 점임을 밝히며 소설의 사회적 기능을 표방하는 지점이기도 하다.

김도일의 이 소설은 그 핍진하고 궁핍한 '자리 없음'으로 인해 '자리 보전'에 집착적으로 매달리는 허름한 인물 군상을 내보이면서도 결코 도덕적이지 않은 악한을 주인공으로 내세움으로써 독자와 인물 간 거리를 벌리고 읽는 이로 하여금 그 패악을 응시하게 하여 삶의 냉정한 얼굴, 사방이 꽉 막힌 어떤 자리를 쓸어보게 하는 서늘함을 획득하는 데 성공한다.

주지하듯, 선배 작가 손창섭의 인물들은 '문제적'이다. 손창섭을 연구하는 이들이 흔히 쓰는 표현을 빌리자면 전쟁 이후의 세계는 그에게 가히 '동물적 세계'로 인식된다. 지금이야 '동물적'이란 단어가 인간의 반대 축에서 그 숭고를 떠받치는 타자성으로 결코 정의될 수 없지만 이전 시대는 소위 근대적 인간의 이상, 도저한 사유를 기반으로 하는 시민사회의 일원이라는 인간상이 철학사를 통해 굳건히 버티고 있던 때였다. 그리고 전쟁과 이후 생존의 장은 그야말로 이상적 인간상 따위 멀리 밀쳐놓으며 '산다는 것'을 '몸으로' 겪어내게 인간을 종용하던 가히 비정의 세계였던 것이다.

조영한의 「나와 당신의 머나먼 이야기」는 이런 손창섭을 오마주한다. 주인공 '생(生)'[3]은 과거 감옥에서 청년이 비역당하는 것을 보고도, 도움을 청하는 그 눈빛을 보고도, 그가 자살을 기도하는 것을 알고도 외면했다는 사실과 함께 그때의 경험을 소설로 써내어 명성을 얻었다는 것에 대한 죄의식에서 벗어나지 못한다. 침묵하고 도망치는 삶, 숙고하느라 행동하지 못하는 삶의 방식은 반복적으로 인물에게 자기모멸을 심는다. 거기에 더해 늙고 병든 육체는 제 손으로 밥을 뜰 수도 몸을 씻을 수도 없을뿐더러 용변조차 처리하지 못해 숨 쉬는 순간이 온통 치욕이다. 사는 것이 욕되다는 것, 이런 죄의식은 손창섭이 '권력에의

---

3) 손창섭은 종전의 소설에 대한 반항을 담아 유독 인물명만 한자로 표기했다. 인물을 중심으로 소설을 읽게 하는 이 점을 참고해 인물의 이름 '생'은 한자를 병기해 구분하였다.

의지'와 '자기 보존의 의지'를 바탕으로 자연 상태로 살아가는 인물들에게 무죄를 선언하면서도 유독 작가 자신의 페르소나일 인물에게만은 집요하게 망상적인 죄의식을 씌우는 것과 닮아 있다. 특히 조영한과 손창섭의 인물이 공유하는 바는 삶이 고통이라는 것, 살아있음이 죄라는 것이고 그러면서도 쉽게 행동하지 않는 무능과 그 원인이었을 무기력을 멍에처럼 둘러쓰고 있다는 점이다.

어쩌면 생, 그러니까 삶의 비밀은 그 자체로 욕되고 수치스러운 일면을 지니고 있다는데 있을지도 모른다. 그건 우리의 생이 대체로 무구한 채로 놓여져 있기 때문이다. 그러니 인물의 열패감은 사실은 삶이 작동한 데 대한 결괏값이 아니라 이미 주어진 인간의 조건일 수 있다. 그래서 생(生)은 '쓰는 자'인지도 모른다. 그를 끊임없이 괴롭히는 '문학적 패배'라는 인식 역시 어쩌면 원인으로 지목한 함구에 대한 대가가 아니라 끊임없이 회의해야 하는 자들의 숙명은 아닐는지.

조영한이 그려내는 생(生)의 인생은 작가가 전작에서 보여준 웅숭깊은 사유, 집요한 심리적 리얼리티와 '생의 오욕'이라는 주제를 관류한다. 이 작가는 그런 생의 면모에 대해, 진심이다. 인물들의 우울과 불행, 죄의식, 그런 채로 어쩌지 못하는 무능, 그래서 침묵하는 삶의 무기력함이 손창섭이라는 작가의 것이었

으리라 믿는 후대의 작가는 오마주라는 작업을 통해 한 조각을
이어 붙인다. 그야말로 테세라, 도자기의 파편이 제 짝을 찾듯
맞추어지는 소중한 순간이다.

*

「사소한 일」과 「선을 지키는 일」은 각각 기 드 모파상과 오 헨
리를 오마주하면서도 제목이나 여성 인물들 간 심리에 중심을
두는 서사, 신뢰할 수 없는 반동인물과 조력자의 설정 등에서
묘하게 포개진다.

동창회에서 만난 친구들의 사정은 상미에게 매끈한 그림처럼
아름답게만 보인다. 비싼 요리, 해외 의류 브랜드, 국내에 몇
대 없는 외제차, 골프 클럽과 해외의 지명들은 상미에게 낯설게
만 들린다. 상미는 주눅 드는 마음을 상쇄하고자 돈이 필요하다
는 친구에게 냉큼 응답하고 만다. 이천만 원을 빌려주려면 만기
가 두 달 남은 적금을 해약해야 하는 형편이면서도 그렇게 말한
것은, 쪼그라드는 자존심을 더는 버텨낼 수 없었기 때문이다.
그리고 그녀는 후회한다. 이후 상미의 집에 갑작스레 방문한 아
영은 고가의 흑진주를 내밀고 상미는 또 무리해서 그것을 산다.
상미의 아킬레스건은 아무래도 가난의 흔적이다. 상미는 셋방

살이를 하며 할머니 손에서 자랐고 주인집 딸이었던 아영의 그림자는 그녀에게 아직도 열등감으로 덮쳐온다. 아영과 대비되는 상미의 형편은 늘 속절없이 들키고 마는 것이어서, 조각난 비누를 모아 넣은 스타킹이 추레하게 놓인 수돗가에 쭈그리고 앉아 속옷을 빨던 때 느닷없이 아영이 들어와 책과 간식 쿠폰을 내밀던 풍경으로부터 상미는 당최 놓여나질 못하는 것이다.

유희란은 이들의 심리를 대단히 치밀하게 쫓으며 여성 인물의 자아 감각을 지배하는 가난의 흔적과 그래서 더 가장하는 여유에 대해 원작을 충실히 오마주하면서도 끝내 아영이 흑진주 주머니를 잃어버리는 사건을 삽입해 그를 남루한 처지로 몰아 상미의 속앓이를 중단시킨다. 상미는 결국 자신의 열등감을 아영의 실패로 치환하면서 어쭙잖게 자기 위안에 이른다. 그러니까 상미의 자아 극복 양상은 타자를 생성하며 이루어지는 임시방편적 자기기만에 가깝다. 이런 면들은 인물을 신뢰할 수 없게 만들면서도 가난이 아닌 그로 인한 상처를 얼룩 묻은 행주처럼 쥐고 있는 상미라는 캐릭터를 작동시키는 것이 다름 아닌 지극한 현실이라는 점에서 오묘한 지점에 가 닿는다.

조미해의 소설은 「크리스마스 선물」을 완전히 전복하여 사랑의 확인은커녕 의심과 불신의 장치로서 '크리스마스 선물'을 재서술해낸다. 잔뜩 기대한 부부 동반 크리스마스 파티에서 자신과 같은 옷, 같은 스카프 차림으로 똑같은 선물을 준비한 다정했던 이웃 유라에 대한 어지러운 감정은 적대감으로 응축되고 만다. 유라에게 와인을 쏟고, 남편은 그런 유라에게 내가 선물한 머플러를 둘러준다. 사랑이라는 아슬하고 위태한 자리와 이웃의 기묘한 우정과 신경전을 보여주며 파티의 들뜬 분위기 아래 깔린 비밀과 폭로의 불안을 그린 「선을 지키는 일」에서는 모든 이가 '선'을 넘는데, 그래서 소설은 줄곧 팽팽한 긴장으로 이어진다. 특히 '나'는 남편보다 연상이라는 점을 콤플렉스로 여겨 '어린' 이웃과 남편의 친구들, 그 부인들에 대해 자못 예민하다. 유라가 가버린 자리에 새로 이사 온 이웃이 오해를 받은 김에 선배의 애인과 결혼해버린 자신의 사정을 밝힐 때, 마치 '진짜' 비밀은 아직 말해지지 않았다는 듯 소설은 모든 인물을 되돌아보게 만든다. 인물은 선을 넘지 않으면 될 거라는 다소 안일한 마무리로 자신을 다독이는데, 이 결말로부터 독자의 의심은 다시금 시작된다. 내가 남편과 주고받은 크리스마스 선물은 전혀 다른 의미로 '사랑을 확인'하길 요청하고 있는 것이다.

유희란과 조미해의 소설은 열등감에 사로잡힌 여성 인물들을 내세워, 말하자면 기혼 여성들의 칙릿으로 스핀오프하고 있다는 점에서 또 하나의 장르를 기대하게 한다.

박지음의 따뜻함은 종종 위태로운 경계들을 향해 있곤 했다.

디아스포라, 정치적 쓸모에 의해 내몰아지고 다시 불필요에 의해 버려진 자들. 조국이 배신하고 이국이 배척한 사람들의 삶은 끝내 작가의 소설 속에서 되살려진다. 온갖 수모를 겪어내고 조국의 품으로 돌아오고 싶었던 것은 평범한 삶 그러니까 강간의 위협으로부터 놓여나 성실히 노동하는 로자의 삶, 곤궁한 삶 속에서 억눌려 왔던 자기 말하기를 글로 써내며 사는 기철의 삶이었다. 그것이 디아스포라의 숙명이라도 된다는 듯 한 번 자리를 잃은 사람들에게 원−자리란 영영 존재하지 않음을, 숱한 전쟁과 분쟁으로 또 가난과 삶을 위해 떠나고 쫓겨가는 사람들을 통해 보여준 현실의 증명처럼 로자와 기철의 꿈은 이룩되지 못한다.

참새가 외발로 열두 걸음을 가면 행운을, 그다음 걸음은 불운을 뜻한다는 러시아 민담을 중국 인민들의 삶과 정세에 관한 아포리즘으로 담아낸 모옌의 『열세 걸음』은, 「걸음」에 와서 러시아와 중국의 운명을 짊어지던 인물의 삶을 로자와 기철에게 각기 나누어 줌으로써 이들에게도 잠깐의 달콤한 순간을 선물한다. 그러나 결국 이들의 인생에 반전은 없고 남루한 마지막 식사를 끝으로 허물어져 가는 폐가에서 맞는 차가운 죽음만이 우리 곁에 여전히 남아있는 디아스포라의 (빈)자리를 일깨운다. 박지음이 써 내려간 비극적 세계관의 오마주는 외면하고 있는 우리의 일부에 대한 속죄와 함께 작가가 우리를 대신해 던지는 질문이다.

＊

오디세우스가 귀향길에서 만난 스킬라와 카리브디스, 이 두 괴물은 위험한 두 가지의 선택지를 가리킨다. 암초 위의 괴물과 소용돌이의 괴물 사이에서 당신은 어떤 선택을 할 것인가? 재현과 제한이 영구히 서로에게 답하는 대체의 원칙을 순환함으로써 어떤 목적지에 도달하는 것이 아닌 새로운 순환의 시작을 꿰하는 이 반복을 통해 이룩되고 때로 실패하는 영향과 그에 대한 오마주는 어쩌면 누군가에게 스킬라와 카리브디스라는 아포리아 앞에 서게 하는 일은 아니었을지. 그러나 그 고뇌와 욕망의 대립 속에서 이들이 각자 성취한 것들은 또 다른 조각으로 이어질 것이다.

끊임없는 반복 속에서 만들어지는 복잡하고 묘한 구조를 일컫는 프랙탈Fractal은 자기 복제 혹은 유사 패턴과 그 변용을 가리킨다. 그러니까 무한히 반복되는 고사리잎의 모양 같은 것들. 이때 중요한 것은 자기 유사성과 반복성은 그러나 결코 완전히 같은 것을 생산하지 않는다는 사실이다. 우리에겐 무슨 과제처럼 깨어진 채 이어 붙여지길 기다리는 도자기의 조각들이 놓여있다. 테세라로 이어지길 기다리는 보석 같은 순간들은 조금 멀리서 보면 하나의 아름다운 프랙탈을 이룰 것이다. 이번 『쓰는 사람』과 같은 아름다운 기획과 도전으로 인해 우리는 이렇게나 즐거운 변이를 읽을 수 있다. 고단하고 멀리 가는 이 길 위에서 언젠가 우리는 고사리의 숲을 보게 될지도 모르겠다.

도서출판 득수 소설

쓰는 사람

1판 1쇄 2023년 10월 23일

지은이	강이라, 김도일, 조영한, 박지음, 유희란, 조미해
펴낸이	김 강
편집	채 윤
디자인	제일커뮤니티 054 • 282 • 6852
인쇄 · 제책	천우원색인쇄사
펴낸 곳	도서출판 득수
출판등록	2022년 4월 8일 제2022-000005호
주소	경북 포항시 북구 장량로 174번길 6-15 1층
전자우편	2022dsbook@naver.com
ISBN	979-11-983924-1-1

값 17,000원